Loups solitaires

Du même auteur
dans la même collection

Une affaire de sorciers (nº 95)
L'Ombre d'un homme brisé (nº 147)
Bone (nº 164)
La cité où les pierres murmurent (nº 184)
Les Cantiques de l'Archange (nº 251)
Les Bêtes du Walhalla (nº 252)
L'Odeur froide de la pierre sacrée (nº 291)
Le Second Cavalier de l'Apocalypse (nº 336)
Le Langage des cannibales (nº 368)
Veil (nº 369)
Crying Freeman (nº 403)
Chant funèbre en rouge majeur (nº 439)
Pêche macabre en mer de sang (nº 480)
Hémorragie dans l'œil du cyclone (nº 514)

dans la collection Rivages/Thriller

Bone
Les Bêtes du Walhalla

George Chesbro

Loups solitaires

Nouvelles traduites de l'anglais
(États-Unis) par Frank Reichert

Collection dirigée
par François Guérif

Rivages/noir

Titre original : *Lone Wolves*

106, bd Saint-Germain – 75006 Paris

ISBN : 2-7436-1332-7
ISSN : 0764-7786

GARTH

1

Loup solitaire

Il n'aurait jamais imaginé qu'ils s'aventureraient à lâcher les bêtes, car, libérées de leurs brutes de dresseurs et courant désormais en meute, elles se montreraient sans doute aussi dangereuses pour ses poursuivants que pour lui-même ; mais lorsqu'il vit se faufiler les trois silhouettes sombres à travers un carré de terrain baigné de lune, près de la palissade électrifiée qui le séparait du fleuve sur sa droite, il comprit qu'il s'était trompé, qu'il avait sous-estimé la haine et le désespoir de ceux qui allaient le tuer. Il coupa à gauche, entreprit d'escalader le talus escarpé en direction de la falaise qui le surplombait d'une cinquantaine de mètres et grimaça de douleur en sentant céder puis se tordre sa cheville gauche sur le sol spongieux. Il s'affala sur le flanc droit, releva la jambe et palpa prudemment sa cheville. Elle n'avait pas l'air brisée, seulement foulée, mais ça ne changeait pas grand-chose dans sa situation puisque se retrouver immobilisé ici, au milieu des arbres et de l'épaisse broussaille, équivalait à une mort certaine dans une grêle de petits plombs à la détonation assourdie, ou alors égorgé par les crocs des bêtes qui peut-être le filaient… en silence, compte tenu de leur gorge mutilée. Il se contraignit à bouger, roula sur le dos puis remonta gauchement la pente en crabe en traînant sa jambe gauche derrière lui. Il s'attendait à chaque instant à entendre le froissement de fourrés annonçant sa mort, mais, tandis qu'il gravissait poussivement le talus, le seul son encore audible était celui, pesant, de sa propre respiration. Puis il émergea de l'orée des arbres, à la lisière du champ en pente douce, formé de rochers brisés, s'étendant au pied d'une falaise nue, face orientale de la carrière abandonnée qui délimitait le domaine dont avait hérité Floyd Kunkel sur les berges du fleuve. Il se retourna sur le ventre et entreprit de ramper à travers le pierrier déchiqueté jusqu'à la base du talus, où, épuisé et haletant, il se laissa tomber derrière un gros rocher. Il essuya ses paumes sanguinolentes à ses cuisses puis massa délicatement sa cheville navrée en regardant autour de lui. Depuis son poste d'observation, il pouvait apercevoir par-dessus la cime des arbres, tout près de l'endroit où Mary, la première, avait vu nager l'animal épuisé au beau milieu du profond chenal, luttant à la fois contre la marée et le courant et s'apprêtant à croiser la route d'un tanker, une chatoyante portion de fleuve argenté.

– Garth, avait-elle hurlé en montrant du doigt la boule de fourrure qui dodelinait à la surface par tribord. Il y a un chien là-bas. Il faut le sauver.

Garth Frederickson avait jeté un coup d'œil pardessus les haubans d'acier, de chaque côté du catamaran de quatorze pieds, où des fanions de plastique faseyaient au vent, un vent de sud-ouest qui se cantonnait entre quinze et dix-huit nœuds. Afin d'éviter le pétrolier arrivant du nord, il s'était contenté de quitter le profond chenal central et de dériver à bâbord vers la grosse bouée verte qui marquait la limite de la voie navigable dans la vaste portion de l'Hudson, large de près de sept kilomètres, s'étendant entre Piermont et Haverstraw (New York), que les premiers colons Hollandais appelaient la « mer Tappienne ». Ils filaient rapidement vent arrière, et leur vitesse croîtrait encore considérablement s'il se laissait déporter à bâbord ou à tribord – à gauche ou à droite ; le comté de Rockland et leur maison de Cairn se trouvaient à bâbord ; se laisser entraîner à tribord serait encourir une fin aussi rapide que brutale.

– Le pétrolier est trop près, Mary. On n'a pas le temps.

– Sauf si tu vires maintenant ! On sera à sa portée ! On peut le faire ! Tu ne peux le laisser se faire broyer.

– Pas question de risquer la vie de ma femme pour un chien.

– Ils vireront en apercevant notre voile !

– C'est un pétrolier de soixante-quinze tonnes. À leur vitesse actuelle et compte tenu de leur position, ils ne pourront pas nous éviter, ni nous ni le chien. Le bateau est bien trop gros. Tu le sais aussi bien que moi.

– Garth. Écoute-moi, fit Mary d'une voix brusquement sourde et rauque, vibrante de désespoir. Tu sais combien ça peut me rendre dingue… Il est essentiel pour moi qu'on sauve ce chien. Je te supplie d'essayer.

Garth s'était légèrement détourné pour regarder sa femme, assise près de lui sur le flanc bâbord du catamaran. Quelques mèches de ses cheveux blonds striés d'argent, qui lui arrivaient à la taille, s'étaient échappées du chouchou retenant sa queue-de-cheval et lui cinglaient le visage. Des larmes noyaient ses yeux bleu marine et roulaient sur ses joues. De rage impuissante, elle martelait de ses poings le plastron de son lourd gilet de sauvetage. Garth savait ce qui lui restait à faire. L'exquise démence de son épouse, bien souvent le sombre moteur nourrissant tant sa musique que sa passion démesurée pour les plus petites comme pour les plus grandes causes, était une des raisons qui le poussaient à l'aimer si passionnément. Pour l'heure, la chose la plus importante à ses yeux n'était ni sa propre vie ni celle de son mari, mais le sauvetage d'un animal lancé dans une quête aussi inexplicable que désespérée. Si jamais le chien était écrasé ou broyé par les hélices du tanker, sans doute se sentirait-il très mal à l'aise, mais Mary, elle, investirait la bête corps et âme, au gré de cauchemars récurrents, endurerait dans sa chair l'effroyable collision avec l'acier, sentirait l'eau du fleuve remplir ses poumons et entendrait la mortelle chanson des lames d'acier tourbillonnant sous la surface.

– Nage jusqu'à la bouée, ordonna-t-il en l'éjectant du catamaran de son bras gauche, tout en tirant sur la barre pour faire virer le bateau de quatre-vingt-dix degrés à tribord.

Il plongea sous la bôme oscillante, traversa le trampoline de tissu jusqu'à l'autre flotteur pendant que le vent gonflait la voile et que la coque se soulevait hors de l'eau à tribord. Il ferla légèrement la voile, relâcha le traveler jusqu'à la marque de trois-quarts, puis assura ses pieds dans les sangles et se pencha très loin en arrière pour contrebalancer la force du vent qui poussait le catamaran droit sur le pétrolier comme une flèche blanche distordue. Mary lui cria quelque chose, mais ses paroles se perdirent dans le sifflement du flotteur de bâbord fendant les eaux, avant d'être totalement noyées par le menaçant et guttural braillement de la sirène du pétrolier, lui intimant de s'éloigner.

En dépit de la brise coupante, la surface du fleuve était relativement lisse et lui permettait de planer : le flotteur de tribord, sur lequel il était assis, se soulevait hors de l'eau d'une trentaine de centimètres, accroissant sa vélocité. Il jeta un dernier coup d'œil vers le tanker, désormais un mur d'acier mouvant emplissant son champ de vision, puis reporta le regard sur la tête noire et poilue qui remuait comme un bouchon à la surface, à soixante-quinze mètres environ, et focalisa dessus toute son attention. Il avait chassé de son esprit la crainte d'être broyé par le pétrolier dès qu'il s'était lancé dans l'aventure et avait viré brutalement à tribord ; il passerait ou ne passerait pas, tout bonnement, sous la proue du pétrolier, et il connaîtrait l'issue de la manœuvre dans quelques battements de cœur. La tâche présente exigeait toute sa concentration, car elle était complexe ; s'il calculait mal son coup, il risquait de passer juste sous le nez du chien, de sorte qu'il aurait fait tout cela en vain ; à moins que le surcroît de poids, lorsqu'il hisserait la bête hors de l'eau, ne fasse dessaler le catamaran, auquel cas tous deux mourraient de toute façon.

Le pétrolier était quasiment sur lui, à présent, et sa corne de brume hurlait sa lugubre complainte alors même que le ressac de sa proue roulait sous le flotteur de bâbord du catamaran, le soulevant légèrement. Au-dessus de lui, à la lisière de sa vision périphérique, il entraperçut une douzaine d'hommes environ, debout près du bastingage, qui hurlaient, agitaient les bras et l'exhortaient à dégager le passage. Le nez du flotteur de tribord passa juste devant la tête du chien, fendant l'air. Garth réduisit sèchement la grand-voile, si bien que le flotteur sur lequel il était assis s'éleva encore plus haut hors de l'eau. Le petit catamaran aurait basculé s'il n'avait, au même instant, tendu le bras pour agripper l'encolure de l'animal, qui se débattait sous lui et dans son dos, par une poignée de fourrure et de peau. Sous le poids subit de la bête, combiné à la vitesse du bateau, la douleur fulgura dans son bras et son échine, se propagea dans ses muscles et ses os et il manqua se déboîter l'épaule droite. Le flotteur du catamaran heurta violemment la surface et Garth hissa l'animal hors de l'eau pour le projeter au beau milieu du trampoline. Il ferla immédiatement la voile et déplaça son poids pour interdire au catamaran de basculer en arrière ; puis la houle soulevée par la proue du pétrolier l'emporta au loin, au moment où sa paroi d'acier peint le frôlait à toute allure. Dès que son sillage se fut effacé, Garth entreprit la série de brefs lofs qui le ramèneraient à la bouée verte où l'attendait Mary et, alors qu'il plongeait le regard dans les yeux vitreux et dorés de la bête épuisée allongée à ses côtés, il prit brusquement conscience, à la vue de ses longues pattes filiformes aux extrémités puissantes, qu'il ne venait pas de sauver un chien de la noyade.

– C'est un loup, déclara-t-il à sa femme le lendemain, lorsqu'elle contourna la maison pour le rejoindre au bord de la rivière, dans la zone où il avait attaché l'animal par une lourde chaîne enroulée autour d'un rocher saillant, quelques mètres après la ligne de plus haute laisse. Il avait travaillé l'animal au corps toute la matinée, luttant avec lui, le plaquant au sol et lui giflant sèchement un côté de la tête, puis l'autre, lorsqu'il tentait de résister.

Il attendit une réponse, mais Mary Tree se contenta de rester plantée là à le fixer de ses limpides yeux bleus humides, le visage affichant une multitude de pensées inexprimées. Garth s'assit à califourchon sur le loup, comprima sa cage thoracique entre ses genoux et sourit à cette femme qu'il aimait tant, la seule personne, hormis son frère, qui lui eût jamais inspiré un sentiment de complétude. Il avait toujours trouvé terriblement fragile cette chanteuse de folk professionnelle qui, lorsqu'elle n'avait pas une guitare entre les mains et une musique pour accompagner ses paroles, semblait souvent avoir du mal à s'exprimer, comme déchirée par des conflits intérieurs. Elle n'avait pas dit grand-chose depuis la veille, quand il l'avait récupérée près de la bouée, mais avait extériorisé plus clairement ses sentiments en s'accrochant à lui toute la journée et toute la nuit, le prenant en elle à maintes reprises jusqu'à ce qu'ils s'endorment finalement, épuisés.

– Un loup ? finit-elle par demander d'une toute petite voix.

– Ouaip. L'idée que se fait sans doute un quidam d'un animal de compagnie.

Il agrippa le lourd collier de cuir qu'il avait attaché au cou de la bête, ramena sa tête en arrière puis, des doigts de la main gauche, écarta les poils de sa gorge et dévoila une cicatrice circulaire de la taille d'une pièce de vingt-cinq cents.

– On lui a tranché les cordes vocales. Son maître ne tenait sans doute pas à ce qu'il dérange les voisins.

Mary tiqua puis porta la main à sa joue.

– Mon Dieu. Comme c'est cruel !

Elle s'approcha, s'agenouilla à côté de Garth dans le sable, à quelques centimètres de la grosse tête grise aux yeux dorés et luisants.

– Il est beau.

La bête tourna la tête vers Mary. Garth pesa sur sa nuque puis lui gifla doucement la mâchoire.

– Oui. Plutôt un hybride, avec un peu de chien en lui… mais pas beaucoup.

– C'est pour ça que tu joues si brutalement avec lui ?

– Je ne joue pas. N'oublie pas que c'est un loup, Mary, pas un chien. Ils se ressemblent peut-être, mais là s'arrête la similitude. Ce petit gars pourrait te déchiqueter le visage et il ne s'en privera pas si tu ne fais pas constamment attention à ses réactions quand tu te trouves auprès de lui. On ne peut pas domestiquer un loup. On peut vivre avec, à condition de bien connaître les règles. La première étant qu'il faut le dominer physiquement, et sans discontinuer, car il ne cessera jamais de te tester. L'exercice de ce matin avait pour but de lui montrer qui était le chef de meute.

Mary tendit la main pour caresser le pelage de l'animal puis la posa sur l'épaule de son mari.

– Garth, je… je…

– Je sais ce que tu veux dire, Mary. Ce n'est pas la peine.

– Mais si. Il faut que ça sorte. Je n'arrive pas à comprendre à quoi je pensais hier. Quand j'ai vu cette bête devant le bateau, j'ai perdu les pédales. Mais ce n'est pas une excuse. Je ne peux pas croire que je t'aie… J'ai failli t'envoyer à la mort, Garth.

– Bon sang, tu aurais pu mourir toi aussi. Tu ne t'attendais pas précisément à ce que je te précipite dans le fleuve. De plus, tu ne m'as obligé en rien. Cette situation ne me réjouissait pas particulièrement. C'était la seule chose à faire et on l'a faite.

– *Tu* l'as faite. Et je n'ai pas seulement risqué ta vie. J'ai sacrément insisté.

– Mary, je l'ai réellement fait pour…

– Oh, Garth, je t'aime tant. Je ne sais pas ce que je ferais sans toi, sincèrement. J'ai l'impression de tant te devoir, de toutes les façons possibles.

– Allons, chérie. Tu étais célèbre bien avant que mon frère ne nous présente l'un à l'autre.

– J'étais déjà une *has-been* qui se planquait à Cairn à l'époque. Tu m'as rendu ma confiance en moi.

Garth balaya cette idée d'un geste, embrassa sa femme sur la joue sans lâcher un instant le collier du loup et se releva.

– Recule un peu. Je veux amener notre copain chez le véto pour ses piqûres, au cas où on aurait omis de les lui faire, et aller prendre la muselière que je viens de lui acheter.

– Je reste où je suis. Il a l'air plutôt amical – un vrai miracle, compte tenu du traitement que tu viens de lui infliger. Laisse-le-moi un moment. Il doit aussi s'habituer à moi.

Garth y réfléchit puis hocha la tête.

– D'accord. Gratte-lui la tête derrière les oreilles. Mais tiens bien la chaîne, juste à l'encolure, et n'approche pas le visage de sa gueule.

Dès qu'elle eut solidement empoigné la chaîne, ainsi qu'il le lui avait prescrit, Garth relâcha son emprise sur le collier de la bête puis regagna le hangar à bateaux pour y prendre la muselière et l'épaisse laisse de cuir dont il avait fait l'emplette plus tôt dans la matinée. À son retour, il trouva Mary en train d'examiner une tache sur sa jambe de pantalon.

– Il m'a pissé dessus, Garth, déclara-t-elle avec un rire nerveux.

Garth la rejoignit d'un pas vif, agrippa le collier du

loup et le força à se plaquer au sol. Il le retourna sur le dos, s'assit sur son ventre et lui empoigna la gorge à deux mains.

– Garth… !

– Je sais ce que je fais, Mary. Je ne le punis pas… mais tu dois faire exactement ce que je te dis. Mords-lui la truffe. Fort.

– Quoi ? Je ne peux pas faire ça.

– Il faudra pourtant t'y résoudre si tu veux qu'on le garde. En pissant sur ta jambe, il te lançait un défi. C'est sa façon de vérifier jusqu'où il peut aller. À toi, maintenant, de lui rendre la monnaie de sa pièce… mais en mettant les bouchées doubles. Sinon, tu seras constamment en danger. Je préfère le confier à un refuge pour animaux que de prendre le risque qu'il t'agresse, et on devra probablement l'abattre. Cette bête pourrait poser un gros problème. Si tu veux qu'il reste en vie, tu dois lui montrer qui est le patron. Si tu tiens à ce que le sauvetage d'hier ait un sens, tu dois faire ce que *je* te dis.

Mary s'agenouilla lentement, se pencha sur la tête du loup et hésita.

– Fais-le, aboya Garth. C'est pour son bien ! Mords-le ! Fort.

Mary ferma les yeux, ouvrit la bouche et referma doucement les dents sur la truffe noire humide, puis rejeta vivement la tête en arrière en entendant sourdre de la poitrine de l'animal une plainte rauque angoissée.

Garth relâcha son étreinte sur la gorge du loup et se leva de son ventre. L'animal se retourna, mais resta étendu dans le sable, la tête pendant entre les antérieurs. Garth poussa un grognement de satisfaction puis lui enfila la muselière, décrocha la chaîne du collier et y substitua la laisse de cuir.

– Ce n'était pas très fort, dit-il en caressant la joue de sa femme, mais je pense que ça a suffi.

– Comment peux-tu en savoir autant sur les loups ? Tu étais chercheur d'or en Alaska ?

– D'une part. D'autre part, c'est mon frère qui m'a enseigné ce petit truc.

– Ton frère ?

– Hon-hon. Tu connais l'histoire du loup, mais tu ne l'as jamais vu. Un de ces jours, on ira visiter un de ces chenils d'élevage expérimentaux, fermés au public, dans le zoo du Bronx ; et je te montrerai le bestiau qu'il a apprivoisé. Entre-temps, on va déjà réfléchir à ce qu'on va faire du nôtre. Appeler le *Journal News*, passer une petite annonce… une colonne, disons, avec un encadré déclarant : « Trouvé animal domestique sortant de l'ordinaire. Pour plus d'informations, appeler… » suivi de notre numéro de téléphone.

– Tu comptes le rendre à son maître ?

– Pas vraiment. Tu devrais peut-être aussi aller faire un tour chez le boucher.

– De la viande pour le loup ?

Garth éclata de rire et, de l'index, décrivit un cercle les englobant tous les trois.

– Le loup a déjà eu des côtes de porc cette nuit pour son petit-déjeuner, répondit-il.

Il se souviendrait plus tard, non sans une joie morose, de cette dernière réflexion, lorsqu'il se retrouverait encerclé par toute une meute de ces créatures qui, d'un instant à l'autre, risquaient de voir en lui un festin potentiel.

Toute la nuit durant, il avait vu luire des yeux entre les arbres à la lisière de la falaise, tandis que les membres de la meute allaient et venaient ; mais aucun n'avait tenté de dévaler pour l'atteindre la pente traîtresse hérissée de rochers. Il savait que les loups, dans la nature, évitaient dans la mesure du possible tout contact avec les êtres humains, de sorte que, toutes choses égales, il n'était pas réellement menacé d'une attaque imminente. Mais toutes choses n'étaient pas égales. Ces loups hybrides n'étaient pas dans la nature ; ils étaient, tout comme lui-même, piégés dans un gigantesque enclos où il était la seule côte de porc disponible, et rien ne lui permettait de dire quand ils avaient pris leur dernier repas. En outre, on les avait rudoyés, d'abord en leur tranchant les cordes vocales quand ils n'étaient encore que des louveteaux, et, ensuite, fort vraisemblablement, par un dressage, un conditionnement destiné à éveiller leurs plus féroces instincts, ceux-là mêmes qu'il avait pu observer chez l'animal sauvé de la noyade. En résumé, tant en meute qu'individuellement, leur comportement resterait imprévisible. Et il n'avait pour toute défense, contre leurs crocs et les revolvers des hommes qui surviendraient plus tard dans la journée, que les cailloux qu'il tenait à la main.

Au lever du jour, il trouva un loup dressé à la lisière de la falaise ; un mâle affamé ou marquant son territoire, qui le couvait des yeux. Cinq minutes environ s'écoulèrent ainsi puis le loup dénuda ses crocs et s'avança vers lui en posant précautionneusement les pattes dans l'éboulis. Garth lui balança nonchalamment les cailloux qu'il tenait à la main puis en ramassa deux autres. Il s'efforçait moins de tenir le loup – qui se déplaçait difficilement sur les rochers déchiquetés – au large que de l'empêcher de trahir sa position, pour la gouverne des jeunes apprentis soldats d'assaut de

Kunkel, sans doute menés par Franz Heitman, lequel avait certainement entrepris de ratisser le domaine aux premières lueurs de l'aube. La première rafale d'une arme automatique rendit caduque cette appréhension : l'animal pivota sur lui-même et s'engouffra entre les arbres.

Garth reconnut immédiatement le jeune homme qui surgit de l'orée du bois, à vingt mètres de lui sur sa droite : un des deux compères du type à la figure mangée d'acné dont il avait brisé la mâchoire à Hook Mountain, Nyack. Il portait du cuir noir alors, mais avait revêtu depuis un uniforme kaki mal taillé, orné sur la manche gauche de l'écusson, frappé d'une croix et d'un éclair, du groupuscule. La matinée était fraîche et un vent constant soufflait du fleuve, mais le crâne rasé du jeune homme luisait de sueur et sa main tremblait légèrement pour lever son pistolet automatique Ingram MAC 10 et le braquer sur le rocher derrière lequel Garth était assis.

– Tu te trimballes une sacrée puissance de feu, fiston, fit observer Garth d'une voix désinvolte. Le problème, c'est que tu vas arroser tout le secteur de mitraille. Tâche de ne pas te sectionner la bistouquette.

– Tu joues beaucoup moins les gros bras maintenant, hein, Frederickson ? répondit l'autre d'une petite voix fêlée. Descends de là !

Garth fit frétiller dans sa botte sa cheville gauche blessée. Elle était encore endolorie, pas de doute, mais rien de comparable avec la douleur cuisante qui le handicapait auparavant. Elle supporterait son poids.

– Pas moyen. Je me suis foulé la cheville.

– Lève-toi ou je t'abats ! hurla l'homme, les yeux luisant de haine et de trouille, tout en entreprenant d'escalader la pente vers Garth.

– Vas-y, tue-moi. Qu'est-ce que tu as à perdre, à part les vingt ou vingt-cinq ans de taule que tu mérites sans doute déjà ? Tu feras sûrement le bonheur de Kunkel et du type que vous appelez Otto, sans même parler de tes écervelés de petits copains… Au moins à court terme, parce qu'ils sont sûrement déjà en train de se demander ce qu'ils feront de moi s'ils me mettent la main dessus. Comme tu disais, je suis un gros bras.

L'homme s'avança encore d'une dizaine de mètres et Garth, d'un geste sec du bras, balança un caillou visant sa tête. Il rata son coup, mais la pierre à l'arête tranchante siffla aux oreilles du lascar et le fit sursauter, puis trébucher sur les rochers. Le temps qu'il recouvre l'équilibre, Garth était déjà sur lui : il le frappa en pleine gorge puis à la tempe. L'autre s'effondra, se cogna la tête à une pierre et ne bougea plus. Garth ne se donna pas la peine de vérifier s'il était mort ou vif. Il s'en moquait. Il ramassa le pistolet automatique, vérifia que le carré de tissu spécial qu'il portait dans la poche de sa veste était bien caché et à l'abri puis, claudiquant légèrement, dévala la pente vers les bois et s'y engouffra. Maintenant qu'il était armé, courir, se planquer ou chercher un moyen de s'échapper du domaine n'étaient plus de mise. Il allait voir si ces jeunes gens et leurs maîtres qui rêvaient de massacres apprécieraient de regarder leur propre mort en face, tués par un homme qui les méprisait au moins autant qu'eux-mêmes leurs futures victimes. Il connaissait une vétérinaire scandalisée qui applaudirait des deux mains à ses projets du moment.

– Vous savez que le loup prédomine chez cet animal ? avait demandé Sarah Bleekman en lançant à Garth un regard suspicieux, tout en extrayant l'aiguille du flanc de l'animal muselé qui, maintenu d'une poigne de fer par le grand type, gisait sur la table d'auscultation.

– Je sais, docteur, avait calmement répondu Garth en caressant la fourrure frémissante du loup pendant que la vétérinaire préparait une seconde seringue hypodermique. C'est un hybride. Il y a un peu de chien en lui, mais pas beaucoup… cinq pour cent tout au plus, juste assez pour qu'un éleveur puisse faire établir les paperasses rendant sa propriété légale dans certains États de l'Union.

– Pas dans celui-ci, avait rétorqué la femme au visage lunaire, avec un clappement de langue trahissant une sévère désapprobation. Il n'a rien à faire ici. C'est un animal dangereux, avait-elle poursuivi. Il faut un permis spécial pour le garder, sous réserve d'un motif valable. Il ne suffit pas d'avoir envie d'impressionner ses voisins.

– Merci du renseignement.

Sarah Bleekman étudia l'homme célèbre, aux longs cheveux couleur de blé mûr tombant sur les épaules et aux yeux assortis, qui lui faisait face de l'autre côté de la table d'auscultation. Il émanait de lui, songea-t-elle, une mystérieuse sinon mystique aura de douceur, combinée avec une dureté implacable : il n'avait sans doute peur de rien et devait être dangereux pour les méchants. C'était la toute première fois qu'elle adressait la parole à Garth Frederickson, mais, comme chaque habitant de Cairn ou presque, elle savait qui il était : une célébrité, tout comme sa chanteuse d'épouse, dont la carrière s'était épanouie dans les années soixante avant de connaître une éclipse puis de revenir occuper le haut du pavé. Sarah avait lu les articles dans la presse et entendu les folles rumeurs courant sur cet homme qui, avec son frère – plus connu encore – tenait sans doute la plus célèbre agence de détectives privés du monde, apparemment spécialisée dans les affaires hors normes. Mais elle apercevait souvent Mary Tree et Garth Frederickson en ville et ils ne se comportaient jamais comme des divas, ne prenaient jamais de grands airs. Bien sûr, elle n'ajoutait pas foi à toutes les histoires qu'elle avait entendu raconter sur les fantastiques exploits des frères Frederickson, mais si la moitié seulement d'entre eux étaient vrais, Garth Frederickson était indéniablement un homme d'une grande bravoure. Pas le genre de type à garder chez lui un animal féroce rien que pour flatter son amour-propre.

– Vous lui avez fait trancher les cordes vocales ?

– Non. En fait, j'allais vous demander si vous connaissiez un vétérinaire de la région susceptible d'avoir procédé à cette intervention, éventuellement sous la contrainte.

Elle secoua la tête, se rendit compte que ses yeux étaient mouillés de larmes.

– Il ne vous appartient pas, si je comprends bien ?

– Je l'ai repêché hier dans le fleuve. Il allait quelque part ou pourchassait quelque chose... Ça semblait primordial pour lui ; il luttait contre courant et marée, au point d'en être épuisé. S'il n'avait pas failli se faire écraser par un pétrolier, il aurait sans doute nagé jusqu'à se noyer ou jusqu'à ce que son cœur explose.

– Vous savez où il allait ? ou ce qu'il pourchassait ?

Elle en termina, tapota le flanc du loup et caressa son pelage.

– À part qu'il a été mutilé et ne peut plus communiquer vocalement avec sa propre espèce, il est en bonne santé. Et il est désormais vacciné contre la rage et la maladie de Carré. Mais vous conviendrez avec moi que ce n'est pas un animal domestique ordinaire.

– Il me semblait l'avoir dit, répondit Garth, en tenant serrée la laisse du loup, qui venait de sauter de la table et le fixait de ses yeux dorés. Combien vous dois-je, docteur ?

– Vous lui avez sauvé la vie et je lui ai administré ses piqûres. Nous sommes quittes. Puis-je vous demander ce que vous comptez en faire ?

– Essayer de lui trouver un foyer convenable.

– Ce ne sera pas facile, monsieur Frederickson. Le seul qui lui convienne, c'est la nature sauvage.

– Je ne pense pas qu'il l'ait jamais connue ; à mon avis, c'est un animal d'élevage. Me recommanderiez-vous de le faire piquer ?

Sarah Bleekman secoua lentement la tête.

– En aucun cas.

– Alors je ferai de mon mieux, n'est-ce pas ?

– Si je peux vous aider en quoi que ce soit, dites-le-moi. Ce qu'on a fait à cette bête… Ça me rend malade.

– Si jamais quelqu'un venait vous voir avec un autre loup, tenez-moi au courant… De même si vous vous souvenez du nom d'un amateur éclairé qui aurait pu opérer cet animal.

Jeffrey Bond, le chef de la police de Cairn, compulsait dans son bureau une petite pile d'affiches et de prospectus grossièrement imprimés, le visage morose.

L'homme corpulent au nez en bec d'aigle releva les yeux à l'entrée de Garth puis se fendit d'un léger sourire et lui désigna une chaise.

– Vous auriez deux minutes à me consacrer, chef ?

– J'ai toujours deux minutes à vous consacrer, mon ami.

Il s'interrompit pour repousser dépliants et affiches d'un geste dédaigneux.

– En outre, je suis las de lire ces saletés.

– Quelles saletés ?

– Nous avons un groupuscule néo-nazi en ville. La Croix courroucée, ainsi qu'ils se sont baptisés. Ils ont ouvert au bout de Main Street une librairie gérée par une bande de skinheads et cherchent à terroriser Cairn. Apparemment, ils semblent exercer une certaine influence sur les membres les plus paumés de notre petite communauté et nous assistons à une vague de profanations de la synagogue et du cimetière juif. Je ne peux pas le tolérer.

– Arrêtez-les.

– Pas moyen. Liberté d'expression.

– Profaner des synagogues et des cimetières, ça n'a rien à voir avec la liberté de parole.

– Non, mais nous devons prendre les gens sur le fait puis établir une corrélation avec la Croix courroucée. Nous n'avons pas eu de chance jusque-là… mais ça viendra.

Bond poussa un juron *sotto voce* et balaya les paperasses de son bureau avant de se tourner vers Garth en soupirant.

– Comment va votre petit futé de frère cadet ? D'ordinaire, il passe ici tous les week-ends de l'été, mais je ne l'ai pas vu récemment.

– Mon petit futé de frère cadet est en Europe, où il s'occupe de nos clients, une grosse multinationale, pendant que je reste ici à garder le fortin.

– Que puis-je pour vous, Garth ?

– Deux ou trois choses. Avant tout, j'aimerais vous informer de ce que je crois être un projet criminel.

– De quel crime s'agit-il ?

– J'ai dans mon fourgon un loup hybride repêché hier dans le fleuve.

– Qu'est-ce qu'un « loup hybride », par le ciel ?

– Un grand méchant loup accouplé à un petit chien. On les élève tout à fait légalement en Alaska, où ils font fureur en tant qu'animaux de compagnie. Je possède là-bas un petit filon de prospection et j'y passais pas mal de temps avant mon mariage, si bien que j'ai pu voir nombre de loups hybrides. Des animaux passablement dangereux.

– Jusqu'à quel point ?

– En garder un chez soi reviendrait peu ou prou à introduire un léopard ou un ours dans son foyer ; c'est toujours possible, certes, mais on a intérêt à ne pas être négligent.

– Très dangereux, donc, conclut Bond avec un bref hochement de tête. Ce qui les rend illégaux dans l'État de New York. Il est tatoué ?

– Non. Et, qui plus est, on lui a tranché les cordes vocales ; la cicatrice est ancienne. Ce qui signifie que son maître ou son éleveur comptait depuis sa naissance l'introduire dans une zone de forte population. Lorsqu'on entend hurler un loup, on sait qu'il ne s'agit pas d'un chien… et les loups hurlent énormément. Ça risquait d'attirer l'attention. Coupez-leur les cordes vocales, et fini les hurlements. Peut-être a-t-on uniquement tranché celles de cet animal-ci pour le livrer ensuite à une personne en particulier. Mais peut-être pas.

– Suggéreriez-vous qu'un éleveur tente d'élargir son marché ?

– Il se pourrait, à mon avis, que des louveteaux mutilés soient expédiés ici depuis l'Alaska pour des gens disposés à débourser de fortes sommes, à moins qu'ils ne soient directement élevés sur place. Bon, on peut certes se demander comment garder un loup dans une ville comme New York, voire comme Cairn. Nous savons, vous et moi, qu'un tas de gens aimeraient posséder un loup… et plus particulièrement lorsque ces individus exercent leurs talents dans le racket, personnel ou professionnel.

Bond opina lentement.

– Des trafiquants de drogue, par exemple, qui aimeraient substituer des loups à leurs pitbulls ? Comme chiens d'assaut ?

– L'idée m'a effleuré et je tenais à vous en faire part.

– Qu'allez-vous en faire, Garth ?

– Si je le remets à un refuge ou à la police, ils finiront par se dire, j'imagine, qu'ils n'ont d'autre choix que de le piquer. Mary ne serait sans doute pas ravie, et l'idée de l'avoir sauvé pour le conduire à une mort certaine me fait horreur. Cet animal n'est pas plus responsable de sa présence ici que de cette intervention sur ses cordes vocales, et l'on ne peut pas non plus le rendre à la vie sauvage. J'aimerais lui trouver un foyer, peut-être chez un de mes amis en Alaska ou dans un des États de l'Ouest où ils sont autorisés. Mais j'ai besoin de temps. Je n'ai pas le droit de conserver un animal dangereux.

J'espérais que vous pourriez m'accorder une sorte de permis spécial. Provisoire.

– De quel délai avez-vous besoin ?

– Difficile à dire, chef.

– Un mois vous suffirait-il ?

– Largement.

– C'est d'accord. Je ne peux rien faire à Cairn qui enfreigne les lois de l'État de New York, mais je vais sans doute devoir prendre de plus amples renseignements sur celles qui concernent les loups hybrides et ça pourrait exiger un bon mois. Entre-temps, je vais vous remettre une lettre spécifiant les circonstances dans lesquelles vous avez trouvé l'animal, le fait que vous m'en avez immédiatement informé et ainsi de suite. Vous pouvez dès à présent vous considérer comme détenteur d'un permis de garde provisoire… Du moins jusqu'à ce que je vous aie officiellement informé de son annulation.

Garth quitta son ami ravi de la tournure des événements ; il se sentit encore plus rassuré peu après, en voyant Mary passer l'après-midi avec le loup, le promener autour de la maison, lutter fréquemment avec lui au sol comme il le lui avait appris, et même, à l'occasion, lui mordiller délicatement l'oreille pour lui enfoncer dans le crâne la conscience, ou l'illusion… de sa position dominante. Garth estima que le loup respectait à présent Mary et l'acceptait pour maîtresse, voire l'aimait. Il se rendait pleinement compte, également, qu'elle s'attachait très rapidement à l'animal, non pas en sa qualité de représentant d'une espèce menacée dont elle prenait passionnément la défense, mais à titre personnel. Ce qui n'était pas sans l'inquiéter, certes, mais il réglerait en temps voulu le problème de leur inévitable séparation. Toujours est-il qu'il était désormais persuadé que Mary ne courrait aucun danger avec le loup en son absence. Son habituelle perspicacité n'en rendit que plus surprenante la réaction du loup le lendemain matin, lorsque Mary vint trouver Garth sur la plage, où il était en train d'exercer l'animal.

– Quelqu'un au téléphone pour l'annonce, Garth. Il dit que…

La réaction de la bête fut si vive et inattendue qu'elle prit Garth totalement au dépourvu. Le loup était couché sur le flanc, la langue pendante, tandis que Garth brossait sa veste, mais, dès que Mary apparut, il bondit brusquement sur ses pattes, dénuda ses crocs en un rictus aussi féroce que silencieux, et bondit. Il retomba au sol en arrivant au bout de sa chaîne et manqua son coup, se releva aussitôt et fondit de nouveau sur elle. Mais Garth était déjà assis sur son dos et le plaquait au sol, les mains nouées autour de sa gorge.

– Rentre dans la maison ! hurla-t-il.

Tremblante, les yeux écarquillés de stupeur, Mary recula lentement hors de vue, dissimulée par l'angle de la maison. Le loup cessa bientôt de se débattre puis s'immobilisa totalement, le corps flasque. Il ferma les yeux et émit de petits halètements et feulements gutturaux. Garth relâcha la prise sur sa gorge, mais se releva en maintenant les mains devant lui. Le loup resta couché sur le flanc, tout mou et feulant faiblement… presque, songea Garth, comme s'il avait honte. Il alla chercher la muselière dans le hangar, la passa au loup qui ne résista pas puis alla retrouver sa femme.

Mary portait un blouson pour se protéger du léger froid matinal, mais se tenait à bras le corps comme si elle grelottait. Elle tremblait encore et son visage était terreux. Ses yeux bleus ruisselaient de larmes.

Garth se planta devant elle et la serra très fort contre lui.

– Qu'est-ce que j'ai *fait*, Garth ?

– Rien, répondit-il avant de reculer d'un pas pour étudier pensivement son épouse, dans son blouson de cuir noir à liseré de cuir blanc, dont les manches et les pans s'ornaient de longues franges. Ôte ton blouson.

– Quoi ?

– Enlève ton blouson. Pose-le par terre.

– Il y a un type au téléphone, Garth.

– Il attendra. Fais ce que je te dis, s'il te plaît. J'aimerais vérifier quelque chose.

Mary était médusée, mais elle obtempéra, ôta son blouson noir et blanc et le balança derrière elle sur la pelouse.

Garth hocha la tête et poursuivit :

– Maintenant, essaie de te calmer. Attends environ une minute puis va te placer là où le loup pourra te voir. Il est essentiel que tu ne montres pas ta peur. Fais, toi, comme si de rien n'était.

– D'accord.

Garth regagna la plage, où le loup reposait toujours sur le flanc, inerte, la tête dans le sable, presque comme s'il fixait songeusement le fleuve. Garth s'agenouilla à côté de lui et le gratta derrière les oreilles. Quelques instants plus tard, Mary contournait délibérément la maison à grands pas, en affichant un sourire décidé. Le loup la vit immédiatement, mais sa réaction fut totalement différente. Il roula sur le ventre, se releva lentement sur ses pattes et frissonna. L'échine voûtée, la tête baissée et la queue entre les jambes, il s'avança vers

Mary et se laissa tomber sur le ventre en atteignant l'extrémité de sa chaîne, puis posa de nouveau le museau dans le sable.

Garth était trop loin de Mary pour l'empêcher de se précipiter tout à trac sur le loup et de s'agenouiller près de sa gueule.

– Tu as été très vilain, lui annonça-t-elle sévèrement, en agitant l'index sous ses yeux avant de gifler doucement sa mâchoire. Puis elle se coucha sur l'animal et passa tendrement les bras autour de son encolure.

Garth se tenait tout près et observait attentivement les réactions du loup ; il n'éleva aucune objection quand Mary lui ôta sa muselière. Il ramassa le blouson sur le gazon en regagnant la maison puis le rangea au fond de l'étagère supérieure d'un placard avant d'aller s'emparer du téléphone.

– Ouais ?

– Vous avez pris votre temps, mon pote.

– Vous préférez me dire ce que vous avez en tête, ou raccrocher tout de suite ?

– Je vous appelle pour l'annonce. Vous détenez quelque chose qui m'appartient.

– Quoi ?

– Un loup.

– En effet.

– Je veux le récupérer. Vous aurez deux ou trois dollars pour le dérangement.

– Où êtes-vous ?

– À Blauvelt.

– Retrouvons-nous à Hook Mountain, dans Nyack, dans une demi-heure. Le parking près de la plage.

Garth raccrocha sans attendre la réponse.

Il alla voir comment s'en sortait Mary, qui jouait avec le loup – le « travaillait » – puis prit sa voiture et roula plein sud vers le parc régional du Haut Nyack, où, assis à une table de pique-nique, il attendit l'arrivée du propriétaire du loup ; celui-ci se pointa au volant d'une Jeep rouillée et cabossée, dont les pare-chocs s'ornaient d'autocollants proclamant « Pouvoir blanc » et la lunette arrière d'une large décalcomanie représentant un éclair blanc traversant une croix rouge sur fond jaune. Les trois jeunes gens installés dans la voiture avaient l'air de triplés avec leur crâne rasé ; tous étaient habillés, à l'identique, de pantalons de cuir noir piqués de rivets et chaussés de bottes, et ils réussissaient à afficher le même rictus méprisant.

Le conducteur descendit de la Jeep et regarda autour de lui ; ses yeux se posèrent sur Garth et il se dirigea vers lui en chaloupant. Garth lui donna entre vingt-trois et vingt-quatre ans. Son visage était une résille de cicatrices d'acné violacées qui se mariait presque avec ses yeux éraillés. Il pila devant Garth, les mains sur les hanches.

– Vous êtes celui avec qui j'ai parlé du loup au téléphone ?

– Oui.

– Où est-il ?

– Chez moi.

– Qu'est-ce que ça signifie, bordel… ?

– L'annonce disait d'appeler pour des renseignements. C'est ce que je recherche. Pas à vous rendre le loup. J'aimerais savoir d'où vous le tenez.

– Ça ne vous regarde pas, nom de Dieu ! répondit l'autre, sur un ton trahissant autant de surprise que de colère. Puis il fit signe à ses deux compagnons.

– Vous devez perdre la boule, mon pote.

Ses deux clones traversèrent le parking au pas de gymnastique et se postèrent de part et d'autre du balafré, formant un mur de chair et de cuir clouté.

Le propriétaire du loup se pencha sur Garth. Tout près.

– Et maintenant, vous n'avez toujours pas l'intention de me rendre mon loup ?

– C'est la faute de ma femme, répliqua nonchalamment Garth. Elle adore les bêtes et n'apprécie pas la façon dont vous l'avez traité. Elle se demande comment il s'est retrouvé dans le fleuve.

– Parce que je l'ai foutu par-dessus bord d'un coup de pied au cul, sur le bateau de mon pote, répondit le scarifié avec un rire sinistre, mais empreint d'une joie perverse. J'en ai deux et ils n'arrêtaient pas de déconner et de pisser partout. Je ne peux plus rien tirer de la seconde, maintenant, et je songe vaguement à exploser la cervelle de cette salope. Il se pourrait bien que je descende aussi le premier, on verra ça le moment venu. Pourquoi est-ce que vous ne monteriez pas avec nous ? On ira reprendre mon loup chez vous et on vous reconduira ensuite à votre voiture.

Ça avait au moins le mérite d'expliquer ce que fabriquait le loup dans le fleuve, se dit Garth. Ainsi que son combat désespéré contre courant et marée ; il nageait vers l'endroit où était partie sa compagne.

– Je ne crois pas qu'il y ait assez de place pour tout le monde dans la Jeep, déclara-t-il. Voyant les deux compagnons du maître du loup fouiller dans leur poche, il balança un grand coup de pied dans l'entrejambe de celui qui se tenait sur sa gauche puis renversa brutalement la table, tout en portant du talon de sa main droite un coup violent à la mâchoire du balafré, la lui brisant net. L'homme s'effondra au sol, inconscient, à côté de son copain qui se tortillait. Garth l'enjamba puis se retourna pour affronter le troisième, qui resta un instant pétrifié sur place, bouche bée, avant de sortir de sa poche sa main armée d'un couteau. Une lame de six pouces jaillit du manche d'une seule torsion de son poignet.

– C'est une erreur, annonça-t-il au jeune homme qui lui tomberait dessus plus tard, sur les terres de Floyd Kunkel, après l'avoir menacé. Il se pencha sur le balafré étendu à ses pieds, dégrafa son lourd ceinturon de cuir et l'arracha aux passants d'un coup sec. Puis il avança lentement vers le jeunot armé du couteau, en faisant calmement tournoyer la boucle au-dessus de sa tête.

– Je doute que tu aies déjà tué quelqu'un, mon jeune ami. Tu adores faire crever les gens de frousse. Contrairement à moi. Peu m'importe que tu sois terrifié, mais, si tu ne lâches pas immédiatement ce cran d'arrêt, je te tue. Regarde autour de toi et tu constateras qu'un tas de gens nous observent. Ils déclareront avoir vu trois skinheads m'agresser. Pas de problème.

Le jeune homme balança subitement son couteau et se rua vers la Jeep.

– Une minute ! aboya Garth.

L'autre pila tout net et se retourna lentement. Garth lui désigna les deux corps étendus.

– Ce n'est pas une décharge municipale, ici. Rapporte tes ordures chez toi.

Il retourna s'asseoir sur le banc sans cesser de faire souplement tournoyer le ceinturon, et regarda l'homme aux grands yeux boueux aider celui qu'il avait tabassé à se remettre debout. Ils transportèrent ensemble le balafré jusqu'à la Jeep, le balancèrent sur le siège arrière et démarrèrent sur les chapeaux de roues. Garth nota leur numéro d'immatriculation, qu'il comptait remettre à Jeffrey Bond. Il trouva ce dernier chez lui où il attendait son retour. Le chef de la police de Cairn était assis dans le salon de musique avec Mary. Celle-ci était pâle et semblait bouleversée.

– Votre loup nous pose un problème, Garth, déclara le policier à son arrivée. Un rapport sur un incident survenu dans le comté d'Ulster vient de nous parvenir. Un animal répondant au signalement d'un loup aurait été lâché dans une synagogue. Un *mynian* – un groupe d'hommes – était en train d'y prier. Le loup a attaqué. Il a tué un homme. Il a réussi à l'égorger et en a mordu sévèrement trois autres avant que quelqu'un ait pu atteindre un téléphone pour prévenir la police. Les flics l'ont abattu.

Garth détourna les yeux, consterné à la pensée de la stupeur et de l'horreur qu'avaient dû ressentir ces hommes en voyant soudain atterrir parmi eux ce monstre gris porteur de mort. Il ne comprendrait certes jamais comment fonctionnait l'esprit de ceux qui avaient pris la responsabilité de lâcher ce loup, mais il pouvait du moins comprendre la haine. Il lui arrivait de haïr. Il méprisait jusqu'au plus profond de son cœur ces pourvoyeurs de haine et de mort, et leur seule existence l'offensait. C'étaient les pustules à la face du monde dont sa mère leur avait tant parlé – à son frère et à lui – lorsqu'ils étaient petits, les trous dans l'épiderme du cosmos par où s'échappait le bien et entrait le mal. Il rendit son regard à Jeffrey.

– L'agression s'est produite hier, déclara-t-il. Ce n'était pas le nôtre.

Bond le fixa quelques secondes puis battit lentement des paupières :

– Curieuse réaction.

– Laquelle ?

– Vous n'avez pas l'air surpris.

– Je ne le suis pas.

Il fouilla dans sa poche, sortit le morceau de papier où était inscrit le numéro minéralogique de la Jeep et le tendit au policier :

– C'est le numéro d'immatriculation d'une Jeep qui, selon moi, appartient au propriétaire du loup. Il doit vivre à Blauvelt, mais, si ce n'est pas le cas, on devrait pouvoir retrouver facilement son domicile. Je viens de les rencontrer, lui et deux de ses copains. Des skinheads, des néo-nazis probablement alliés à ces gens de la Croix courroucée qui tiennent votre charmante petite librairie en ville. Vous devriez demander à la police d'Orangetown d'enquêter sur ce type, parce qu'il se vante d'en posséder un second… une louve.

Bond scruta un instant le visage de son ami puis opina.

– Je ne vais pas m'en priver. Comment avez-vous croisé le chemin de ces skinheads ?

– J'ai passé une annonce dans le journal pour le loup. L'un d'eux y a répondu.

– Vous comptiez le leur restituer ?

– Je comptais découvrir l'identité de celui qui les élève dans cet État ou les importe d'Alaska.

– Je vous remercie de m'avoir informé de la situation, articula soigneusement Bond en plissant légèrement les yeux. On sait que votre frère et vous êtes les meilleurs détectives privés en activité, mais vous en faites une affaire un peu trop personnelle. Bon, pourquoi n'appelleriez-vous pas vos amis en Alaska comme vous l'avez dit, en me laissant faire mon boulot ?

– Je ne fais pas obstruction à une enquête officielle, Jeffrey. Et j'agis au nom d'un client.

– Vous ne m'en aviez encore rien dit. Puis-je savoir qui ?

– Mary, donne-moi un dollar.

Mary lança un regard étonné à son époux.

– Hein ? Mon porte-monnaie est dans la chambre.

– Jeff, prêtez un dollar à Mary, voulez-vous ?

Le chef de la police soupira, roula des yeux puis sortit son portefeuille et tendit à Mary une coupure d'un dollar que Garth lui prit aussitôt des mains.

– Je ne voudrais pas vous faire croire que je me suis conduit en amateur, chef, déclara-t-il avec un petit sourire. Mary est désormais officiellement ma cliente. Elle est très concernée par les droits des animaux et cette affaire de loups maintenus en captivité et mutilés la met hors d'elle.

– C'est exact, renchérit Mary, en se rapprochant de son mari pour l'embrasser bruyamment sur la joue.

Le chef de la police poussa un grognement et secoua la tête.

– Les deux vertueux amis des animaux que vous êtes me permettront-ils de jeter un coup d'œil sur leur copain velu ?

Garth et Mary conduisirent le chef de la police à l'arrière de la maison, où le loup était enchaîné. L'animal releva les yeux, bondit immédiatement sur ses pattes, montra les crocs et chargea jusqu'à l'extrémité de sa chaîne avant d'être arrêté tout net et de retomber en arrière. Il chargea de nouveau, oreilles basses et plaquées au crâne, s'efforçant d'atteindre l'homme planté entre Garth et Mary.

Jeffrey Bond pâlit, recula d'un pas et tendit la main vers son arme.

– Non, Jeff ! s'écria Mary en broyant le bras du policier. Ne le tuez pas !

– Dire qu'il est dangereux est un grave euphémisme, Mary, répliqua Bond d'une voix sourde et tendue. Le donner à quelqu'un, ici ou en Alaska, serait un acte irresponsable. On finira de toute façon par l'abattre, alors autant me laisser faire la besogne tout de suite et en finir avant qu'il tue quelqu'un. Des gens se promènent sur cette plage.

– Il a réagi exactement de la même façon avec moi l'autre jour, Jeff ! On l'a conditionné dans ce but !

Bond garda la main sur son arme sans cesser de fixer la bête qui tirait toujours sur sa chaîne et griffait le sable de ses pattes pour essayer de lui sauter dessus.

– De quoi parlez-vous ?

– J'ignore pourquoi il vous a attaqué ainsi, Jeff, mais…

– Je crois le savoir, moi, intervint Garth en prenant son ami par le bras, délicatement mais fermement, pour lui faire contourner la maison. Passez-moi votre veste et votre casquette, Jeff.

– Que diable voulez-vous dire ?

– Contentez-vous de me les prêter. S'il vous plaît.

Bond hésita, puis finit par ôter les vêtements incriminés et les tendit à Garth, qui les endossa et redescendit vers la plage. Le loup ne réagit pas, ce que Garth avait escompté. Il regagna la maison et rendit vareuse et casquette à leur propriétaire légitime.

– L'uniforme n'est pas en cause, à mon avis, laissa-t-il tomber. Il vous a attaqué parce que vous êtes noir. Il a été conditionné pour agresser à vue les Noirs et les Juifs.

– Quoi ?

– Vous avez dit que le loup du comté d'Ulster avait attaqué un groupe d'hommes dans une synagogue. Les loups n'attaquent pas les gens, d'ordinaire. À moins qu'on ne l'ait acculé, ce dont je doute sérieusement, il aurait dû traverser la synagogue en catimini, caché par les bancs ou les prie-Dieu. Celui-là avait été dressé pour attaquer ces gens, sans doute à cause des vêtements qu'ils portaient, tout comme celui-ci vous a agressé à cause de la couleur de votre peau. Si je ne me trompe pas, il ne s'agit pas seulement d'importation et de garde illégales d'animaux sauvages dans cet État, mais de bien davantage. Quelqu'un dresse ces animaux pour en faire des armes meurtrières.

– Comment savez-vous tout cela ?

– Je sais deux ou trois choses sur les loups et le reste n'est que déduction bien documentée, fondée sur mon observation du comportement de celui-ci. Donnez-moi le temps de vous le prouver. Le loup n'est pas plus responsable de sa réaction à votre égard que de l'opération de ses cordes vocales. S'il a été conditionné, on peut le déconditionner. Si vous voulez vérifier que je ne me trompe pas, demandez à Orangetown d'embarquer ce connard de Blauvelt pour le cuisiner un peu. Et, de votre côté, vous devriez ramasser tous ceux qui gèrent cette fabrique de haine dans la ville. J'ai la vague impression que la Croix courroucée est responsable de tout ce qui est arrivé à ces loups. Si la police n'agit pas rapidement, je prédis d'autres agressions par des loups… et d'autres morts d'homme.

Bond réfléchit un instant puis hocha brièvement la tête.

– Dieu sait que votre frère et vous avez l'habitude de fourrer votre nez dans ce genre d'histoires. Je vais me pencher sur cette affaire. Vérifier également auprès des flics municipaux du nord de l'État et voir si je ne pourrais pas brancher aussi la police de l'État dessus. D'ici là, je vous laisse une semaine pour vous débarrasser de cet animal.

– Ce loup pourrait constituer une pièce à conviction.

– En ce cas, que la police routière s'en charge et en prenne la responsabilité.

– Vous m'aviez laissé un mois, insista Garth, s'adressant au dos du policier qui déjà entreprenait de remonter l'allée.

Jeffrey Bond pila et se retourna.

– Vous m'avez dit que l'animal était dangereux, Garth, et vous aviez raison. Navré, mais si jamais un gosse d'ici se faisait bouffer, je serais dorénavant tenu pour responsable. Si ce loup réussissait à se détacher ou si – à Dieu ne plaise – un enfant marchant sur la plage s'en approchait et se faisait mordre, c'est mon cul que je risquerais… parce que je sais que vous le gardez ici. Une semaine. Commencez à passer vos coups de fil à vos amis d'Alaska.

Garth appela un ami, Juif orthodoxe qui habitait le pâté de maisons voisin. Dès qu'il fut en possession de l'objet qu'il lui avait emprunté, il s'installa devant son ordinateur, tapa le code d'accès au listing des Mines et, au bout de quelques minutes, obtint le nom et l'adresse de Conrad Regent, le propriétaire de la Jeep, lequel sortait précisément de chez sa maman quand Garth se gara devant l'entrée. Ce n'était pas le balafré, mais le skinhead aux yeux boueux ; il fila vers la Jeep garée dans l'allée dès qu'il aperçut Garth. Mais celui-ci fut sur lui avant même qu'il ne l'eût atteinte et le cloua au capot de sa voiture. Il lui enroula autour du cou le *tallès* aux franges blanches et noires puis le traîna sur la pelouse jusqu'au trottoir le long duquel était rangé sa fourgonnette, contenant le loup.

– J'ai ramené l'animal de compagnie de ton copain, lui annonça-t-il calmement. J'ai changé d'avis et décidé qu'il était grand temps que vous soyez tous réunis.

– Il va me tuer si vous me faites entrer là-dedans ! chuchota le jeune homme d'une voix étranglée, tout en essayant d'arracher le châle de prière enroulé à son cou et en fixant, les yeux écarquillés de terreur, le loup qui griffait la vitre les séparant et se jetait contre elle. Ce serait un meurtre !

Garth lui plaqua le visage contre le verre strié de bave et posa la main sur la poignée de la portière.

– Un meurtre ? répéta-t-il nonchalamment. C'est le loup de ton ami. Il veut le récupérer, non ? En fait, tu es même venu l'aider à me le reprendre et tu semblais beaucoup moins nerveux sur le moment. Quelque chose cloche ?

– Vous… le savez parfaitement ! C'est le châle ! Le loup est dressé pour attaquer tous ceux qui en portent un !

– Et les gens à la peau foncée ?

Le jeune homme hocha son crâne rasé.

– Qui les dresse ?

– J'en sais rien !

Garth lui cogna la tête contre la vitre et le loup redoubla d'efforts pour l'atteindre, en faisant crisser ses crocs contre le carreau.

– Otto ! glapit le skinhead.

– Otto quoi ?

– Juste Otto ! C'est comme ça que tout le monde l'appelle ! Il les élève, les dresse et leur tranche les cordes vocales quand ils sont encore petits ! Il travaille pour monsieur Kunkel !

– Qui est monsieur Kunkel ?

– Floyd Kunkel ! C'est lui qui distribue les loups ! C'est le leader de la Croix courroucée !

Garth arracha le châle de prière et projeta le skinhead sur le bitume.

– Où puis-je trouver ce Floyd Kunkel ?

L'autre détourna les yeux et déglutit sèchement. Il chevrotait légèrement en reprenant la parole, comme s'il allait fondre en larmes.

– Il vit à Cairn. Dans un grand manoir sur le fleuve, près de la carrière.

– Pourquoi distribue-t-il ces loups ? Qu'êtes-vous censés en faire ?

L'homme le lui avait appris et la rage qui s'était emparée de Garth sur le moment resurgissait à présent, estompant la douleur de sa cheville tandis qu'il progressait d'un pas décidé à travers les terrains boisés du domaine de Floyd Kunkel, retournant vers le manoir, sa seule issue. Il tomba sur trois des skinheads en uniforme de la Croix courroucée, debout dans une clairière herbue séparant un pas de tir d'un parcours du combattant. Il ne fit rien pour les éviter en sortant du bois et se dirigea sur eux à grandes enjambées. Les hommes l'aperçurent et tressaillirent. Celui de gauche leva son arme et Garth lui logea une balle dans le crâne. Les deux autres balancèrent leur pistolet-mitrailleur, tournèrent les talons et décampèrent. Garth jeta les MAC 10 dans un fourré et poursuivit son chemin vers le manoir et le petit bonhomme à la moumoute de traviole : le plus dangereux soldat d'assaut de toute la bande, le professionnel qui était derrière toute cette affaire, le féroce mercenaire ne se contenterait pas de le tuer lui, mais assassinerait aussi son frère et sa femme.

Mary lui avait tendrement caressé l'épaule pendant qu'il vérifiait l'appareil photo, ses objectifs et le magnétophone miniature fixé à sa ceinture.

– J'ai l'impression que le traitement qu'on a fait subir à ces bêtes te bouleverse encore plus que moi.

– Le fait est qu'il me bouleverse, avait-il répondu d'une voix sereine, en même temps que, satisfait de l'état de son matériel, il replaçait appareil et objectifs dans leur étui.

Mary lui avait enlacé la taille et l'avait serré contre elle, la tête plaquée contre ses omoplates.

– Je t'aime tellement, ô homme étrange.

Garth avait éclaté de rire, passé le bras derrière lui et tapoté la croupe de son épouse.

– Que voilà un merveilleux compliment !

– Il y a tant de choses en toi, tant d'émotions que tu ne montres jamais aux autres.

– Eh bien, quoi que tu penses y voir, tu me vois ravi de ton approbation.

– Si tu sais qui élève et distribue ces loups, pourquoi ne pas aller trouver Jeff pour le lui dire ?

– C'est précisément ce que j'ai l'intention de faire avant la fin de la journée. Mais ne perdons pas de vue que Jeff, si bon flic soit-il, n'est jamais que le chef de la police municipale. Il a besoin de toute l'assistance qu'on pourra lui fournir pour boucler ces types, et il faut en finir rapidement, avant que d'autres gens se fassent tuer ou mutiler. Jeff ne peut faire que de son mieux, en se pliant à de strictes procédures légales. À en juger par son manoir, Kunkel roule sur l'or et, dès qu'il verra la police s'intéresser à ses agissements, il engagera une armée d'avocats chevronnés. La police de l'État viendra alors te confisquer ton loup, pour l'abattre un peu plus tard, sans aucun doute. Le seul meurtre relié aux loups et à la Croix courroucée dont nous ayons connaissance jusque-là a été commis près de Kingston, soit à deux cents kilomètres du domaine de juridiction de Jeff. Nous ignorons combien de ces bêtes rôdent encore dans la nature, où elles se trouvent et jusqu'à l'état mental exact des fêlés qui les détiennent. Kunkel ne livrera leurs noms aux flics qu'après avoir été très longuement cuisiné et soumis à une forte pression. D'ici là, je ne tiens pas à apprendre par le journal, à mon réveil, qu'un autre loup s'est introduit dans une synagogue ou a été lâché dans une cour de récréation pleine de petits Noirs.

– Tu penses pouvoir lui extorquer les noms de ceux à qui il les a confiés ?

– Je vais essayer.

– Comment ?

– En recourant à la douce raison, répondit-il avec un sourire, tout en se dégageant de l'étreinte de sa femme pour l'embrasser tendrement avant de se diriger vers la porte.

– Garth, c'est toi le loup solitaire de cette ville ! lui cria-t-elle. Toi et ton frère, vous êtes pareils. Et quand vous travaillez ensemble, c'est à un loup solitaire bicéphale qu'on a affaire.

– Il va adorer cette définition.

– Tu ne prends pas d'arme ?

Garth s'arrêta sur le seuil et se retourna.

– Je n'ai pas l'intention de tuer qui que ce soit… et, si c'était le cas, je m'en garderais bien dans ma ville natale. À mon avis, notre intimité se ressentirait d'une telle publicité, et ni ton éditeur de musique ni ton label ne l'apprécieraient.

– Garth… ?

– Je serai de retour pour le dîner.

– Où habite ce Floyd Kunkel ?

– Bien trop près, répondit-il.

Moins de dix minutes plus tard, il empruntait le chemin de terre crevé d'ornières longeant la carrière abandonnée, à la lisière de Cairn. Il roula le plus loin possible sur le sentier envahi de végétation puis descendit de voiture, l'appareil photo suspendu à l'épaule, escalada l'éboulis au pied de l'escarpement rocheux où de puissants Léviathans mécaniques avaient jadis tranché d'énormes dalles de pierre, qui seraient ultérieurement broyées pour asphalter les rues de New York. Il réussit à escalader la falaise sur quelques mètres, jusqu'à une corniche en surplomb où il s'assit, les jambes pendant dans le vide, pour inspecter des yeux la propriété de Kunkel. Le téléobjectif lui permit de repérer, sur les spacieux terrains, le pas de tir et le parcours du combattant où s'entraînaient une demi-douzaine d'hommes en uniforme brun. À l'extrémité sud de la propriété, on distinguait ce qui semblait être un chenil comprenant plus d'une douzaine d'abris de bois. Un animal au pelage gris sombre était enchaîné devant chacun d'eux. Tout le complexe était cerné d'une double clôture métallique ; l'enceinte intérieure semblait électrifiée.

Garth prit deux pellicules en se concentrant sur les niches puis redescendit. Il rangea appareil et pellicules dans son coffre, contourna ensuite le manoir de Kunkel jusqu'à l'entrée et se rangea au bout de l'allée circulaire. Plusieurs voitures, dont un fourgon immatriculé en Alaska, stationnaient dans un parking latéral. Il activa le magnétophone fixé à sa ceinture, gagna l'entrée du manoir victorien et frappa.

L'homme qui lui ouvrit ne devait pas faire plus d'un mètre soixante. Il arborait une fine moustache brune qui soulignait encore son teint cireux, et une grotesque moumoute en broussaille lui tombait quasiment dans les yeux. Ses yeux noirs en boutons de culotte évoquaient ceux d'une poupée : les yeux éteints d'un homme en qui tout (rêves, ambitions, conscience de sa propre valeur) est mort puis a ressuscité, tel un phœnix estropié, sous forme de haine meurtrière.

– Floyd Kunkel ?

– C'est possible, répliqua nerveusement l'autre. Que lui voulez-vous ?

– Je m'appelle Garth Frederickson. Je suis un voisin et je suis venu vous rendre un service.

– Déguerpissez, répondit Kunkel en s'apprêtant à refermer la porte. Quoi que vous vendiez, je n'ai rien à acheter.

– Il s'agit des loups hybrides que vous gardez au fond de votre propriété, rétorqua Garth en plaquant une large et forte main contre la porte pour l'empêcher de se rabattre. Le service dont je vous parlais consiste à vous exhorter à vous rendre au commissariat pour y décliner l'identité de ceux à qui vous avez confié l'un de ces animaux. Cet acte ne mettra en aucun cas un terme aux poursuites judiciaires, qui vous coûteront cette propriété et toutes vos possessions, mais vous évitera peut-être la prison si vous coopérez gentiment.

La bouche pincée de Kunkel s'ouvrit et se referma, et ses yeux en boutons de culotte s'écarquillèrent.

– Qu... ? Je ne sais pas de quoi vous voulez parler.

– Bien sûr que si ! Vous avez dressé ces bêtes pour attaquer les Noirs et les Juifs et vous les avez livrées ensuite à vos petites frappes de skinheads comme autant de cartes de membre ou de croix d'honneur. Un de vos gars a décidé de lâcher le sien pour vérifier s'il était réellement capable des prouesses que vous lui attribuiez. C'est le cas. Ce qui vous rend complice d'un meurtre. Pourquoi ne pas me divulguer ces noms sur-le-champ, histoire de gagner du temps ? Combien de ces loups avez-vous libéralement distribués ?

La porte s'ouvrit à la volée et Garth se retrouva en train de fixer la mort dans les yeux. Il était venu jusqu'ici pétri de mépris pour ces infirmes mentaux, ces hommes en qui il voyait des mauviettes et des poltrons. Mais Franz Heitman n'était ni l'un ni l'autre. Et l'ex-agent de la Stasi avait toutes les raisons du monde de vouloir le tuer.

– Otto, je présume ?

L'homme aux yeux très pâles et aux cheveux blonds coupés ras recula d'un pas, mais continua de braquer son arme sur le front de Garth.

– Entrez, Frederickson.

– Bizarre de vous rencontrer ici, Franz. Interpol vous recherche très activement, vous savez. De même que les citoyens de votre ancienne patrie. Un tas de gens donneraient cher pour vous mettre la main dessus.

– Non, vraiment ? J'ai l'impression que je vais devoir m'attarder plus longtemps que prévu aux États-Unis.

Kunkel fixa l'Allemand en affichant une expression médusée.

– Otto ? Pourquoi cet homme vous appelle-t-il Franz ? D'où vous connaît-il ?

– Laissez-nous ! aboya Franz Heitman.

Garth se tourna vers le poids coq à la moumoute en bataille.

– Savez-vous qui a travaillé pour vous… ou, plutôt, qui croyez-vous avoir fait travailler ? demanda-t-il, juste avant que l'homme aux yeux blancs n'abatte l'extrémité du canon de son revolver sur sa tempe.

Lorsqu'il reprit conscience, il était ligoté à une chaise à dos droit dans un petit bureau ou studio. Étonné d'être encore de ce monde.

– Alors, Frederickson ? Que se passe-t-il ?

– À vous de me le dire, Franz. Que peut bien faire le tueur et bourreau professionnel que vous êtes parmi ces gens ? Un ramassis d'aspirants nazis. De mauviettes. D'amateurs. Alors que vous êtes l'article authentique. Que mijotez-vous ?

L'homme aux yeux blancs assis face à lui derrière un bureau se pencha en arrière sur sa chaise pivotante, repoussa le magnétophone qu'il avait prélevé sur la ceinture de Garth puis croisa les mains derrière la nuque.

– Nous avons un compte à régler, Frederickson. Comme avec votre mariolle de frère. À vous deux, vous m'avez logé cinq balles dans le corps.

– Ouais, Franz. Mais vous savez combien il est difficile de tuer un serpent. Navré de le constater, mais vous m'avez l'air en très grande forme.

– À propos, où est-il, votre mariolle de frère ? Curieux, n'est-ce pas, mais j'ai du mal à vous imaginer l'un sans l'autre. Quand on croise un Frederickson, l'autre n'est jamais très loin derrière.

Raison, au demeurant, pour laquelle il était toujours en vie, songea Garth. L'Allemand cherchait à savoir qui le couvrait et qui d'autre était au courant pour les loups. Garth savait que Franz Heitman, vraisemblablement, ne croirait rien de ce qu'il pourrait lui dire... Autant lui dire la vérité, donc.

– En Europe.

– Non, vraiment ? Pour qui travaillez-vous ? Qui vous a engagé pour enquêter sur cette affaire de loups ?

– Personne.

– Personne ? Que faites-vous là, alors ?

– J'ai trouvé dans le fleuve une des bêtes que vous avez charcutées. Ce que vous lui avez fait subir m'a foutu en rogne et j'ai décidé de découvrir le responsable. Puis, de fil en aiguille...

L'Allemand poussa un grognement.

– J'ai l'impression que vous me dites la vérité, voyez-vous. Vous avez dit à cet imbécile de Kunkel que vous étiez un voisin. Vous habitez à Cairn ?

Garth sentit s'accélérer ses battements de cœur et s'efforça de montrer un visage de marbre.

– Non. Pour qui travaillez-vous, en réalité ?

L'autre éclata de rire.

– Pour les vieux chevaux de retour, bien entendu.

– Les gens d'Abou Nidal ? Saddam ? Castro ?

Heitman se fendit d'un sourire en coin.

– Pourquoi prendre le risque d'introduire clandestinement aux États-Unis une bande de terroristes parlant une langue étrangère, quand des groupes entiers d'Américains séditieux sont tout disposés à faire eux-mêmes le boulot moyennant un infime coup de pouce, histoire de les guider dans le bon sens ? Ni vos nazis ni les gens du Klan ne sont particulièrement brillants, je le reconnais volontiers, mais j'ai découvert que travailler pour mes divers employeurs présentait un très net avantage.

– Nous n'avons pas comme vous autres Européens, il est vrai, des siècles d'expérience en matière de haine et d'assassinat de nos concitoyens. Vous avez lâché le loup dans cette synagogue, pas vrai ?

– Un moyen d'éprouver mes méthodes de dressage, avec un résultat plus que satisfaisant. Le Jour du Loup ne saurait tarder. Ceux qui en possèdent un attendent avidement mon signal. Bien entendu, il me faudra choisir une occasion propice… peut-être Rosh Hashana [1] ou Yom Kippour, quand les Juifs descendront en grand nombre dans les rues, vêtus de leur châle de prière. On lâchera en même temps des meutes de loups dans les quartiers noirs. Je pressens que ça va méchamment éclabousser… Façon de parler.

– Pour quelle raison, Heitman ?

– Parce que vous croyez que Kunkel et ses skinheads ont besoin d'une raison ? Ils meurent tout bonnement d'envie de massacrer des Noirs et des Juifs et se disent que les loups sont un bon moyen d'en finir.

1. Le nouvel an juif. (*N.d.T.*)

– C’est vous qui leur avez soufflé l’idée, bien entendu ?

- Bien entendu.

– Quelle est *votre* raison ? Dans quel but ? Vous êtes un tueur professionnel, pas un idéologue fumeux.

L’autre haussa les épaules.

– Frapper ses ennemis de terreur est une raison suffisante. Vous connaissez la théorie. C’est mon métier. Mes employeurs considèrent les États-Unis comme leur ennemi ; le terrorisme n’est pas seulement une arme de choix… c’est la seule dont ils disposent. Il y aura d’autres opérations comme le Jour du Loup. Comme vous le savez sans doute, je suis plutôt doué pour manipuler des crétins tels que Kunkel et ses skinheads et organiser ce genre d’opérations. Les États-Unis sont un vaste territoire et je compte y sévir encore un bon moment.

– Combien de loups y a-t-il, Franz ?

– Suffisamment, répondit Heitman en consultant sa montre avant de se lever. Je vais vous laisser un instant la bride sur le cou, en attendant de voir qui se pointera pour vous chercher. J’espère sincèrement qu’il s’agira de votre mariolle de frangin.

Livré à lui-même, Garth s’employa à *muzukashi jotai kara deru*, ce qu’on peut grossièrement traduire du japonais par « s’extraire soi-même d’une situation épineuse ». Encore une technique que son frère lui avait apprise, et qui consiste en une série de flexions et relaxations des muscles. Cette méthode, que Garth avait jadis considérée comme une esbroufe ou, au mieux, comme un jeu de société, avait néanmoins servi à leur sauver la vie dans certain château en Suisse. Garth avait alors insisté pour que son frère la lui enseignât. Ce qui n'aurait demandé que dix minutes à son frère lui prit une bonne heure, mais il se retrouva enfin libre.

Il lui fallait à présent un téléphone, mais, si jamais il y en avait eu un dans cette pièce, on l'avait enlevé depuis. Néanmoins, en farfouillant dans les tiroirs du bureau, il finit par tomber sur un carnet à spirale. Le nom et l'adresse d'un élevage de loups hybrides d'Alaska y étaient consignés, de même qu'une liste de patronymes, d'adresses et de numéros de téléphone. Les adresses, dont plus d'un tiers étaient situées à New York, se disséminaient toutefois dans toute la moitié sud de l'État. Vingt-cinq noms, dont celui d'un homme de Kingston, étaient cochés d'une croix noire. Il arracha les pages du calepin, les plia et les rangea dans son portefeuille puis se dirigea vers la porte, qui donnait sur un bureau beaucoup plus vaste, à l'arrière, semblait-il, du manoir.

Il se trouvait à mi-chemin de la porte quand Franz Heitman entra. L'Allemand poussa un juron et porta vivement la main à son étui d'aisselle, mais Garth avait déjà parcouru au pas de course l'autre moitié de la pièce et plongé par une fenêtre ; foncé droit à travers le carreau, en s'abritant le visage de l'avant-bras, au moment même où une déflagration retentissait dans son dos. Il atterrit sur l'épaule gauche, exécuta un roulé-boulé et se releva aussitôt pour piquer un sprint sur la pelouse superbement entretenue, vers une zone boisée qui s'étendait au pied de la carrière désaffectée. Tout en cavalant, il songeait à Mary, se demandait à quoi elle pensait en ce moment et ce qu'elle pouvait bien faire. Il lui avait promis d'être de retour pour le dîner et elle devait désormais s'inquiéter ; peut-être avait-elle déjà appelé la police. Certes, il lui avait dit où il allait, mais ça ne signifiait pas pour autant que les flics, sans une commission rogatoire *ad hoc*, sauraient le retrouver. Heitman avait dû garer sa voiture hors de vue et Kunkel nierait tout simplement l'avoir jamais vu chez lui. Jeff ne pourrait rigoureusement rien faire.

Sa pire appréhension, la crainte même qui l'avait rongé pendant toute cette longue nuit, se réalisait : en s'approchant du manoir, il repéra le break de Mary, garé derrière, bien en vue, comme pour lui signifier que Franz Heitman détenait sa femme. Il balança son arme dans un coin, pénétra dans la cuisine par la porte de service et découvrit le corps de Kunkel sur le carrelage. Son front s'ornait d'un unique orifice de balle.

– Je suis là, Heitman !

– Par ici, Frederickson ! cria la voix de Heitman. Droit devant vous.

Garth longea un couloir aux parois décorées d'affiches nazies bariolées et entra dans le spacieux séjour du manoir. Mary était assise toute raide sur une chaise installée au beau milieu de la pièce, à quelques pas du divan occupé par l'Allemand. Un automatique reposait sur les genoux de Heitman. Le loup, couché sur le ventre aux pieds de Mary, leva la tête à son entrée et frétilla de la queue.

– Je savais que ces crétins ne pourraient pas vous rattraper, Frederickson, reprit l'Allemand en consultant sa montre. De fait, vous tombez à pic, presque au moment où je vous attendais.

Garth regarda sa femme.

– Tu vas bien ?

Mary hocha la tête.

– Et toi ?

– Oui.

– À propos, poursuivit Heitman avec un petit sourire, la police est venue vous chercher. Kunkel a répondu aux flics qu'il ne voyait pas de quoi ils voulaient parler. Que pouvaient-ils faire ? Ne voyant pas arriver votre mariolle de frère comme je m'y étais attendu, j'en ai conclu que vous disiez la vérité en m'assurant qu'il était en Europe. Je me suis également rappelé que vous aviez déclaré à Kunkel être son voisin et je me suis rendu en ville pour mener ma petite enquête en racontant que j'étais un vieil ami à vous, que nous nous étions perdus de vue depuis longtemps et que j'avais égaré votre adresse et votre numéro de téléphone. Tout le monde vous connaît ; les gens se sont empressés de me communiquer l'adresse de votre domicile et le meilleur itinéraire pour s'y rendre. Incidemment, votre adorable épouse et vous avez fait du très bon boulot sur ce loup. Il est maintenant tout à fait docile. Je crois que je vais le garder pour moi.

– Il est venu à la maison, fit Mary d'une toute petite voix. Il m'a dit que tu avais besoin de mon aide sur-le-champ et que je devais le suivre et emmener le loup. Que faire, sinon lui obéir ?

Garth hocha la tête et retourna à l'ex-agent de la Stasi le regard glacé de ses yeux d'un bleu délavé.

– J'ai vu le carnage que vous avez laissé dans la cuisine. Vous vous apprêtez sans doute à déguerpir.

– En effet. Vous avez réussi à me mettre en fâcheuse posture dans cette ville. Mais j'aimerais tout d'abord passer quelques coups de fil, et vous détenez les numéros de téléphone des gens que je veux appeler. Il me semble que ce jour ferait un Jour du Loup aussi propice qu'un autre. Vous avez ma liste de noms ?

– Si vous aviez la certitude qu'elle se trouve sur moi, je serais déjà mort.

– L'idée que vous ayez pu la planquer quelque part, après avoir aperçu la voiture de votre épouse, m'a en effet effleuré l'esprit. C'est le cas ? Vous ne m'importunerez pas bien longtemps. Je ne voudrais pas avoir à loger une balle dans la rotule de votre femme pour vous extorquer une réponse plus prompte… Alors, pourquoi ne pas me dire tout de suite où je la trouverai ?

– Si je m'exécute, vous laisserez partir Mary ?

– Soyez gentil, Frederickson. Ne me forcez pas à vous insulter en vous racontant des mensonges. Je peux me charger d'Interpol et des autres services de police, mais je n'ai pas envie d'avoir votre frangin aux trousses pendant le restant de mes jours. Je ne peux pas laisser de témoins. Mais je peux au moins vous promettre qu'aucun de vous deux ne souffrira.

– Compte tenu des circonstances, ça me paraît assez équitable, répondit Garth. Il sortit son portefeuille de sa poche, en retira les feuillets pliés et les projeta vers l'Allemand. Heitman tendit la main pour les rattraper. Garth en profita pour extraire le châle de prière de son blouson et le lui jeter à la tête.

– Autant prendre ça aussi.

Juste avant que le châle de prière ballonné ne s'abatte sur son crâne, les yeux pâles de l'Allemand s'écarquillèrent de stupeur et d'horreur. Il s'empara d'une main du calibre posé sur ses genoux, tandis que, de l'autre, il s'efforçait frénétiquement de se débarrasser de l'étoffe noir et blanc à franges… Mais, à la seule vue du *tallès*, le loup avait bondi sur ses pattes et lui sautait dessus. Heitman poussa un hurlement et bascula en arrière sous le poids de l'animal. Garth contourna prestement le divan renversé, agrippa le collier du loup et l'arracha au visage de l'Allemand. Franz Heitman avait réussi à protéger sa gorge et vivait encore, mais il n'avait plus de visage. Il se tordait de douleur sur le parquet, piaillait et ruait des quatre fers, en s'efforçant, sans jamais s'y résoudre, de palper sa chair mortifiée de ses mains tendues et agitées de spasmes. Garth entraîna le loup de l'autre côté du divan et le confia à Mary, qui empoigna le collier tout en lui enlaçant l'encolure de son bras libre.

– Notre loup aura besoin de beaucoup d'amour et d'un fort déconditionnement pour oublier les mauvaises habitudes qu'on lui a inculquées, ce qui me semble impératif s'il veut vivre, laissa tomber Garth en traversant le salon pour aller décrocher un téléphone et demander la police et une ambulance. Dans la mesure où il a joué un rôle important dans le sauvetage de plusieurs vies, dont la nôtre, nous devrions peut-être le garder. Je peux essayer d'obtenir un permis spécial et nous pourrions construire un enclos approprié. Ça te plairait ?

Mary se contenta de hocher la tête ; ses yeux brillaient de larmes.

Titre original : *Lone Wolf*

2

Hantises

– Ils arrivent ! glapit madame Bellarossa quand les flammes des sept bougies vacillèrent, tandis que Mary poussait un hurlement, joignant sa voix à celle de l'autre femme en un duo horrifié, les traits convulsés par la même terreur que Garth avait pu observer sur le visage d'Elsie Manning lorsqu'il l'avait trouvée roulée en boule sur le sol, au pied de sa porte de service, vers trois heures du matin la semaine précédente ; trop faible pour la marteler, elle se contentait de gratter la moustiquaire comme un chat blessé.

– Ils veulent ma mort, Garth ! avait soufflé la vieille dame de quatre-vingts ans dans un murmure étranglé, en se cramponnant à l'ourlet de sa robe de chambre.

Garth Frederickson avait regardé autour de lui, sans rien voir, dans cette tiède nuit de septembre, hormis la lueur projetée par la lampe de son perron, ni rien entendre sinon le chuintement étouffé des vagues déferlant sur la plage à une cinquantaine de mètres. Il s'était baissé pour passer les mains sous les frêles aisselles de la vieille dame, l'avait délicatement aidée à se relever et l'avait ensuite soutenue, tandis qu'elle continuait de trembler violemment en se raccrochant au revers de son haut de pyjama. Il connaissait déjà la réponse, mais avait tout de même demandé :

– Qui veut votre mort ?

– Mes fantômes.

– Ils ne peuvent pas vous nuire ici, Elsie, avait-il répondu sur un ton apaisant tout en la conduisant à l'intérieur, dans la cuisine, où il l'avait installée dans un fauteuil devant la table à découper rectangulaire. Il avait ôté sa robe de chambre de flanelle et la lui avait passée sur les épaules puis s'était dirigé vers la cuisinière pour faire chauffer de l'eau pour le thé. Sa femme s'était encadrée dans l'embrasure de la porte et il avait relevé les yeux. Yeux bleus brillants ensommeillés, cheveux blonds ébouriffés striés de mèches blanches et lui arrivant aux hanches… Mary Tree restait encore la plus belle femme qu'il eût jamais connue et il avait accueilli avec un profond soulagement l'amour qui l'avait inondé à sa vue comme une marée montante, après la lugubre atmosphère émanant de cette vieille dame toute tremblante. Dans son esprit, cette dernière était atteinte d'une sorte de lèpre spirituelle qu'elle entretenait sciemment depuis des années, quand elle ne s'y complaisait pas, allant même jusqu'à s'en vanter ; et qui ne s'était pas seulement soldée, selon Garth, par la décision de justice la plus étrange et la plus perverse de l'histoire de ce pays, mais encore par la vente de sa demeure et la perte d'un argent dont elle avait désespérément besoin. Si elle ne provoquait pas sa mort par-dessus le marché.

– Elsie est terrifiée, Mary. Elle a besoin de se reposer un moment.

La chanteuse de folk avait poussé un soupir de commisération puis était promptement entrée dans la cuisine pour aller s'asseoir à côté de la vieille dame et poser ses grandes mains aux longs doigts effilés sur ses épaules toujours secouées de convulsions.

– Oh, Elsie, Elsie, tout va bien, maintenant. Tout va bien. Vos fantômes ?

Elsie Manning semblait avoir perdu la parole. Ses yeux vert pâle larmoyants s'écarquillaient encore, frappés d'horreur et de stupeur, et elle fixait un point dans le vide, un peu au-dessus de la tête de Mary, tétanisée par un fantôme qu'elle était seule à voir. Sans son dentier, ses joues étaient caves et sa bouche dessina un O, tandis qu'elle hochait lentement la tête.

La bouilloire s'était mise à siffler. Garth avait préparé trois tasses de thé et les avait posées sur la table. Dont une devant Elsie.

– Buvez doucement, Elsie, l'avait-il exhortée en lui décochant un sourire réconfortant. Ça vous fera du bien. Mais faites attention, c'est chaud.

Mary avait enlacé la vieille dame pour la soutenir pendant qu'elle portait la tasse à ses lèvres et buvait une gorgée du breuvage bouillant. Lorsqu'elle l'avait reposée, les tremblements de ses mains et de son corps semblaient moins spasmodiques et le regard de ses yeux vert pâle moins vitreux.

– Je n'y comprends rien, avait-elle déclaré. J'ai vécu toute ma vie dans cette maison et les fantômes ont toujours été très amicaux. Deux jeunes amants qui se sont suicidés dans la chambre du haut plutôt que laisser leurs parents les séparer de force. Ils adoraient mes parents et m'aimaient beaucoup, moi aussi. Parfois, quand j'étais petite, je les voyais s'asseoir au pied de mon lit et me sourire, tout lumineux. Ils me chantaient souvent des berceuses pour m'aider à m'endormir. Je me sentais toujours très bien avec eux. Ils me tenaient compagnie. Aujourd'hui... ils me détestent parce que je veux vendre la maison et les abandonner. Je ressens leur haine, et je sais qu'ils aimeraient me voir morte. Ils m'envoient des cafards.

– Vous avez appelé l'exterminateur pour vous en débarrasser, lui avait fait remarquer Garth. Il ne s'en est pas occupé ?

Elsie avait timidement secoué la tête.

– Si. Mais ils sont revenus. J'avais trop honte pour vous en parler. L'exterminateur est revenu, lui aussi, mais les cafards sont réapparus au bout d'une semaine. Il y en a partout dans la maison, maintenant. Et des rats et des odeurs épouvantables. Vous êtes entrés chez moi, Mary et Garth ; vous savez comme j'entretiens ma maison. Et le téléphone sonne à des heures indues. Je décroche, mais il n'y a jamais personne au bout du fil. Je raccroche et il se remet à sonner. Ça dure parfois des heures. Toute la nuit. Je n'arrive pas à comprendre comment des fantômes qui ont toujours été si gentils peuvent maintenant se montrer si haineux.

Mary et Garth échangèrent un regard et Garth tendit le bras par-dessus la table pour toucher la main, mouchetée de taches de vieillesse, de la femme âgée.

– Elsie, vous avez été soumise à une pression terrifiante depuis cette histoire avec votre acquéreur. Je ne pense pas que vous vous soyez jamais vraiment rendu compte que la plupart des gens ne se sentent pas aussi à l'aise que vous avec les fantômes... qu'ils soient ou non amicaux. L'humanité est une espèce très superstitieuse et les Américains ne le sont pas moins que les autres. Vous vous êtes plu des années dans votre maison hantée, et vous l'avez confié à tous ceux qui voulaient l'entendre. Quand le journal local sortait chaque année un article à ce sujet et braquait sur vous les feux de la rampe, vous adoriez cela. Mais, à présent, vous songez à aller vivre dans une maison de retraite, où l'on se chargera de pourvoir à tous vos besoins, où le personnel vous préparera vos repas et où une équipe médicale veillera sur votre santé… et il vous faut beaucoup d'argent pour payer la pension. Vous avez déjà perdu un acquéreur qui vous en offrait un bon prix, avec un acompte conséquent, parce qu'il a appris, une semaine avant la signature définitive, que votre maison était hantée. Nous pouvons certes convenir avec votre avocat que vous auriez dû garder l'acompte, dans la mesure où l'acquéreur s'était dédit, mais le juge, de façon pour le moins invraisemblable, en a décidé autrement, en arguant que vous auriez dû lui en faire part. De fait, l'État de New York a bel et bien statué légalement qu'il existait effectivement des maisons hantées et que l'une d'elles se trouvait à Cairn. Et maintenant, vous devez affronter un problème encore plus grave, parce que les chaînes câblées se sont emparées de cette affaire et qu'elle défraie à présent la chronique au plan national. Vous serez vraisemblablement assiégée par des aigrefins de tout poil, mages, astrologues et médiums, qui auront appris qu'ils peuvent se faire un peu de publicité sur votre dos en racontant à la presse qu'ils envisagent d'acheter votre maison. Mais ils n'en ont nullement l'intention et la plupart ne disposent même pas du premier sou des trois quarts de million de dollars de sa valeur. Ils cherchent simplement à attirer l'attention sur eux. Et nul n'a envie d'acheter votre maison, du moins pour le moment. Il faut laisser à cette affaire le temps de se tasser, Elsie. Vous finirez par trouver un autre acquéreur, car c'est une demeure magnifique, au bord de l'Hudson, et elles ne sont pas nombreuses dans ce cas. Mais, par-dessus tout, vous devez éviter de chanter sur tous les toits que vous la croyez hantée.

– Je ne crois pas qu'il me reste beaucoup de temps, avait répondu la vieille femme d'une voix creuse. Ses yeux étaient redevenus vitreux et elle avait porté une main tremblante à sa gorge. Ce soir, l'un d'eux m'a touchée ici. Ça m'a réveillée. Ils étaient là tous les deux, debout au chevet de mon lit, au clair de lune, encapuchonnés dans leur robe. Je les voyais aussi distinctement que je vous vois maintenant. Mais, cette fois-ci, c'était différent de leurs autres visites. Jusque-là, ils n'avaient jamais porté ces robes ni dissimulé leur visage. Et ne m'avaient jamais touchée. Cette main était aussi *froide* que si elle avait trempé dans l'eau glacée. Je n'aurais pas cru qu'il me laisserait me lever, mais j'ai réussi à courir jusqu'ici. Je…

Elle s'était interrompue tout à trac et avait jeté un regard dur à Mary puis à Garth.

– Je sais que vous ne me croyez pas. Vous pensez que j'ai tout imaginé. Vous êtes trop polis tous les deux pour me le dire, mais vous m'avez toujours prise pour une vieille timbrée.

– Elsie, avait sereinement répondu Garth, je ne trouve pas vos affirmations plus hautement improbables que quatre-vingt-dix pour cent des croyances de la population de Cairn et je ne prends pas non plus mes autres voisins et amis pour des timbrés.

– Mais vous ne croyez pas à mes fantômes, pas vrai ?

– Ça ne devrait pas vous surprendre.

– Mais l'un d'eux m'a *touchée* cette nuit, Garth.

Garth avait poussé un soupir.

– Elsie, Mary, mon frère et moi avons fidèlement assisté à toutes vos séances de Halloween depuis que nous sommes installés à Cairn. De fait, nous nous sentions honorés d'y être conviés. Nous nous y sommes beaucoup amusés. Mon frère serait le premier à vous dire qu'il adorerait plus que tout au monde rencontrer un fantôme et s'asseoir avec lui pour bavarder de tout et de rien.

– Mais votre frère cadet ne croit pas aux fantômes.

– Non, il n'y croit pas plus que moi. Mais il reste ouvert à toutes les possibilités parce qu'il croit en revanche au mystère, et rirait bien de découvrir qu'il s'est trompé et que les fantômes existent réellement. Mais, en l'occurrence, le fait est qu'aucune visite de l'au-delà ne s'est produite au cours des six séances auxquelles nous avons assisté. Pas le moindre signe d'une présence surnaturelle.

– Parce que ni vous ni Mary ni votre frère n'y croyez. Ils n'apparaissent qu'à ceux qui croient en eux.

Garth avait caressé la joue de sa femme du revers de la main puis s'était levé de table.

– Je vais m'habiller, Elsie, et aller fouiller votre maison pour m'assurer que personne ne s'y cache.

La vieille dame s'était raidie sur sa chaise et avait agrippé le bras de Mary.

– Non, Garth ! N'y allez pas ! Ça ne sert à rien. Vous ne trouverez rien. Ils ne vous apparaîtront pas. C'est après moi qu'ils en ont.

Elsie Manning s'était subitement mise à pleurer... elle n'avait pas éclaté en sanglots déchirants, non, mais avait pleuré sans bruit, sous le coup du désespoir plus que de la terreur qu'elle affichait l'instant d'avant. Elle avait fermé les yeux, rejeté la tête en arrière et l'O plissé de sa bouche s'était arrondi, laissant échapper un hurlement muet de chagrin, pendant qu'un flot régulier de larmes noyait ses yeux et ruisselait sur ses joues. Garth avait contourné la table, passé ses bras puissants autour des épaules de la vieille dame et l'avait serrée contre lui, exactement comme, une semaine plus tard, il étreignait Mary qui venait de tomber de sa chaise. Les quatre membres de son épouse se convulsaient spasmodiquement et ses yeux se révulsaient. Garth embrassa sa femme sur les joues et entreprit de la bercer doucement d'avant en arrière, dans un silence mortel que seuls venaient rompre le lourd halètement de madame Bellarossa et la voix chevrotante d'Elsie récitant une prière. Mary finit par s'immobiliser et ouvrit les yeux.

– Ils sont là, Garth. Mon Dieu, ils sont réellement avec nous dans cette pièce.

– Tu vas bien ?

– J'ai tellement froid…

– N'essaie pas de parler. Reste allongée. Je vais te chercher une couverture.

– Non, Garth. On n'a pas le temps. Ils n'attendront pas.

– Laissez-la parler, fit madame Bellarossa d'une voix sourde et légèrement plus rauque qu'à l'ordinaire. C'est important. Mary a été choisie comme messagère.

Garth hocha la tête à l'intention de la corpulente femme noire, au rouge à lèvres écarlate et aux énormes anneaux d'oreille, qui dirigeait la séance, puis reporta le regard sur son épouse.

– Que s'est-il passé ?

– Ils sont… venus à moi, Garth. Je les ai sentis.

– Sentis ? Comment ?

Mary déglutit âprement et s'humecta les lèvres.

– Au début, j'ai juste ressenti un froid terrifiant. Je vais bien, maintenant, mais, l'espace d'un instant, il m'a semblé que je n'avais jamais eu aussi froid de ma vie. Puis ils sont entrés dans mon esprit et ont commencé à m'expliquer pourquoi ils étaient tellement en colère. C'est lié à l'égoïsme et à une effroyable cupidité.

– Ils trouvent Elsie cupide parce qu'elle compte vendre sa maison ? Elle n'espère en retirer que sa valeur actuelle sur le marché.

Mary secoua la tête.

– Ce n'est pas ça.

– Quelle cupidité, en ce cas, Mary ? Quelle cupidité ?

– Je... je n'en sais rien. Je pense qu'ils allaient tout m'expliquer quand je me suis évanouie.

– Ils sont toujours dans la pièce, déclara madame Bellarossa d'une voix distante et monocorde, en bafouillant légèrement. Ils cherchent à nous faire savoir que nous devons reformer le cercle.

Garth releva les yeux vers la femme noire ; ses yeux étaient à demi fermés et ses bras étendus sur la table comme si elle était en transes. Le Noir debout derrière elle – Jeffrey Bond, raide comme un piquet – fixait Mary, la bouche entrouverte et les yeux remplis de stupéfaction. Mais John et Linda Luft, les deux jeunes mariés blonds aux yeux noirs qui se ressemblaient comme frère et sœur, s'étaient écartés de la table et se tenaient à présent à la lisière du cercle de lumière vacillante projeté par les bougies. Les yeux de Linda Luft étaient vitreux, tant elle était choquée, et elle-même avait le teint blême. Son mari n'était pas moins livide dans cette lumière ténue, mais les coins de sa bouche étaient tirés vers le bas en signe de scepticisme. Elsie se tenait à l'extrémité diamétralement opposée de la table, par rapport à madame Bellarossa ; les yeux de la vieille dame étaient clos et ses lèvres marmonnaient inlassablement une prière muette. Harry Parker était la seule personne encore assise. C'était un ami de Garth, magicien de profession et démystificateur renommé de médiums, charlatans et autres apparitions « surnaturelles ». Parker semblait parfaitement calme. Il s'était rejeté en arrière sur sa chaise et croisait ses bras épais sur sa poitrine en forme de barrique. Le visage de marbre, il retourna son regard à Garth, qui venait de demander :

– Quelqu'un d'autre a-t-il vu, entendu ou senti quelque chose ?

Jeffrey Bond toussa pour s'éclaircir la voix.

– J'ai senti le froid, déclara-t-il en balayant les autres d'un regard un tantinet penaud. Un courant d'air glacé sur ma nuque. Exactement ce qu'a décrit Mary… Le froid le plus intense que j'aie jamais ressenti. Et nous avons tous été témoins de ce qui est arrivé aux bougies.

Il s'interrompit pour regarder de nouveau autour de lui.

– N'est-ce pas ?

– C'est vous le spécialiste, Harry, fit Garth en s'adressant à son ami. Qu'est-il arrivé à Mary et Jeff ? Que se passe-t-il ici ? Hystérie collective ?

Le grand type aux yeux bleus et aux cheveux noirs coupés très court battit lentement des paupières et sursauta brusquement alors qu'il semblait sur le point de répondre.

– Que je sois pendu… déclara-t-il d'une voix calme mais visiblement sidérée, tout en décroisant lentement les bras pour contempler sa poitrine : le plastron de sa chemise s'imbibait progressivement de sang. Une tache s'élargissait sur le coton, aussi rouge que l'aube qui s'était annoncée en dissipant les ténèbres, la nuit où, chez Garth, Mary, Elsie et lui-même s'étaient assis autour de la table à découper.

– Je crois que je ferais mieux de rentrer chez moi, maintenant, avait fait Elsie d'une toute petite voix. Elle était encore très pâle, mais avait cessé de trembler. Mary l'avait repeignée et ça avait paru la calmer.

– Je vous ai assez ennuyés comme ça, avait-elle poursuivi, en vous réveillant et en vous faisant passer une nuit blanche.

– Elsie, avait doucement répondu Mary en lui serrant le bras, vous êtes une amie très chère, pas une gêne. Et vous pouvez rester ici autant qu'il vous plaira.

Elsie avait lentement secoué la tête.

– Cette maison reste la mienne, au moins tant que je ne l'aurai pas vendue. J'y suis chez moi. Ils ne me rendent plus visite de jour depuis qu'ils sont hostiles.

– Je vais vous raccompagner, avait déclaré Garth en se levant de sa chaise.

Il avait emporté une torche, qui se révéla inutile. Le soleil était apparu à l'est, de l'autre côté du fleuve et derrière les collines de Westchester, pendant qu'ils longeaient la plage, itinéraire le plus court et le plus simple pour gagner la maison d'Elsie, à quelque deux cents mètres de là : les eaux de l'Hudson se teignirent d'abord de rouge orangé puis de reflets mordorés. Lorsqu'ils atteignirent la propriété d'Elsie, un manoir de trois étages, il faisait jour. Garth avait ouvert la porte et pénétré en même temps qu'Elsie dans le vaste séjour luxueusement moquetté puis dans la salle à manger décorée d'antiques tapisseries, au centre de laquelle trônait une lourde table en chêne massif.

– Merci, Garth, avait fait Elsie en se laissant tomber en soupirant dans un fauteuil. Elle avait ôté sa robe de chambre et la lui avait rendue.

– Merci pour tout.

– Ça ira ? s'était-il enquis.

– Je ne sais plus que faire, Garth.

– Ce n'est pas à moi que vous devriez demander de vous aider à affronter vos fantômes, vous savez, Elsie.

– Vers qui d'autre me tourner ?

– Vers un prêtre ou un pasteur.

– Eux non plus ne me croient pas, avait-elle répliqué d'une voix trahissant une profonde amertume. Ils ne croient qu'à leurs propres fantômes.

Elle s'était interrompue, avait secoué la tête et ses yeux s'étaient à nouveau embués.

– Je sais parfaitement que vous ne croyez pas à la présence de fantômes dans cette maison, Garth, mais vous êtes le seul avec qui je puisse encore en parler sans me sentir gênée. J'ai tellement peur, Garth. Que dois-je faire ?

Garth avait tiré une chaise à lui, s'était assis et penché vers la vieille dame en plongeant le regard dans ses yeux.

– Cesser d'y croire.

– … Quoi ?

– Les fantômes de cette maison n'existent que par vous, parce que vous y croyez. Cessez d'entretenir leur existence et ils s'en iront.

– Mais l'un d'eux m'a *touchée*, Garth ! Il a posé sa main sur ma *gorge* !

– Il vous a touchée parce que vous avez cru qu'il vous touchait, parce que vous croyez aux fantômes et que vous les croyez *capables* de vous toucher.

Garth avait réprimé un soupir, rapproché encore sa chaise et pris dans les siennes les mains de la vieille dame.

– Nous avons tous nos obsessions, Elsie. Nos hantises. Ce ne sont que de mauvais souvenirs. C'est seulement en ne les reconnaissant pas pour ce qu'ils sont que nous leur conférons le pouvoir de nous nuire dans le présent.

Des ombres étaient passées dans les yeux pâles de la femme lorsqu'elle lui avait rendu son regard.

– Vous aussi, vous avez des hantises ?

– Bien sûr. Mais je ne leur demande pas de tuyaux sur la Bourse. Je ne les laisse pas s'asseoir sur mon lit ni nouer leurs doigts autour de ma gorge.

– Pourriez-vous me parler d'une de vos hantises ?

– J'ai grandi dans une ferme du Nebraska. Je devais avoir neuf ou dix ans quand un beau jour, pour une raison que nul n'a jamais pu comprendre, oncle Bill, mon oncle préféré, a quitté tout de go notre temple méthodiste pour rejoindre les rangs d'une secte fondamentaliste dont les membres manifestaient leur foi en manipulant des crotales. Il a été mordu quinze jours plus tard à la gorge par un serpent à sonnette, et il en est mort. Les gens de sa secte ont prétendu qu'il était mort parce qu'il n'avait pas assez la foi.

– Vous y croyez ?

– Bien sûr que non. Il est mort parce qu'il n'avait pas suffisamment de cervelle. Il faut se montrer très prudent dans ses croyances, Elsie. Parce qu'on finit par devenir ce en quoi l'on croit. Considérez cela comme une simple question de santé mentale. D'hygiène. Mon oncle Bill a été victime de son propre système de valeurs, exactement comme vous l'êtes du vôtre. Croire aux dieux ou aux fantômes, c'est comme une fièvre cérébrale. Certains la contractent, d'autres pas, et d'aucuns prétendent simplement l'avoir contractée parce qu'il leur semble que tout leur entourage en est victime et qu'ils ne tiennent pas à se distinguer. Comme pour vous, cette fièvre se transmet de génération en génération, de sorte que, par toute la planète, on trouve des dizaines de millions de gens croyant aux fantômes, à des fantômes qu'ils appellent Dieu, Satan, Mahomet, Bouddha, Jésus, anges ou démons. Mais certaines affections sont plus dangereuses et virulentes que d'autres, et elles vous piqueront aussi sûrement que le crotale a piqué mon oncle. Pour une raison ou pour une autre, vos croyances se sont retournées contre vous. Cessez donc d'y adhérer avant qu'elles ne vous nuisent. Ou changez-en. Si vous tenez tant à croire au surnaturel, que n'essayez-vous pas quelque chose d'un peu moins venimeux ? L'unitarisme, par exemple ? Le judaïsme réformé ou le bouddhisme zen ?

Garth avait attendu la réponse, mais la vieille dame n'en avait pas fourni. La bouche d'Elsie s'était ouverte et refermée à plusieurs reprises, comme si elle s'apprêtait à dire quelque chose, mais ne trouvait pas ses mots. Garth n'en avait pas été autrement surpris et avait pressé doucement les mains de la vieille dame puis s'était rejeté en arrière sur sa chaise en soupirant. À la confusion qui régnait dans son regard, il s'était rendu compte qu'elle n'avait pas vraiment compris de quoi il parlait, et son expression effarée n'était guère différente de celle qu'afficherait Harry Parker une semaine plus tard, assis à la même table, lors de leur séance interrompue, en fixant la tache de sang qui s'élargissait sur le plastron de sa chemise.

Les autres hoquetèrent de stupéfaction et Linda Luft poussa un hurlement. Garth reposa délicatement Mary sur le tapis et se précipita vers son ami. Il pila net en le voyant lever la main.

– Tout va bien, Garth, lui affirma l'homme imposant d'une voix tout à la fois distante et incrédule. Je n'ai rien.

– Vous saignez, Harry, pour l'amour de Dieu !

– C'est fini, répondit le magicien et enquêteur du paranormal sur le même ton lointain. Il déboutonna sa chemise pour dénuder son poitrail. La toison épaisse et drue qui le couvrait était certes maculée de sang, mais celui-ci ne coulait plus.

– Je ne me suis même pas coupé. Le sang a dû suinter de mes pores. Wouah.

– C'est un signe ! s'exclama madame Bellarossa. Elle avait rejeté la tête en arrière et étendu ses bras en croix au-dessus de la table. Ils veulent qu'on les prenne au sérieux.

John Luft se gratta bruyamment la gorge. Les autres se tournant vers le jeune homme blond aux yeux noirs et au fin visage, il ôta son bras d'autour des épaules de son épouse tremblante, au visage cendreux, et tapota sa montre.

– Euh, je crois vraiment que nous devrions filer, Linda et moi. Il commence à se faire tard.

Madame Bellarossa baissa brusquement la tête et ses yeux s'écarquillèrent.

– Ce pourrait être dangereux ! aboya-t-elle. Ils n'ont pas terminé de nous dire ce qu'ils attendent de nous !

Pour la première fois depuis le début de la séance, Elsie articula des paroles qui ne relevaient pas d'une prière. Elle semblait désormais calme et déterminée. Elle dévisagea John et Linda Luft et s'adressa à eux d'une voix douce mais résolue :

– Je viens à l'instant de comprendre qu'il fallait en passer par là pour que cette maison recouvre la paix. Ils ont parlé à Mary cette fois-ci, pas à moi, mais je sens qu'ils ne nous feront aucun mal tant qu'ils n'auront pas terminé leur récit. Néanmoins, ils souhaitent que vous soyez tous les deux présents. Je pense qu'ils s'en iront si nous les écoutons jusqu'au bout. Dieu sait combien j'ai besoin de vendre cette maison, mais, en toute conscience, je ne peux pas laisser quelqu'un s'y installer tant que cette affaire ne sera pas réglée. Surtout pas un gentil jeune couple comme le vôtre. Je comprends certes vos appréhensions… mais, si vous ne restez pas jusqu'à la fin, je ne pourrai pas vous laisser cette maison.

– Ça me convient parfaitement, déclara la jeune femme d'une voix chevrotante en se tournant vers le salon. Je ne reste pas une seconde de plus.

John Luft agrippa sa femme par le bras et la ramena auprès de lui. La lueur vacillante des bougies faisait briller ses yeux. Son regard balaya toute l'assistance puis s'arrêta sur Elsie.

– Vous pensez à une sorte d'exorcisme ? Si les fantômes expliquent à Mary ce qu'ils ont en tête et si Mary nous le rapporte, ils quitteront la maison avec vous ?

– C'est exact.

La réponse était venue de madame Bellarossa.

– Alors allons-y, déclara Luft en propulsant quasiment son épouse dans la chaise dont elle avait bondi après la pâmoison de Mary.

– Oooooh, mon gars ! s'exclama Harry Parker en secouant les pans de sa chemise pour faire sécher le sang qui l'avait imprégnée. J'ai déjoué toute ma vie durant, ou presque, de vilaines petites arnaques au surnaturel, mais je n'avais encore jamais vu un truc pareil. J'aimerais savoir comment ça va se terminer, je n'ai pas honte de le dire.

– Non, intervint Garth en regagnant l'endroit où Mary était encore assise sur le parquet, l'air un peu sonnée. Il passa la main sous son bras et l'aida à se remettre sur pied. Abstenons-nous !

Les autres le dévisagèrent en silence, estomaqués.

– Qu'est-ce qui cloche, Garth ? s'enquit finalement Mary.

– Navré, Elsie, expliqua-t-il à la vieille dame. C'est votre maison et ce sont vos fantômes, mais c'est de ma femme qu'ils se servent comme porte-voix, et ils l'ont mise K.-O. pour attirer notre attention. Je trouve l'expédient un peu rude et ce n'est certainement pas une manière d'entamer une agréable conversation. Pas plus que l'hémorragie de Harry. S'ils souhaitent me parler, ça me va parfaitement, mais je ne permettrai pas à Mary de s'asseoir à cette table. La seule main qu'elle tiendra jusqu'à la fin de cette soirée sera la mienne…

– Garth, tout va bien, le coupa Mary sur un ton de tranquille véhémence. Je tiens à le faire, autant pour Elsie que pour John et Linda. Je veux aider à mettre un terme à cette affaire. Ils n'ont pas l'intention de me faire du mal. Ni à moi ni à personne. Ils sont seulement très *en colère*. Ils veulent qu'on les écoute.

– C'est exact, chuchota madame Bellarossa.

Garth secoua la tête.

– S'il leur faut un avocat, qu'ils parlent par ma bouche.

– Ils ne le feront pas. C'est moi qu'ils ont élue comme truchement.

– Pourquoi ?

– Je l'ignore, répondit Mary avant de lui passer les bras autour du cou pour l'embrasser tendrement sur la joue, comme lorsqu'elle l'avait trouvé pleinement éveillé au beau milieu de la nuit, alors qu'elle sortait doucement du sommeil, la fois où il avait découvert Elsie pelotonnée derrière leur porte de service.

– À qui téléphones-tu ? lui avait-elle demandé.

– À Elsie.

– Il est minuit passé, Garth.

– Justement. J'essaie de la joindre depuis un quart d'heure. Ça ne répond pas.

– N'oublie pas ce qu'elle a dit… Elle entend sans arrêt le téléphone sonner. Elle ne décroche probablement plus, même quand il sonne pour de bon. Ce serait plutôt un signe d'équilibre mental, pour elle.

Garth avait raccroché, attendu dix secondes et recomposé le numéro.

– Je m'inquiète pour elle. J'aimerais juste lui parler. M'assurer qu'elle va bien.

– Laisse *dormir* cette pauvre femme, Garth. Si ses fantômes la harcelaient, elle serait déjà ici comme hier soir. Tu commences à te conduire comme si tu y croyais toi aussi.

– Je crois à la terreur, Mary, avait-il calmement répondu en raccrochant le téléphone, avant de se lever. C'est ce que j'ai décelé chez Elsie. Un de mes oncles est mort à cause de ses croyances et je ne veux pas qu'il lui arrive la même chose. Je reviens dans un instant.

Il avait rapidement enfilé un jean, un sweat-shirt et des baskets, avait pris la torche sur une étagère de la cuisine et était sorti dans la nuit, vers la grève. La pleine lune repeignait le fleuve d'argent et détourait le manoir victorien, qui surgit brusquement des ténèbres sur fond de ciel bleu sombre à son approche. Il avait frappé, patienté puis frappé encore, un peu plus fort. Constatant qu'Elsie ne venait pas lui ouvrir, il avait récupéré la clef de secours qu'elle cachait derrière une plante en pot, sur le perron, avait ouvert, s'était introduit dans la maison et avait entrepris de balayer du faisceau de sa torche le plancher de séquoia de l'entrée. Puis sursauté en voyant un luisant, répugnant tapis de cafards s'éparpiller dans toute la pièce. Une puissante odeur d'ordures en putréfaction se répandait dans l'air.

– Elsie ? avait-il appelé. Ne craignez rien ! C'est Garth ! Je suis venu voir si vous alliez bien !

Pas de réponse. Il avait tendu le bras vers sa gauche et appuyé sur un interrupteur, mais la maison était restée plongée dans son linceul de ténèbres. Des grattements et des claquements à peine perceptibles s'étaient fait entendre à l'étage, comme si quelque chose ou quelqu'un sautait sur place et giflait le parquet de la plante des pieds… ou de serres griffues. Il s'était avancé jusqu'au pied des marches et les bruits s'étaient précisés.

– Elsie ?

Il avait entendu un autre son mou, puis le fracas d'une lampe ou d'une assiette se brisant au sol, suivi d'un léger gémissement. Il avait immédiatement escaladé les marches quatre à quatre, vers la chambre à coucher de la vieille dame, à l'entresol. La porte était fermée. Il l'avait entrebâillée et était entré dans la pièce.

Garth Frederickson avait affronté la mort une centaine de fois et ne craignait plus rien, mais il n'en avait pas moins sursauté quand une chose visqueuse, lourde et molle, lui avait heurté la tempe, tandis que des griffes lui raclaient la joue. Il avait titubé et s'était affalé, un genou en terre, pendant que la « chose » sautait de sa tête et disparaissait en bondissant dans l'obscurité, pour atterrir à une quinzaine de pas dans un bruit mouillé. Mais il avait surmonté le choc, compris presque aussitôt de quoi il retournait et, alors même que le battement de son cœur retournait à la normale, la moutarde lui était montée au nez, aussi acide et brûlante que du vif-argent.

Il s'était relevé et avait balayé la chambre à coucher du faisceau de sa torche jusqu'à épingler le corps d'Elsie roulé en boule au chevet de son lit, les bras croisés sur la poitrine. Son visage était violacé et elle ouvrait et refermait rapidement la bouche, en s'efforçant désespérément de respirer.

– C'est Garth, Elsie, avait-il dit en se dirigeant vers elle sans cesser de braquer le rayon de sa lampe sur son visage. Il avait posé la torche sur la commode, où elle éclairait la moitié de la pièce, puis soulevé Elsie pour l'asseoir au bord du lit. Il avait plaqué une main dans son dos puis délicatement placé l'autre sur sa poitrine, pressé, relâché la pression et ainsi de suite.

– Respirez, Elsie. Allons, respirez, maintenant. Personne ne vous fera du mal.

– Les fantômes…

– Je suis persuadé que vos fantômes ont achevé leur besogne pour cette nuit et sont rentrés chez eux. S'ils sont encore dans cette maison, je vous promets de leur briser le cou et d'en faire de véritables fantômes.

Un grattement, suivi d'un claquement sourd, s'était fait entendre dans la partie de la pièce encore plongée dans le noir. Les yeux de la vieille dame s'étaient écarquillés et elle s'était remise à hyperventiler.

– Je vais m'en occuper dans une minute, avait nonchalamment déclaré Garth. Dès que vous respirerez normalement. Vous n'avez nullement besoin d'aller jusqu'à la crise cardiaque. Je suis là et je ne laisserai personne vous faire de mal. Je vais voir comment régler votre problème de fantômes. Entre-temps, inspirez profondément et jurez-moi que vous n'avez plus peur.

Les couleurs étaient progressivement revenues à la vieille dame, et sa respiration s'était faite plus régulière. Elle avait inspiré une longue et chevrotante goulée d'air puis l'avait lentement expirée.

– Je n'ai pas peur.

– Répétez-moi ça.

– Vous êtes là, Garth. Je n'ai pas peur.

– Très bien, avait-il déclaré en se levant du lit pour récupérer sa torche. Maintenant, restez gentiment assise ici et continuez de respirer normalement.

Il s'était avancé jusqu'au pied du lit, avait promené le faisceau de sa torche sur le plancher et, finalement, repéré la créature dans un angle. Il avait traversé la pièce en trois rapides enjambées, s'était baissé au moment où elle s'apprêtait à bondir, l'avait empoignée fermement par les hanches et ramassée. Ses puissantes pattes palmées et griffues avaient fouetté l'air tandis qu'elle se tortillait dans sa main.

– Oh, mon Dieu ! s'était écriée Elsie en portant les mains à sa bouche. Qu'est-ce que c'est ?

– Très exactement ce à quoi ça ressemble, et ça n'est sûrement pas sorti tout seul de l'Hudson. Vous avez besoin de la salle de bains, pour l'instant ?

– Je... je ne pense pas.

– Parfait, avait-il tranquillement répondu avant de balancer la créature dans la salle d'eau adjacente et d'en fermer la porte. Je m'en occuperai tout à l'heure.

– Me croyez-vous, maintenant, pour les fantômes, Garth ?

– Très certainement, ma chère, et j'ai l'intention de me livrer à un petit exorcisme. Écoutez-moi bien. Je vais descendre au rez-de-chaussée pour essayer de rétablir l'électricité ; ça ne me prendra que cinq minutes. Je veux que vous restiez assise ici, que vous respiriez profondément et que vous pensiez à des choses gaies. Je reviens tout de suite. Tout se passera bien maintenant. D'accord ?

– D'ac... cord.

Le vivant tapis de cafards s'était de nouveau égaillé sous le faisceau de sa torche lorsque Garth avait traversé le salon, tout en appuyant au passage sur tous les interrupteurs qu'il croisait. L'odeur de putréfaction s'était faite plus prononcée lorsqu'il était descendu à la cave. Il avait ouvert le boîtier du disjoncteur et trouvé tous les interrupteurs : la lumière était revenue. Il avait ensuite parcouru le sous-sol caverneux et tapissé de poussière, tout en balayant de ses mains d'épaisses toiles d'araignées. Le cellier, qui n'avait pas servi depuis des décennies, était vide, à l'exception d'un monceau de sacs plastique noirs éventrés, empilés jusqu'à la taille et dégueulant leurs ordures. Des rats d'eau gros comme des écureuils déguerpirent dès qu'il entreprit de promener le pinceau lumineux sur la nourriture répandue, en état de décomposition avancée. Il avait découvert une seconde cache de sacs-poubelle dans l'appentis à outils et, cinq minutes plus tard, un vasistas ouvert. Il l'avait refermé et était remonté à l'entresol, où il avait trouvé Mary assise au chevet d'Elsie, vêtue d'un jean, de sandales et d'un pull informe.

– Nous devons des excuses à notre voisine et amie, Mary. Sa maison était réellement hantée et quelqu'un lui a effectivement touché la gorge… sans doute après avoir trempé la main dans l'eau glacée. Je compte à présent me livrer au même petit jeu.

– Qu'est-ce que c'est que ça ? s'était écriée Mary en manquant de basculer du lit quand la créature enfermée dans la salle de bains s'était précipitée contre la porte.

Garth y était entré et s'était de nouveau emparé de l'animal, qui avait atterri dans la baignoire. Il l'avait rapporté dans la chambre en le brandissant à bout de bras.

– Juste un gros crapaud.

Mary avait fixé la bête en écarquillant les yeux, puis gloussé nerveusement.

– Un *très gros* crapaud !

– Tout juste. Il doit peser dans les huit kilos et, à moins d'avoir été volé, il a coûté aux fantômes d'Elsie un bon millier de dollars. Ces grosses bêtes viennent d'Amérique du Sud. Tu te rappelles peut-être qu'un type en avait importé un, voilà quelques années, pour le faire participer à ce fameux concours de crapauds sauteurs. Il a finalement été disqualifié à l'issue d'un procès, mais pas avant d'avoir croqué la moitié de ses rivaux.

Mary avait secoué la tête.

– Garth ? J'ai vu tous ces cafards en bas et toute la maison pue les ordures. Nous savons bien, toi et moi, qu'Elsie tient bien son intérieur. Que se passe-t-il ici ?

– Elsie va nous le dire, avait répondu Garth en balançant le crapaud géant dans la salle de bains avant d'en refermer de nouveau la porte. Il s'était dirigé vers le lit et avait posé la main sur l'épaule de la vieille dame :

– Elsie, vous nous avez dit une fois que vous ne pouviez vous permettre, ainsi que vous l'avez vous-même formulé, de vendre la maison pour une bouchée de pain. Mais quelqu'un a bien essayé de vous l'acheter à ce prix, non ?

– Eh bien, je ne…

– Quelqu'un est-il venu vous faire une offre après la parution dans la presse de cette affaire concernant votre maison ? Quand vous ne trouviez plus d'acquéreur ?

Elsie avait repoussé une mèche de cheveux blancs de ses yeux et les avait relevés vers Garth.

– Oui… un jeune couple délicieux. Ils sont venus visiter deux ou trois fois la maison, de la cave au grenier. Ils m'ont fait une offre, en effet, mais très basse. Comment le savez-vous ?

– Votre maison doit exacerber mes pouvoirs psychiques, Elsie. Parlez-moi un peu de ce jeune couple.

Elle s'était exécutée et, au bout de quelques jours, Garth avait réuni suffisamment d'informations, à partir d'archives bancaires, des Mines, d'agences de crédit, d'ex-employeurs, d'agents immobiliers, de l'ancien propriétaire de la maison d'un quartier huppé de Westchester où résidaient actuellement John et Linda, et de leurs voisins du moment, pour aller leur rendre visite chez eux. Un grand écriteau À VENDRE était planté dans la pelouse devant l'entrée.

– John Luft ?

Le jeune homme qui lui avait ouvert la porte l'avait dévisagé sans chercher à dissimuler la suspicion que trahissaient ses yeux noirs. Il avait une tête à se méfier de tout le monde, et pour de bonnes raisons.

– Ouais. Qui êtes-vous ?

– Je m'appelle Garth Frederickson. Je suis un ami d'Elsie Manning. Elle m'a demandé de venir vous parler.

À la seule mention du nom d'Elsie, toute suspicion s'était instantanément effacée des yeux de John Luft, cédant le pas à une mine innocente et charmeuse.

– Elsie Manning. Quelle charmante vieille dame ! Comment va-t-elle ?

– Pas très bien, en fait… Cette maison lui cause beaucoup trop de soucis. Elle est pressée de la vendre et votre femme et vous êtes les derniers à vous y être intéressés. C'est la raison même de ma visite.

D'autres lueurs étaient passées dans les yeux de John : cupidité, triomphe. Il avait émis un petit rire nerveux et s'était brusquement interrompu pour lécher ses lèvres minces.

– Oh, bien sûr. Entrez.

Garth avait suivi John Luft à l'intérieur ; l'autre sautillait allègrement, en claquant des doigts. Ils étaient entrés dans un salon décoré d'immenses toiles abstraites aux couleurs criardes, dont Garth avait estimé qu'elles devaient être très onéreuses, encore que témoignant de dons artistiques assez restreints.

– Vous voulez boire quelque chose ? lui avait demandé Luft en lui indiquant un fauteuil trop rembourré.

– Non, merci.

Garth s'était installé confortablement dans le fauteuil, les jambes croisées avec nonchalance.

– Garth Frederickson, avait répété Luft en prenant place à son tour sur un divan, sans cesser d'étudier l'homme musculeux, à la carrure impressionnante, aux cheveux blonds comme les blés, au front légèrement dégarni et aux yeux bruns languides, qui lui faisait face et le scrutait lui aussi. Vous êtes connu, non ?

– Vraiment ? Je n'en ai pas la moindre idée.

– Si. J'ai vu votre photo dans les journaux. Vous êtes détective privé. Vous avez épousé Mary Tree… ma femme et moi adorons ce qu'elle fait – on achète tous ses disques – et vous avez un étrange frère cadet, encore plus connu que vous.

Garth s'était fendu d'un mince sourire.

– On dirait que vous m'avez cerné.

– Euh… Comment se fait-il qu'Elsie m'envoie un détective privé ?

– Ce n'est pas le détective privé qu'elle vous envoie. Mais l'ami et le voisin. Elle m'a autorisé à vous parler en son nom.

– Elle est… disposée à vendre ?

– Oui. Vous êtes toujours acquéreurs, votre femme et vous ?

Luft s'était de nouveau humecté les lèvres, avait dégluti puis s'était gratté la gorge.

– Consent-elle à accepter notre dernière offre ?

– Deux cent mille dollars ? Effectivement.

Le jeune homme s'était rejeté en arrière sur le divan en souriant largement.

– Voyez-vous ça.

– C'est une véritable aubaine pour vous, monsieur Luft... Deux cent mille dollars pour une maison qui en vaut près de sept cent cinquante mille. Compte tenu du quartier où vous vivez actuellement, vous devriez pouvoir retirer suffisamment de la vente de celle-ci pour acheter comptant celle de Cairn.

– Ouais. En fait, Linda et moi, nous avons plutôt eu la main heureuse jusque-là avec nos investissements immobiliers. Nous avons acheté celle-ci un bon prix, mais pour une bonne raison. Nous étions prêts à nous endetter jusqu'au cou pour l'acquérir quand l'inspecteur du foncier a découvert que non seulement notre puits était pollué par des émanations toxiques, mais encore qu'elle était infestée de termites... la charpente était très endommagée. Et il y avait encore d'autres problèmes majeurs. Le propriétaire était tellement écœuré qu'il n'avait plus qu'une envie, s'en aller. Il a accepté notre deuxième proposition. Nous avons investi d'énormes sommes d'argent dans sa restauration.

– Je l'aurais parié.

– Nous avons dû faire un gros emprunt pour couvrir les frais de réparation. C'est pour cette raison que nous n'avons pu offrir davantage à Elsie. Mais il me semble que nous lui rendons un fier service. Elle se retrouve complètement coincée, après cette décision de justice. Plus personne ne veut se porter acquéreur et elle aimerait aller dans une maison de retraite.

– Ça ne vous inquiète pas d'emménager dans une maison hantée ?

Luft s'était esclaffé... une sorte de gloussement haut perché.

– Vous vous payez ma tête ? Ne me dites pas que *vous* croyez aux fantômes.

– Elsie est prête à vous vendre sa maison au prix que vous lui avez proposé... mais à une condition. Elle refuse de la vendre si vous ne vous y soumettez pas.

Luft avait plissé les yeux.

– Laquelle ?

– Nous ne croyons peut-être pas aux fantômes, vous et moi, mais Elsie y croit, elle. Et elle se sent responsable de ceux qui hantent sa demeure. Disons qu'elle aimerait purifier sa maison avant de la vendre... surtout à un gentil couple comme votre femme et vous. Nous sommes conscients que c'est stupide, vous et moi, mais elle insiste. Elle veut exorciser ces fantômes lors d'une séance de spiritisme. Et vous devez accepter d'y assister, votre épouse et vous-même, puisque c'est vous qui allez y vivre.

Les yeux de Luft avaient pétillé d'amusement.

– Elle veut nous présenter ses *fantômes* ?

– Elle y tient beaucoup. La séance est fixée à onze heures demain soir. J'espère que vous pourrez vous libérer tous les deux.

– Que nous pourrons... ?

Luft avait rejeté la tête en arrière et éclaté de rire. Il se tenait les côtes.

– Seigneur ! Nous ne raterions cela pour *rien au monde* ! J'ai hâte d'annoncer à Linda que nous assisterons demain à une séance destinée à purifier notre nouvelle maison de ses fantômes. Elle va *adorer* !

– J'espère bien, avait sereinement répliqué Garth et, à présent qu'ils avaient renoué le cercle autour de la table éclairée aux chandelles et qu'il tenait la main de la femme, il se demandait si Linda Luft et son époux s'amusaient autant que ce dernier l'avait prévu. La main de Linda tremblait, moite et poisseuse de sueur.

– Je les sens approcher, Mary, chuchota madame Bellarossa.

– Oui, répondit Mary d'une voix assourdie et rêveuse. Moi aussi, je les sens… tout près. Ils sont très en colère… mais pas contre Elsie. Et ce ne sont pas eux qui lui ont fait subir toutes ces horreurs. Mais d'autres… des non-morts. Des vivants. La cupidité ! C'est une pure question de cupidité. D'invraisemblable égoïsme. Un jeune couple, qui semble croire que tout lui est permis quand ça lui chante, quelles que soient les conséquences néfastes pour autrui. Je vois de l'argent… des morceaux de papier… des actions ! Oui ! L'homme était agent de change, mais on l'a licencié pour faux en écriture et suspicion de détournement de fonds. Il a volé… Attendez ! Je vois encore autre chose…

Garth releva les yeux au moment où une lumière commençait à luire dans l'obscurité, tout près du plafond. Elle prit d'abord la forme d'un rectangle puis de deux silhouettes encapuchonnées baignées de clair de lune, s'approchant de la maison par la plage pour ouvrir un des vasistas de la cave. Linda Luft arracha à l'étreinte de Garth sa main poisseuse de sueur.

– Ça suffit ! tonna John Luft exactement au même instant, tandis que le crapaud géant jaillissait des ténèbres pour atterrir au beau milieu de la table en renversant la moitié des bougies, avant d'en sauter pour gagner à grands bonds le salon.

Garth se leva de sa chaise et tendit la main vers l'interrupteur fixé au mur derrière lui. Les lampes de la salle à manger se rallumèrent. John et Linda Luft, le visage de la couleur du vieux parchemin, se tenaient à un pas de leur chaise renversée, presque à l'aplomb de l'écran suspendu et de son rétroprojecteur à télécommande. Ils dévisageaient l'assistance, bouche bée, et ceux qui étaient encore attablés leur rendaient leur regard sans chercher à dissimuler leur mépris et leur hostilité.

– J'imagine que c'est là qu'on découvre que c'est le majordome qui a fait le coup, déclara Mary d'une voix sourde mais tranchante.

– Je n'ai pas de majordome, affirma Elsie. Elle chevrotait de rage et fusillait littéralement du regard le jeune couple debout derrière la table.

– Ce n'était pas nous ! glapit John Luft en désignant d'un doigt tremblant l'écran qui le surplombait. Nous n'avons pas mis les robes quand nous…

– *La ferme, espèce de crétin !* hurla Linda en lui flanquant un grand coup de poing dans la poitrine.

John Luft pâlit davantage, recula encore d'un pas puis jeta un regard à Harry Parker, qui semblait se désintéresser de toute l'affaire maintenant que l'illusion qu'il avait aidé à créer s'était dissipée. Il avait ôté sa chemise et s'employait à dégrafer le dispositif de tubes et de capsules d'hémoglobine qui lui ceignait la taille.

– En fait, j'aime bien cette maison, marmonna le gros homme, s'adressant à la cantonade. Elle a beaucoup de cachet. Il se pourrait que je l'achète moi-même, si le crapaud fait partie du marché.

Elsie se leva lentement de sa chaise et braqua l'index sur les Luft. Son corps tout entier vibrait de rage.

– Comment avez-vous *pu* ? demanda-t-elle. Comment avez-vous pu vous montrer aussi mauvais ?

Au tour de Linda Luft de sortir de ses gonds. Elle s'avança vers Elsie, le visage cramoisi :

– Ferme ta gueule, toi aussi, vieille salope ! hurla-t-elle. Que comptais-tu faire de cette baraque et du fric ? Tu ne vas pas tarder à crever, vieille sorcière ! Pourquoi ne laisses-tu pas les autres en profiter ?

John Luft agrippa sa femme par les épaules et l'entraîna loin de la table sans cesser de fixer Garth d'un œil noir.

– Vous nous avez piégés, Frederickson ! s'écria-t-il d'une voix bouillante de fureur. Et de peur.

– Piégés ? répondit Garth d'un ton mièvre. Vous pouvez vous estimer heureux qu'Elsie n'ait pas fait un infarctus ; vous vous retrouveriez inculpés de meurtre.

Il s'interrompit pour désigner du menton Jeffrey Bond, qui fixait le jeune couple en fronçant les sourcils.

– Je vous ai présenté Jeff, mais je ne me rappelle pas vous avoir précisé qu'il était chef de la police de Cairn. Madame Bellarossa est son épouse. Elle se prénomme en réalité Carol. C'est une comédienne renommée. Je suis persuadé que vous ne la reconnaîtriez pas sans sa perruque et son maquillage.

– Vous ne pouvez rien prouver ! hurla John à l'intention de Jeffrey Bond.

– Ça reste à voir, répliqua sans s'émouvoir le chef de la police. Toute la procédure a été enregistrée sur vidéocassette. Pour ce que ça vaut. En outre, mon ami Garth ici présent a retrouvé le type que vous avez payé pour bousiller la maison où vous vivez actuellement, puis jouer les inspecteurs fonciers pour annoncer les mauvaises nouvelles à son propriétaire. Il semblerait qu'il ait conservé les factures de l'acide acheté sur votre ordre puis injecté dans les joints pour faire croire à des dommages causés par les termites. La police, de l'autre côté du fleuve, a émis un mandat d'arrêt contre vous. De plus, un huissier de justice passera vous voir demain matin. Vous pouvez vous attendre à des poursuites carabinées, sans compter les charges au pénal. Je pense que je vais vous confier aux bons soins de Westchester, ce qui me laissera le temps de peaufiner les autres inculpations que je vais vous coller sur le dos, dès qu'ils en auront terminé avec vous.

Les lumières du salon se rallumèrent. John et Linda Luft tressaillirent puis pivotèrent sur eux-mêmes et aperçurent, debout dans l'entrée séparant les deux pièces, deux policiers en uniforme et les deux jeunes machinistes, amis de Carol Bond, qui s'étaient chargés des effets spéciaux de cette soirée. Le crapaud géant s'était rencogné dans un angle et mâchonnait d'un air satisfait ce qui ressemblait fort à un cafard, rescapé de la visite de l'exterminateur survenue un peu plus tôt dans la journée.

– Le dossier ne tiendra pas ! hurla John à Garth pendant qu'on leur passait les menottes. Vous ne pouvez rien prouver ! Vous le regretterez ! Je vous jure que je vous retrouverai !

– Bouh ! fit Garth.

Titre original : *Haunts*

3

Mesure préventive

La substance qui avait naguère endommagé son corps et son esprit avait disparu depuis des années de son organisme, mais Garth Frederickson en avait été altéré de façon permanente. Il avait été comme dépouillé d'une certaine couche d'isolation, dont l'absence le laissait les nerfs à vif, extraordinairement sensible aux signaux émotionnels et mentaux envoyés par autrui. Il ressentait les angoisses et les besoins de ses semblables au point d'en éprouver un malaise physique, d'en rester le souffle coupé et d'avoir dans la bouche, en présence de personnes susceptibles de nuire, un arrière-goût proche de celui du chocolat amer. L'étrange legs du poison était un cadeau parfois fort cruel, qu'il se gardait bien de remettre en cause et était incapable d'expliquer… pas plus à Mary Tree, son épouse, qu'à son frère, enclin à se moquer de son « flair » pour le mal.

Le comédien de Broadway qui jouait milieu de terrain rattrapa au vol la balle frappée par le danseur de ballet et la renvoya vers sa base, mais trop tard pour empêcher un des trois politiciens du cru participant au match de *softball* organisé au profit du sloop *Clearwater* et du projet de dépollution de l'Hudson de gagner la troisième base et de marquer un *home run*. Deux des joueurs de l'équipe de Mary étant hors jeu, un des cinq acteurs de cinéma vivant à Cairn se planta sur le diamant, tandis qu'un de ses deux voisins metteurs en scène s'apprêtait à lancer la balle. La star du rock qui tenait la troisième base, pratiquement méconnaissable sans sa choucroute élaborée, vociféra un encouragement.

Depuis son siège au sommet des tribunes populaires, dans la section ouest du stade du lycée, Garth vit un petit bonhomme costaud émerger des tribunes correspondantes de la section nord, vêtu d'un costume marron mal coupé et d'un béret de cuir noir parfaitement incongrus, puis contourner la piste de cendre pour se diriger vers Mary, qui était sortie du terrain après son tour de batte et dédicaçait à présent son dernier album à ceux qui l'avaient apporté.

Sentant brusquement dans sa bouche l'amertume du chocolat, Garth bondit de son siège et se mit à cavaler vers le terrain, tandis que le costaud au costard trop ample et au béret noir se frayait un chemin à grands coups d'épaules à travers la cohue des amateurs d'autographes et projetait l'épaisse enveloppe en papier kraft qu'il tenait à la main vers la chanteuse sidérée, qui recula d'un pas, effarouchée. Voyant l'homme tendre le bras vers le poignet de Mary, Garth lui empoigna l'épaule, l'attira en arrière et le fit pivoter sur son axe. Il se retrouva en train de fixer deux yeux vert pâle, qui trahirent coup sur coup stupéfaction puis fureur. Une teinte rouge sombre envahit le cou épais du bonhomme et son visage charnu, soulignant la couperose qui marquait son nez épaté. L'homme poussa un juron en allemand.

– Sécurité, fit Garth en montrant de sa main libre la carte qui le déclarait membre des forces auxiliaires de la police de Cairn. Attendez votre tour et gardez les mains dans les poches !

– Mêlez-vous de vos affaires ! tonna l'autre dans un anglais teinté d'un puissant accent teuton. Et ôtez vos sales pattes de moi !

– Si vous comptez demander un autographe à ma femme, faites la queue et attendez comme tout le monde. Sinon, regagnez votre foutue place. Elle est ici pour jouer au base-ball. Si vous souhaitez la rencontrer, allez acheter un billet pour la réception après le match.

L'homme plongea la main dans la poche de gauche ballonnée de son veston, en sortit un revolver noir au museau camus et à l'étroite poignée filiforme et plaqua le canon contre le sternum de Garth.

Celui-ci desserra lentement l'étau de sa main sur l'épaule du type et laissa retomber le bras le long de son flanc, sans pour autant cesser de fixer sereinement sa propre mort au fond des yeux vert pâle. Il avait toujours nourri une certaine prévention contre la mort par accident (prendre une balle perdue destinée à un tiers, par exemple, qui lui fracasserait le crâne, ou se faire écraser par un chauffard ivre) ou la lente agonie d'une maladie incurable broyant à petit feu son corps et son esprit. Se faire descendre par un psychopathe à l'occasion d'un match de base-ball organisé pour récolter des fonds n'était sans doute pas une mort moins absurde, mais son instinct ne l'avait pas trompé sur cet homme. Son déséquilibre et sa dangerosité étaient désormais démasqués. Deux policiers de Cairn flanquaient le type au béret, ils braquaient à présent un automatique sur sa tête, et Garth voyait mal comment il pourrait encore nuire très longtemps à Mary.

Puis ce fut terminé : la rage meurtrière disparut aussi soudainement des yeux verts qu'elle s'y était allumée, cédant le pas à une certaine désorientation, sans doute, mais peut-être à davantage. Garth tendit l'arme par le canon à Jake Goldberg, le policier qui se tenait à sa gauche. Sitôt fait, Goldberg et Fred Searles, son collègue, lui tordirent les bras derrière le dos, lui passèrent les menottes et entreprirent de l'éloigner. Juste avant qu'ils ne disparaissent derrière les tribunes, l'homme se démancha le cou et sourit à Mary :

– Lisez ce que je vous ai donné ! hurla-t-il pardessus son épaule. Ça expliquera tout !

La scène s'était déroulée si rapidement que seul le petit attroupement de demandeurs d'autographes y avait assisté ; mais tous ces gens s'interpellaient à présent d'une voix surexcitée et, à mesure que le bruit de l'incident se répandait dans la foule, des têtes de plus en plus nombreuses se tournaient dans leur direction. L'action s'était interrompue sur le terrain et quelques-uns des joueurs se dirigeaient déjà vers eux.

Garth se pencha sur Mary qui, choquée, le visage crayeux, respirait difficilement.

– Tu dois reprendre contenance et ramener ton équipe sur le terrain, mon amour, lui conseilla-t-il tendrement en prenant l'enveloppe en papier kraft de ses mains tremblantes. Il ne faut pas permettre à ce type de saboter ce que vous êtes venus faire ici et toute publicité sur cet incident ne ferait qu'encourager ses pareils. C'est fini. Va, maintenant.

La grande et svelte femme aux longs cheveux blonds striés de blanc déglutit âprement puis hocha la tête. Elle prit une profonde inspiration, tourna les talons et reconduisit son équipe sur le terrain avec force cris et gesticulations.

Garth regagna sa place dans les tribunes en se disant que, si vivre est une affaire dangereuse, à laquelle nul ne survit jamais de toute façon, elle l'est encore davantage pour les célébrités : dans toute foule, dont elles sont constamment environnées, pourrait effectivement se trouver celui ou celle qui aspirerait à les tuer, sans autre mobile que la notoriété de sa victime jointe à sa propre insignifiance de quidam… comme si le meurtre était une sorte de rituel mystique conférant magiquement à l'assassin gloire et puissance de vie et de mort. Une rapide inspection du contenu de l'enveloppe confirma ses soupçons. L'homme que l'on venait d'emmener les menottes aux poings représentait effectivement une grave menace pour sa femme.

Durant la réception qui suivit le match, Garth resta en retrait, dissimulé dans la pénombre d'une loge privée, près du bar auxiliaire du restaurant sis sur les berges de l'Hudson, d'où il pouvait surveiller les innombrables bonnes âmes qui avaient payé très cher le privilège de dîner sur place et de s'agglutiner autour de la table de Mary pour bavarder avec elle ou lui demander un autographe. D'une certaine façon, songea Garth avec un sourire amer, il pouvait presque compatir avec l'homme au béret noir, car lui aussi avait été fasciné jusqu'à l'obsession par la beauté transcendante de Mary et la sensualité émanant de sa personne, et ce plus de vingt ans avant qu'ils ne s'éprennent l'un de l'autre et se marient.

Quand tout le monde eut enfin pris congé, il se dirigea vers la table de son épouse, s'assit à côté d'elle et lui effleura la joue des lèvres.

– Tu t'es très bien débrouillée, chérie. En comptant les recettes du gala, vous avez encaissé plus de trois mille dollars pour le *Clearwater*, toi et tes amis.

Il s'interrompit pour caresser ses longs cheveux du dos de la main.

– Qu'est-ce qu'il t'a dit, Mary ?

Mary passa les bras autour de la taille de son époux, posa la tête sur une de ses larges épaules et frissonna légèrement.

– Je sais que ce genre de chose arrive aux autres, mais je n'aurais jamais cru que ça m'arriverait à moi. Seigneur, Garth… quand il a sorti ce revolver pour le braquer sur toi, j'ai… S'il t'avait tué, ç'aurait été par ma faute !

– Absurde. Que t'a-t-il dit exactement ?

Mary se redressa et haussa les épaules.

– Qu'il était un de mes fans depuis très longtemps, et qu'il avait un certain nombre de choses à me donner pour le prouver. Il commençait à faire des allusions obscènes quand tu es intervenu.

Elle lui prit la main et le regarda dans les yeux.

– T'avoir menacé de cette arme devrait lui valoir un certain temps sous les verrous, non ?

– Je l'espère, répondit Garth. Mais, en réalité, il avait un très mauvais pressentiment.

Mary désigna l'enveloppe que Garth avait posée sur la table :

– Je ne veux strictement rien lire de tout ça.

– C'est bourré de lettres d'amour, de mauvaise poésie et même de quelques paroles de chansons… le tout le plus souvent à connotation sexuelle. Et ça t'est directement destiné, mon cœur. Ce type t'a dans son collimateur depuis un bon moment.

Mary secoua la tête et chassa une mèche de cheveux de ses yeux, d'une main qui recommençait à trembler.

– Tu sais bien que je reçois sans arrêt ce genre de courrier. S'il comptait prendre la peine de m'écrire, pourquoi avoir si longtemps tergiversé ?

– Sans doute parce qu'il se trouvait quelque part où il était malsain d'envoyer des lettres d'admiration à une chanteuse de folk pacifiste. J'irai discuter avec Jake et Fred de notre copain au béret dès que je t'aurai raccompagnée.

Le propriétaire du restaurant l'Hudson Shore, un homme à la voix douce appelé Michael Gannett, apparut soudain aux côtés de Garth.

– Un coup de fil pour vous, Garth.

– De la part de qui ?

– Il n'a pas dit son nom. C'est au sujet de ce qui s'est passé tout à l'heure, selon lui. Et c'est urgent.

Garth regagna précipitamment l'alcôve où se trouvaient les téléphones, entre la salle à manger et le bar auxiliaire, et décrocha :

– Frederickson.

– Tuez-le avant qu'il ne vous tue. (La voix était plate et curieusement assourdie, comme si son interlocuteur s'efforçait de la déguiser.) Il ne vous laissera pas le choix. Ne le laissez pas vous faire la même chose qu'au gars d'Orlando. Frappez le premier.

– Qui êtes-vous ? s'enquit Garth. Mais il entendit un déclic et la communication fut coupée. Il raccrocha, résolu à dissimuler à Mary l'appréhension qui l'envahissait, regagna la table et lui demanda calmement d'attendre son retour dans le restaurant.

Une fois dehors dans le crépuscule, il parcourut au pas de course les deux pâtés de maisons le séparant du commissariat, où il trouva Jake Goldberg debout devant la porte d'une arrière-salle abritant deux cellules de détention.

Le flic était rouge de colère et parut surpris de le voir.

– Vous devez lire dans les esprits, lui annonça-t-il en le voyant s'approcher. J'allais justement vous appeler. Votre gars nous a faussé compagnie.

Garth consulta sa montre.

– Comment a-t-il pu payer si vite sa caution ? Aucun avocat…

– Ce n'est pas un avocat qui l'a fait sortir. Les Fédés l'ont embarqué.

– Quand ça ?

– Il y a une trentaine de secondes. Ils sortaient par-derrière quand vous êtes entré.

Garth pivota sur lui-même et sortit en courant du bureau. Il franchit le seuil du commissariat, enjamba d'un bond la rambarde métallique sur sa gauche et atterrit au milieu de l'étroite allée asphaltée, pile devant la voiture qui sortait de l'arrière du parking.

Les freins du véhicule protestèrent vigoureusement lorsque le conducteur écrasa la pédale, et son pare-chocs avant s'arrêta à moins de dix centimètres du genou de Garth. Celui-ci recula d'un pas, s'abrita les yeux de ses phares éblouissants et mémorisa le numéro de la plaque d'immatriculation. Puis il s'avança de nouveau, se pencha sur le capot et scruta à travers le pare-brise ses trois occupants stupéfaits. Deux hommes en costume-cravate occupaient l'avant. Le conducteur était un jeune homme solidement bâti, aux cheveux blonds coupés en brosse. L'autre, massif et trapu, avait la cinquantaine et le teint basané. Le bonhomme au béret noir était assis à l'arrière, sans menottes ni surveillance.

Le plus balaise des deux agents jaillit du véhicule.

– Qu'est-ce qui vous prend ? Vous cherchez à vous faire tuer ?

– Je m'appelle Frederickson. J'aimerais connaître votre identité et celle de l'homme assis à l'arrière. Ainsi que le lieu où vous le conduisez.

L'homme lourdement bâti plongea la main dans la poche intérieure de son veston et en tira un mince porte-cartes qu'il ouvrit d'une chiquenaude, dévoilant un écusson métallique et une carte d'identité portant sa photo.

– Je suis l'agent Baker du FBI. Voilà l'agent Walker. Vous êtes en train d'entraver la mission de deux officiers fédéraux dans l'exercice de leurs fonctions et vous prenez le risque d'être arrêté et poursuivi. À présent, rendez-vous service et dégagez la route !

Garth entendit des bruits de pas dans son dos. Il tourna la tête : Jake Goldberg arrivait sur la gauche, puis il s'adossa nonchalamment au mur de brique du commissariat et croisa les bras sur la poitrine. Les yeux noirs du policier restaient impavides, mais une petite lueur d'amusement semblait y pétiller… Il avait l'air d'un badaud qui vient de s'arrêter pour contempler une scène de rue.

– En ma qualité d'ami et de policier, Garth, je préfère vous conseiller d'obtempérer aux ordres de ce monsieur. Ce sont d'authentiques agents fédéraux…

J'ai vérifié moi-même auprès du bureau de New York avant de leur remettre ce charlot. Je n'avais pas le choix et vous non plus. Je leur ai fait signer une décharge et j'ai les noms de tout le monde.

Garth secoua la tête.

– Ça ne me suffit pas. Le nom de leur passager pourrait être bidon et je suis prêt à le parier.

– Dégagez la voie ! hurla Baker, le visage cramoisi et l'œil étincelant. Dernière sommation !

– Cet homme a harcelé ma femme et m'a menacé d'une arme, poursuivit Garth, s'adressant à présent à l'agent Walker, qui venait à son tour de descendre de voiture. L'homme au béret suivait la conversation avec un intérêt soutenu, la tête à demi sortie par la vitre arrière baissée.

– Il a enfreint la loi et s'est révélé en même temps une menace pour ma femme et pour moi… continua Garth. Et vous le baladez comme un invité d'honneur. Je compte porter plainte contre lui et j'ai le droit, en ma qualité de citoyen, de savoir exactement qui il est et où vous comptez l'emmener.

– Il est sous la garde du FBI, répondit Baker. Et vous poussez le bouchon trop loin. Dégagez le passage.

Garth décida d'utiliser la seule cartouche qui lui restait en magasin, même si elle devait finalement faire long feu. Il n'aurait peut-être plus jamais l'occasion d'affronter ces deux hommes et il était bien décidé à ne pas laisser se volatiliser l'homme au béret.

– Sa victime d'Orlando serait peut-être encore en vie si elle l'avait poussé plus loin.

Baker échangea un long regard avec son cadet.

– Faites-le décamper ! cria l'homme au béret par la

vitre ouverte. Qu'est-ce qui vous prend, les gars ? Faites-le décamper.

– Allez-vous vous contenter de me faire déguerpir ? s'enquit Garth. Le calibre que ce type a braqué sur moi était une arme de choix, aux yeux de nombreux membres du corps des officiers de l'ancienne *Staatsicherheit* d'Allemagne de l'Est. J'ignore ce qu'il fabrique dans ce pays et pourquoi il a droit à un traitement aussi royal de votre part, mais je peux vous promettre que je m'efforcerais de le découvrir, si jamais vous tentiez de le faire s'évaporer. Il y a de fortes chances qu'il s'agisse d'un tueur, tout comme cet autre membre de la Stasi disparu d'Allemagne avec leur chef. Il est dangereux et je ne tiens pas à ce qu'il me tombe dessus par-derrière par une nuit sans lune.

Walker secoua la tête puis s'adressa à son coéquipier.

– Bon, ce qu'il y a de sûr, c'est qu'on va devoir l'embarquer, maintenant.

Baker hocha brièvement la tête, contourna la portière ouverte, sortit son arme et la braqua sur la tête de Garth :

– Vous êtes en état d'arrestation. Retournez-vous lentement, plaquez-vous au mur et écartez les jambes.

Garth s'exécuta. Baker le palpa de haut en bas, sortit son portefeuille de sa poche-revolver et le tendit à Walker.

– Contrôle son identité.

Walker regagnant le véhicule pour allumer la radio, Baker passa les menottes à Garth, le fit pivoter sur lui-même puis lui fourra son visage sous le nez.

– Où diable avez-vous obtenu toutes ces informations, l'ami ? demanda-t-il.

– Dans les journaux, répondit Garth d'une voix égale.

– Ça ne me suffit pas. Comment savez-vous que ces armes faisaient partie de la dotation de la Stasi ?

Garth jeta un regard à Jake Goldberg, qui afficha un sourire matois.

– Hé, Avery, tu ferais bien de venir ici, appela Walker de la voiture, sur un ton étrange. Le chef veut te parler immédiatement et aussi que tu ôtes ses menottes à Frederickson.

Garth se retourna et vit Avery Baker regarder son coéquipier comme si celui-ci ou leur supérieur hiérarchique commettait une gaffe indicible, en même temps qu'il se dirigeait vers la vitre baissée de la voiture, côté passager, et prenait le micro et les écouteurs de la main de Walker. Il prononça quelques mots, écouta longuement puis grimpa vivement dans la voiture et remonta la vitre. Son cadet fixait Garth à travers le pare-brise, d'un œil trahissant tout à la fois animosité et très forte curiosité.

Goldberg se rapprocha de Garth.

– Mon petit doigt me dit qu'on exhorte ce lascar, en termes non déguisés, à ne pas harceler monsieur Frederickson. Je suis ravi que vous soyez intervenu à temps. Sortir ce type de prison était peut-être légal, mais ça n'en reste pas moins scandaleux.

– Ce n'est pas vous qui m'avez téléphoné, Jake ?

– Quelqu'un vous a téléphoné ?

Garth ne répondit pas. Il regarda Baker reposer le micro sur son appui avant de redescendre de voiture. Le visage basané de l'agent resta de marbre tout du long, pendant qu'il libérait les poignets de Garth puis laissait tomber les menottes d'acier dans la poche de son manteau.

– Votre frère et vous traînez une sacrée casserole, Frederickson, déclara-t-il laconiquement. Je n'avais pas compris que vous étiez *ce* Frederickson et je regrette que nous ayons fait connaissance dans ces circonstances. Quoi qu'il en soit, mon chef m'a ordonné de vous relâcher et, à mon avis, c'est parce que nombre de gens haut placés ne tiennent pas à voir un des frères Frederickson sur la sellette. Vous devez savoir où sont enterrés plein de squelettes.

Garth sourit.

– En fait, c'est surtout de mon frère qu'ils ont peur.

– Ouais, eh bien, quelle qu'en soit la raison, je dois également vous donner l'assurance qu'un membre de nos services passera s'entretenir en détail de cette affaire avec votre femme et vous sous vingt-quatre heures. Entre-temps, nous vous serions reconnaissants de n'en parler à personne. Le chef dit que vous le connaissez et que vous le savez homme de parole. Vous pouvez lui parler à la radio si vous y tenez.

Garth scruta le visage de Baker.

– Votre parole me suffira, déclara-t-il en s'effaçant.

Il suivit des yeux la voiture qui sortait de l'allée et vit l'Allemand le dévisager à travers la lunette arrière. Ses yeux vert pâle luisaient d'une haine féroce et sa bouche articulait distinctement les mots « Je te tuerai ».

– J'aimerais m'entretenir conjointement avec votre femme et vous, déclara Avery Baker, presque en s'excusant, lorsqu'il se présenta le lendemain matin à la porte de leur domicile au bord du fleuve. Il semblait quelque peu différent, moins empressé de jouer les gros durs, et Garth soupçonna l'absence de son coéquipier d'en être la raison première.

– Mary est dans l'autre pièce. Entrez.

Garth conduisit l'agent dans le salon de musique. Les baies vitrées de la pièce donnaient sur l'Hudson. Dans le lointain, bateaux à voile et à moteur glissaient à la surface frémissante du fleuve. Baker salua Mary d'un signe de tête ; elle était assise dans une chaise de metteur en scène, un de ses pieds nus sous elle.

– L'homme s'appelle Gunther Francke de son vrai nom, déclara-t-il, le regard oscillant de Mary à Garth. Comme vous l'aviez pressenti, Frederickson, c'est un ex-membre de la *Staatsicherheit* d'Allemagne de l'Est. Et, ainsi que vous l'avez fait observer, ces gens ne sont pas précisément adulés par leurs malheureux concitoyens. Des milliers d'agents sont entrés dans la clandestinité après l'effondrement du régime communiste et nombre d'entre eux ont été recrutés par les divers services de contre-espionnage de la planète.

Il s'interrompit et se fendit d'un petit sourire désabusé.

– J'ai également appris que nous avions eu le bonheur de louer les services d'Herr Francke.

– Ça semble l'œuvre de la CIA, fit remarquer Garth.

– Absolument.

Le ton de Baker semblait démentir le dégoût manifeste qu'affichait son visage.

– Que comptez-vous en faire, en ce cas ?

– La CIA ne tient pas d'archives très fonctionnelles de ses transactions avec les aspirants transfuges… et c'est dans cette catégorie qu'est classé Francke, bien que son pays n'ait plus d'existence officielle. Nous agissons sur requête spécifique du Département d'État.

Une des exigences de Francke, lorsqu'il a contacté l'officiel de l'ambassade qui l'a recruté, c'était qu'il ne serait soumis à aucun interrogatoire de la CIA. Le Département d'État nous a demandé de le faire bénéficier du programme de protection des témoins, le temps de le débriefer progressivement et de vérifier la valeur de ses renseignements. Le processus semble prendre le chemin de s'éterniser. La CIA se paie notre tête. Ils nous prennent pour des imbéciles et se sont lavé les mains de son sort. Nous nous comportons effectivement en baby-sitters grassement payés. Il n'est pas prisonnier et nous avons l'ordre de le protéger. Malheureusement, nous n'avons pas encore trouvé le moyen de protéger les autres de lui.

– Vous essayez de me dire qu'il a bel et bien tué quelqu'un à Orlando et que vous vous êtes contentés de le déplacer ? s'enquit Garth d'une voix incrédule.

– Je ne suis pas habilité à débattre des activités de monsieur Francke. Je ne sais pas d'où vous tenez cette information.

– Pourquoi lui accorde-t-on une telle importance ?

– L'Allemagne de l'Est était un repaire et un soutien financier notoire d'un grand nombre de terroristes et de leurs organisations. Tant et si bien que la Stasi détenait sur ces gens et sur l'organigramme de ces groupes une énorme quantité de renseignements, dont les noms des sociétés-écrans établies dans ce pays, dans le dessein bien précis d'appuyer les mouvements terroristes sévissant aux États-Unis. La RDA n'existe peut-être plus, mais les terroristes et leurs organisations sont toujours là.

Garth secoua la tête avec impatience.

– Va-t-on me servir les mêmes justifications qui ont

servi à expliquer l'importation d'ex-nazis dans ce pays après la Seconde Guerre mondiale ? Dont certains criminels de guerre notoires ?

– L'analogie ne serait pas inexacte, reconnut Baker d'une voix neutre.

– Encore une fois, en quoi Francke est-il si particulier ? Il est manifestement déséquilibré et a prouvé qu'il pouvait se montrer dangereux. Rejetez-le à l'eau et pêchez un autre poisson. Comme vous l'avez dit vous-même, ils sont des milliers à nager dans ces eaux.

– Celui-là est visiblement différent. Pendant les derniers jours qui ont précédé l'écroulement du régime communiste, la Stasi a caché ou détruit la plupart de ses dossiers. Les renseignements dont nous avons besoin n'existent plus que dans la tête de ces individus.

Garth poussa un grognement.

– Avons-nous seulement la preuve qu'il sait quelque chose ?

– Le Département d'État affirme qu'il était un des lieutenants de Markus Wolf. Il avait accès aux dossiers et ils le croient de bonne foi lorsqu'il se vante d'avoir mémorisé des informations sur les réseaux terroristes et les groupuscules subversifs de ce pays.

– Se *vante* ? J'en conclus qu'il n'a pas précisément divulgué de but en blanc tous les précieux renseignements qu'il prétend avoir mémorisés.

Baker haussa les épaules.

– On nous a ordonné d'adopter une position de stricte vigilance à son égard. Le Département d'État prétend qu'il s'efforce tout bonnement de négocier au mieux les conditions de son séjour chez nous, et nous sommes censés lui montrer tout ce dont il bénéficierait en coopérant de son plein gré. Vous comprenez maintenant notre dilemme ?

Mary, qui avait écouté la conversation avec une incrédulité croissante, explosa brusquement :

– Alors embarquez-le dans une autre partie du pays, loin de nous ! Garth dit que vous l'avez déjà fait une première fois.

Baker secoua lentement la tête.

– Je n'ai pas confirmé cette hypothèse. Même si c'était vrai, ce serait hors de propos. Francke a décidé qu'il se plaisait ici. À ses yeux, monsieur Frederickson, c'est vous qui l'avez accosté et il s'apprêtait simplement à se défendre. Il a totalement raison, bien entendu, d'affirmer que ceux qui souhaitent sa mort ou aimeraient lui mettre la main dessus sont légion.

– Il fait une fixation sur ma femme.

– Votre épouse est très belle et c'est une artiste mondialement connue, monsieur. Je suis bien persuadé que nombre de gens lui ont déjà écrit des lettres... obscènes ou pas. Apparemment, Francke est devenu son fan en écoutant des albums et des bandes pirates confisqués aux jeunes d'Allemagne de l'Est ou aux postes frontière. Il a entrepris de lui écrire, mais ne lui a jamais adressé ses lettres pour une raison qui crève les yeux : se faire surprendre à écrire des lettres d'admiration à une artiste affichant les inclinations politiques de madame Tree ne lui aurait sûrement pas porté bonheur. Quoi qu'il en soit, il nous a bien fait comprendre que le Département d'État perdrait tant sa confiance que sa volonté de coopérer si nous le forcions à quitter cette région.

Le regard de l'agent du FBI passait alternativement de Mary à Garth et de Garth à Mary. Il semblait légèrement embarrassé.

– Tant le Département d'État que le Bureau estiment que vous devriez déménager si sa présence dans cette communauté vous importune, ou du moins vous éloigner un certain temps. Sans toutefois admettre le moins du monde que cet individu pourrait constituer une menace pour vous deux ou pour qui que ce fût, nous serions disposés à vous rembourser tous vos frais pendant une durée d'un an, dans la mesure du raisonnable, si madame Tree cessait de donner des concerts et que vous décidiez de prendre un congé prolongé dans un autre secteur du pays. Sous les auspices du programme de protection des témoins.

– Je ne crois pas, monsieur Baker, répondit sèchement Mary.

Ils discutèrent jusque tard dans la nuit de l'intolérable impact qu'aurait sur leur existence cette épée de Damoclès : devoir attendre indéfiniment dans l'angoisse, en se demandant si l'Allemand allait frapper et quand, s'il choisirait de leur tomber dessus sans prévenir, au moment et à l'endroit de son choix, de les prendre ensemble pour cible ou d'en abattre un seul à la fois. Et, refusant d'accepter cette situation, ils convinrent que le mieux à faire était encore de mettre l'homme à l'épreuve, de sonder ses intentions et d'évaluer sa liberté de mouvement. De l'appâter pour l'attirer sur le territoire de leur choix, au moment qui leur conviendrait.

Ce fut Mary qui trouva un plan. Garth s'y opposa au début, mais il dut vite reconnaître que sa proposition était d'une logique imparable et elle finit par le convaincre totalement en lui démontrant qu'aucun risque ne pouvait être plus grand que celui qu'ils encouraient dès à présent... Gunther Francke savait sans doute d'ores et déjà où les trouver.

Dans l'après-midi du jour où les premières affiches annonçant un concert de Mary au profit du projet *Clearwater* apparurent dans les communautés riveraines, Garth reçut un deuxième avertissement de son correspondant anonyme à la voix plate et étouffée.

– Ce concert est une erreur qui pourrait se révéler fatale. Tâchez de le repérer avant qu'il ne vous voie.

Le soir du concert en plein air, Garth passa quarante-cinq minutes – à l'abri d'un bosquet, au faîte d'une des collines du parc aménagé sur les berges de Cairn – à scruter les visages dans la foule qui se rassemblait. Lorsqu'il fut certain que Francke ne se trouvait point dans le pré, devant le podium où Mary allait se produire, il entreprit de fouiller les recoins d'ombre à la périphérie du parc. Et c'est là qu'il trouva Francke, assis au sommet d'un gros rocher d'où il jouissait d'une vue bien dégagée de la scène brillamment éclairée, dressée cent cinquante mètres environ en contrebas. Des jumelles et un puissant fusil doté d'un téléobjectif et d'un silencieux bricolé gisaient à côté de lui, à peine visibles dans l'ombre des arbres portée par la lune. Garth posa la main sur son épaule et, lorsque Francke se retourna en tressaillant, il le frappa sèchement au menton, souleva l'homme inanimé, le balança sur ses épaules et le transporta jusqu'au fleuve.

À son réveil, une demi-heure plus tard, Gunther Francke entendit l'eau couler tout près ; il était assis sur une chaise face à son ennemi. Son poignet gauche et celui de Frederickson étaient soudés l'un à l'autre par du chatterton.

– Vous êtes fou ? beugla-t-il. Que faites-vous ?

– Connaissance avec vous.

Gunther regarda autour de lui les parois de bois vermoulu, les fenêtres donnant sur le fleuve. Son regard s'arrêta sur une étagère du mur nord, où un Colt reposait entre un magnétophone et un téléphone.

– Où sommes-nous ? demanda-t-il d'une voix rauque.

– Dans un hangar à bateaux sur ma propriété, répondit Garth. Vous pouvez vous égosiller tant que vous voudrez, je serais très étonné qu'on vous entende. La moitié des nazis que la CIA et le Département d'État ont exfiltrés dans ce pays en 45 n'étaient même pas bacheliers, voyez-vous, et encore moins experts en astronautique comme ils le prétendaient. Je me demande simplement si vous êtes réellement celui que vous affirmez être à vos hôtes. Il me semble qu'il est largement temps qu'on vous cuisine un peu pour s'assurer de votre bonne foi.

– Vous êtes cinglé !

– Parfaitement. Et sans doute encore plus cinglé que vous, ou que vous ne le croyez. Tâchez de garder ça en mémoire à l'avenir. Suffisamment timbré pour vous tuer sur place et vous balancer dans le fleuve avant que vous ne nuisiez à ma femme.

Cela établi, nous pouvons passer à l'autre affaire qui nous occupe. Vous avez harcelé ma femme et menacé de me tuer. J'avais flairé le tueur en vous avant même que vous n'ouvriez la bouche. La seule raison qui m'a empêché jusque-là de vous interdire de nuire à autrui, c'est que j'ai la très nette impression que c'est précisément ce qu'on attend de moi, et que je n'ai nullement l'intention de faire la sale besogne d'un tiers… ni non plus de renoncer à la vie et à la liberté si je ne m'y vois pas contraint. En conséquence, avant de débarrasser le plancher, nous allons devoir parvenir à un compromis. Vous allez me dire tout ce que vous êtes censé savoir et qui fascine tant vos actuels geôliers. Je n'ai pas un très grand penchant pour la torture, sinon je vous extorquerais ces renseignements par la force. Je vais donc partager vos turpitudes… ni nourriture ni eau ni sommeil pour nous deux tant que vous ne m'aurez pas révélé ce que je souhaite savoir. Ensuite, nous passerons un coup de fil à vos protecteurs, vous accepterez de bonne grâce d'emménager loin de Cairn, le plus loin possible, et ma femme et moi n'entendrons plus jamais parler de vous. Voilà le marché !

Garth s'interrompit et désigna le revolver posé sur l'étagère.

– Si vous trouvez cela trop compliqué, vous pouvez toujours tenter de vous précipiter sur cette arme. Mais, en ce cas…

L'autre laissa échapper un chapelet de jurons en allemand et jaillit de sa chaise. Il bondit de côté, cherchant à entraîner Garth à sa suite tout en tendant le bras droit vers le revolver. Garth banda ses muscles puis balança le bras gauche dans le sens inverse des aiguilles d'une montre. Gunther poussa un glapissement : son bras gauche venait de se briser en deux endroits, au poignet et juste au-dessous du coude. Il s'effondra à genoux, ses yeux vert pâle noyés de douleur, puis bascula au sol lorsque Garth trancha de la lame d'un canif le chatterton qui jumelait leurs poignets.

– Vous auriez dû me laisser terminer, laissa-t-il tomber. Je vous ai dit que je consentais à partager vos souffrances aussi longtemps qu'elles dureraient, mais j'allais vous prévenir que si vous tentiez de vous emparer du revolver, je ne miserais pas un liard sur vos chances.

– Il me faut un médecin !

Gunther se trémoussait sur le plancher vermoulu en berçant son bras brisé.

– Vous vous disposiez à me tuer, voire à tuer aussi ma femme. J'irai vous chercher un médecin dès que vous m'aurez dit ce que je veux savoir. Ne vous donnez pas la peine de mentir. Vous vous apercevriez très vite que ma « folie » s'accompagne d'une assez bonne aptitude à déjouer le mensonge. Dites-moi la vérité et je le saurai.

– Je ne sais strictement rien ! hurla l'Allemand d'une voix de supplicié. Je ne suis pas Gunther Francke. Les papiers sont faux ! Appelez un médecin ! La douleur est insupportable !

Garth toisa l'homme quelques instants, en le scrutant attentivement. Il hocha finalement la tête.

– Je vous crois, déclara-t-il en se dirigeant vers l'étagère pour activer le magnétophone. Il ne vous reste plus qu'à me fournir suffisamment de détails sur votre identité réelle et la façon dont vous vous y êtes pris pour usurper celle d'un autre.

Dès que Gunther eut fini de lui donner les renseignements voulus, Garth lui posa une attelle de fortune à l'aide d'un éclat de bois brut puis téléphona chez lui. Mary décrocha au milieu de la première sonnerie.

– Il appartenait bien à la Stasi, lui expliqua-t-il. Mais c'était un petit fonctionnaire, un gardien de prison chargé des interrogatoires, qui avait tabassé suffisamment de prisonniers politiques pour subodorer qu'il se retrouverait en très fâcheuse posture à la fin du règne de Honecker. Il a assassiné l'homme dont il détient les papiers d'identité, s'est rendu à notre ambassade en RFA et a proposé ses services. Une fois aux États-Unis, il s'est laissé emporter et a commis l'erreur de péter plus haut que son cul. Dès lors, il ne pouvait plus s'arrêter. On va sans doute le renvoyer maintenant en Allemagne et nous ne l'aurons plus dans les pattes. J'ai tout enregistré au magnétophone. Appelle une ambulance puis le bureau du FBI à…

– Baker et Walker sont là, Garth.

Ça ne le surprit pas outre mesure.

– Dis-leur de venir jusqu'ici.

– Il y a un troisième homme avec eux, Garth.

– Qui ?

– Il ne s'est pas présenté. Il attend dehors.

– Il viendra, que nous le souhaitions ou non.

Garth remontait le sentier vers la maison quand il vit apparaître les trois hommes. Celui qui n'avait pas dit son nom était grand et mince, avec des yeux noirs au regard froid et des joues hérissées de chaume gris. Il portait un pantalon de treillis kaki, des baskets et un ample coupe-vent vert orné du logo des Chicago Bears. Ils se croisèrent à mi-chemin et le type au coupe-vent frôla Garth sans lui jeter un regard ni prononcer le premier mot.

– Voilà la cassette, dit Garth en la tendant à Avery Baker. Il s'appelle en réalité Wolfgang Ingwers et vous en savez déjà plus long que lui sur les terroristes.

– Votre femme nous l'a appris, répondit Baker en soutenant le regard de Garth, tout en prenant la cassette pour l'empocher. Nous vérifierons. Si ce que vous dites est vrai, il sera expédié.

Un chuintement étouffé, presque imperceptible, leur parvint du hangar à bateaux. Baker et Walker échangèrent un regard surpris et Garth se rendit compte qu'il ne leur était même pas venu à l'esprit que le type mal rasé qu'on leur avait envoyé pouvait être un tueur de la CIA. Dès qu'il l'avait vu, Garth avait compris que l'Allemand serait effectivement « expédié ».

Le plus jeune des deux agents se précipita vers le hangar, suivi par son coéquipier. Mais Garth retint le second par le bras.

– Dites au type de la centrale de nettoyer son foutoir, lui conseilla-t-il d'une voix sourde. Et qu'il prenne mes mots au pied de la lettre. Je ne veux pas retrouver la moindre trace de lui… pas une seule goutte de sang sur le plancher. C'est bien compris ?

– Je veillerai à transmettre le message. À mon avis, une équipe de nettoyage doit patienter à proximité. Emmenez votre épouse boire un verre quelque part, Frederickson. À votre retour, votre existence aura repris son cours normal.

– Certainement pas, rétorqua laconiquement Garth en jetant un coup d'œil vers le hangar pour s'assurer que personne n'était à portée d'ouïe. Merci pour les coups de fil, Baker.

L'agent lui répondit d'un petit sourire et Garth poursuivit son chemin vers Mary.

Titre original : *First Strike*

4

L'ours blanc

Les grizzlys et les ours bruns ne sont qu'une seule et même créature, apprit-elle de l'homme qui était apparu inopinément sur le pas de leur porte d'entrée. Et tous puent la viande avariée qui constitue leur régime de prédilection.

La moitié du visage de Jacob Andover était un terrifiant magma de tissu cicatriciel et son œil rescapé donnait l'impression d'être trop brillant, comme si une fièvre couvait en lui. Il semblait émacié, mais il n'en émanait pas moins de sa personne une aura de puissance ; c'était une féroce créature, toute de tendons, de muscles et d'os, à la peau sans cesse boucanée, inéluctablement coiffé d'une casquette des Seahawks de Seattle vissée à son crâne. Bien qu'elle l'eût rencontré moins d'une heure plus tôt, Mary Tree le considérait déjà comme l'homme le plus remarquable qu'elle eût jamais connu, après Garth Frederickson, son mari. Lequel, assis près d'elle sur le divan du salon de musique de leur demeure surplombant l'Hudson, écoutait Jacob Andover leur narrer des récits pleins de glaces, de froid et d'ours, d'élans, de caribous, de loups et de gloutons, de bancs de saumons roses, de bélougas et de baleines tueuses venues s'en repaître.

Tant d'aspects de son mari lui restaient encore cachés, songeait-elle ; seul son frère – peut-être – partageait avec lui certains secrets de son passé, et c'est sans aucune surprise – néanmoins fortement impressionnée – qu'elle découvrit qu'il avait souvent passé l'été dans la brousse, en Alaska, à prospecter de l'or dans une zone particulièrement dangereuse connue sous le nom de « piste des quarante arpents », près d'une ville nommée Chicken… Poulet. Pas plus qu'elle ne fut étonnée d'apprendre de la bouche d'Andover que Garth avait campé un été sur le banc de sable qu'il partageait avec un grizzly femelle et ses deux oursons ; son époux avait le don d'exercer un curieux effet sur les gens – y compris sur des hommes aussi étranges que ce Jacob Andover – et elle trouva fort naturel que cette femelle n'eût pas paru s'offusquer de sa présence. Et, pour finir, elle ne s'étonna guère non plus que Jacob Andover, à l'annonce de sa mort prochaine, eût parcouru dix mille kilomètres pour venir trouver Garth.

– C'est une foutue histoire, déclara l'homme dont l'œil unique brillait dans un visage couturé de cicatrices, presque de la voix d'un enfant s'émerveillant d'une chose effroyable qu'il ne parvient pas encore tout à fait à appréhender. Il sourit, dévoilant une rangée de dents blanches et régulières qui lui appartenaient visiblement en propre et détonnaient avec le reste de son apparence.

– Je n'avais pas vu la couleur de l'or depuis des mois, poursuivit-il. Je commençais à manquer de fonds et à me lasser de la brousse et je me suis dit que j'avais besoin de changer de décor. J'ai contacté une connaissance et je suis allé travailler sur le pipe-line du versant nord pour essayer de me faire un peu de fric. Grossière erreur. Tu sais à quel point j'aime que mon campement soit bien tenu, Garth. Parce que quand on laisse traîner de la bouffe, on reçoit tôt ou tard la visite d'un ours, au moment où l'on s'y attend le moins. On prend vite l'habitude de nettoyer. J'attendais donc ma correspondance pour le Nord à l'aéroport d'Anchorage. J'entre dans les toilettes des hommes où j'ai à faire et je remarque qu'une des corbeilles déborde de serviettes en papier. Je décide donc de comprimer le monceau de la paume quand je me pique avec l'aiguille d'une seringue hypodermique que quelqu'un a balancée dans la poubelle. Sur le moment, je n'ai pas réfléchi. Si j'avais su que ça signifiait la fin du vieux Jacob, je me serais moins pressé de prendre mon avion, j'imagine. Bordel, je n'aurais sans doute jamais imaginé non plus que ça me tuerait. Il a fallu ce dernier bizarre accès de pneumonie et un poumon affaissé pour me convaincre qu'il était peut-être temps de commencer à mettre de l'ordre dans mes affaires.

Garth fixait son interlocuteur sans broncher, mais Mary avait sursauté et s'était dressée toute droite sur le divan.

– Oh, mon Dieu, Jacob ! Je suis réellement désolée.

– C'est pas grave, m'dame, répliqua Andover. Ses lèvres se retroussèrent de nouveau pour dévoiler ses dents, dessinant cette fois-ci une grimace plutôt qu'un sourire.

– Pour être franc, poursuivit-il d'une voix plus douce, je n'aime pas trop qu'on s'apitoie sur mon sort. Ça me met vraiment mal à l'aise, alors j'aimerais autant que vous ne pleuriez pas sur moi.

– Garth et moi travaillons comme bénévoles pour un groupe de gens frappés exactement par la même maladie et pratiquant l'entraide mutuelle, Jacob. Pourquoi est-ce que vous…

Elle ne termina pas sa phrase : Jacob Andover avait déjà brandi la main pour l'interrompre, tout en secouant lentement mais fermement la tête.

– Merci, Mary, mais Garth pourra vous dire que je n'ai pas l'instinct grégaire bien développé. En vingt ans, votre mari est le seul homme de ma connaissance que j'aie supporté plus d'une heure quand je suis sobre.

– Jacob a pris sa décision, Mary, déclara Garth d'une voix sourde, sans détacher une seconde les yeux du visage de son vis-à-vis. Il est venu me faire ses adieux.

Jacob Andover soutint un instant le regard de Garth puis ajouta :

– Ouais. Ça aussi !

– Quoi d'autre, Jacob ?

Le prospecteur, trappeur et chasseur au physique émacié porta la main au paquetage taché et déchiré qui reposait sur le sol à ses pieds et l'ouvrit. Il en sortit trois gibecières ventrues en peau d'élan, fermées par un lacet, ainsi qu'un magnifique couteau à la lame d'acier bleutée et à la poignée ciselée dans une défense de morse. Il posa tous ces articles sur le parquet et referma en gloussant la fermeture éclair du sac, ce qui déclencha immédiatement une quinte de toux. Il sortit promptement un mouchoir de sa poche pour s'en couvrir la bouche en détournant les yeux d'un air gêné, l'essuya, reporta le regard sur Garth et afficha un sourire penaud.

– Dans la mesure où tu es la seule personne au monde avec qui je me sens capable de passer plus d'une heure quand je ne suis pas saoul, et aussi la seule en vingt ans qui m'ait rendu fier d'appartenir au genre humain, j'en conclus que ça fait de toi mon unique héritier. En ce qui me concerne, le plus grand pied que j'aie jamais pris en prospectant, ç'a toujours été de voir la couleur de l'or, et je n'ai jamais eu beaucoup d'occasions de le dépenser, puisque je vivais dans la brousse. Même quand je manquais d'argent, je préférais garder par-devers moi la poussière d'or et les pépites, histoire de me rappeler pourquoi je marnais si durement. Voilà déjà une partie de mes dernières volontés. Je veux que tu gardes l'or et le couteau. Je sais que tu as toujours guigné cette lame. Je t'aurais bien apporté aussi mon fusil, mon Magnum et ma carabine, mais je me suis dit qu'on ne me laisserait jamais monter avec dans l'avion, et je les ai donc données au barman et à deux des serveuses du saloon de Chicken.

– Merci, Jacob, répondit sereinement Garth. J'apprécie ton geste. Je prends le couteau que j'ai toujours convoité, effectivement, mais tu auras besoin de l'or pour te soigner. Tu te sais mourant et tu l'as sans doute accepté, mais tu n'as aucune raison de ne pas profiter pleinement des derniers jours, semaines ou mois qui te restent. Il existe des médicaments et des traitements qui pourront t'aider.

– Et si vous voulez rester chez nous, Jacob, vous êtes le bienvenu, ajouta Mary en se rapprochant de Garth pour lui prendre la main. Vous aurez au moins un refuge où mourir dans la dignité, si vous daignez l'accepter.

Jacob Andover garda un instant le silence, le regard passant alternativement de l'homme qu'il avait côtoyé peu de temps, mais dont il se sentait si proche, à son épouse, la belle chanteuse de folk aux longs cheveux blonds et aux yeux si bleus. Son œil valide finit par s'embuer et une larme unique y naquit qui vint rouler sur sa joue cave.

– Je vous remercie de votre offre, Mary, répondit-il doucement, mais je refuse de vous embarquer là-dedans. Maintenant que j'ai décidé de mon testament, j'ai hâte de mettre le reste de mes affaires en ordre avant d'avaler mon bulletin de naissance. L'or restera ici, Garth, mais tu devras attendre quelques jours pour le couteau. Je veillerai à ce qu'il te parvienne.

Garth arracha sa main à l'étreinte de celle de Mary puis se pencha en avant sur le divan pour scruter âprement l'homme assis dans le fauteuil en osier, à l'autre bout de la pièce.

– Qu'est-ce que c'est, Jacob ? s'enquit-il. Pour quelle autre raison es-tu venu ?

L'autre observa encore quelques secondes de silence, comme pour ruminer cette question, puis :

– Tu te rappelles sûrement, Garth, nos discussions sur ce qui différenciait l'existence en Alaska de celle qu'on mène ici, dans l'Est ?

Garth passa les mains dans les cheveux couleur de blé qui lui tombaient sur les épaules mais commençaient à se dégarnir, et fixa Jacob de ses yeux bruns.

– Il me semble me souvenir que nous parlions surtout des divers dangers qui pouvaient surgir inopinément pour nous tuer.

– En effet. En Alaska, c'est surtout l'environnement qui risque de te tuer si tu ne te montres pas vigilant. En hiver, quand il fait moins quarante, tu risques de quitter la route, de t'égarer loin d'une piste et de mourir gelé en un clin d'œil. Dans l'Est, même en t'y efforçant, tu n'aurais aucune chance de te perdre ; il y a presque toujours une maison isolée, voire tout un hameau, ou une route fréquentée juste derrière la première colline. En Alaska, on peut se faire arracher la tête par un ours rien qu'en s'enfonçant dans la brousse sur un ou deux kilomètres, ou se faire piétiner par un élan dans sa propre allée. Les dangers naissent donc surtout de l'environnement immédiat, mais on peut prendre certaines mesures pour s'en protéger… emporter une trousse de survie dans sa voiture, faire beaucoup de bruit quand on baguenaude dans la brousse ou regarder par la fenêtre avant de sortir de chez soi, histoire de voir si un bestiau n'est pas en train de brouter la pelouse. Ici, ce sont les gens qui grouillent autour de toi qui sont les plus dangereux, et tu ne sais jamais si quelqu'un ne s'apprête pas à te sauter sur le poil pour te détrousser, te violer, te mutiler ou te tuer. À mes yeux, on prend beaucoup plus de risques ici que sur la piste des quarante arpents.

– Entièrement d'accord, convint Mary d'une voix égale en jetant un regard à Garth.

– Bon, j'ai sans doute tué plus que mon lot d'animaux, mais toujours pour me défendre, me nourrir, leur prendre leur fourrure ou quelque chose dont j'avais besoin. Descendre un élan ou un bison, qui sont tellement abrutis qu'ils restent plantés là à te regarder faire, m'a toujours paru stupide. Je n'ai jamais pris mon pied à tuer pour le plaisir, si vous voyez ce que je veux dire.

– Ceux qui se livrent à ce genre d'activité se prétendent des sportifs, lâcha sèchement Mary.

– J'ai suffisamment chassé pendant la guerre pour m'en passer jusqu'à la fin de mes jours. Et je ne savais même pas si mes victimes méritaient de mourir. Mais, là-bas, je me suis rendu compte que si je tenais réellement à chasser un animal – pour le sport, disons, ou pour toute autre raison – ce serait l'homme. Et ça ne chargerait pas ma conscience d'un bien lourd fardeau, car celui que je chasserais serait un enfoiré méritant largement la mort.

– Crois-tu vraiment que j'accepterais ce couteau si tu t'en servais pour tuer un homme, Jacob ? demanda calmement Garth.

– Eh, tout dépend de l'identité de ma victime, j'imagine !

– Non. Tu te trompes.

Jacob Andover plissa les yeux.

– À ce que j'ai cru comprendre, vous avez tué de nombreux hommes, ton petit génie de frère cadet et toi.

– Des hommes qui essayaient de nous tuer, Jacob. Comme les ours que tu as abattus. Qui comptes-tu tuer ?

– T. L. Michael Mason, répondit calmement l'autre avec un petit sourire. Il est suffisamment pourri à tes yeux ?

Garth échangea un regard avec Mary puis s'adossa au divan, les bras croisés sur la poitrine.

– Tu le sais bien.

– Oui, je le sais. Tu recherches toi-même ce fumier de voleur et de meurtrier. Janie Aglook m'a dit que ton frère et toi travaillez pour une des sociétés tribales et que vous essayez de prouver que ses hommes et lui ont non seulement saccagé ce village, mais encore qu'ils montaient ce genre de coups depuis longtemps. Je parie que la moitié des vestiges qu'il possède ont été volés… mais rares sont les Eskimos, les Indiens ou les Aléoutes qui portent plainte contre lui.

– D'où connais-tu le docteur Aglook ?

– Je ne t'ai jamais raconté cette histoire ?

Garth secoua la tête.

– Tu n'as jamais beaucoup parlé, Jacob. Tu semblais rechercher ma compagnie et te satisfaire de t'asseoir quelques instants avec moi pour m'écouter parler.

– Tu as raison, approuva Andover avec un bref hochement de tête. Le Nam a dû pas mal me tourneboulér. À mon retour, je ne supportais plus les autres gens. Nous étions nombreux dans ce cas, et beaucoup d'entre nous ont cherché ensuite à se réfugier dans des endroits isolés, en pleine nature, où nous pourrions rester nous-mêmes et faire ce qui nous chanterait sans nuire davantage à autrui. J'ai choisi l'Alaska.

– Comme beaucoup d'autres vétérans du Vietnam, renchérit tranquillement Garth.

– Oui. Mais je me suis enfoncé beaucoup plus profondément que les autres dans l'arrière-pays. Je ne me suis pas contenté de bivouaquer dans la brousse. Je faisais d'épouvantables cauchemars, et bouger sans cesse me faisait du bien. J'ai continué de monter vers le nord. Va savoir. Je cherchais peut-être à me faire tuer et j'ai bien failli réussir. Au bout de trois ou quatre ans d'errance, à vivre sur le terrain, j'ai gagné le cercle polaire. Un ours blanc m'a surpris sur la glace, m'a scalpé comme ils en ont l'habitude, m'a mordu la cage thoracique et a manqué de peu m'arracher le bras gauche. Il a dû me croire mort parce qu'il m'a traîné jusqu'à sa caverne de glace et m'y a laissé mariner plusieurs jours. Des Inuits, de la tribu de Janie… m'ont retrouvé. Ils m'ont installé sur un traîneau, m'ont ramené à leur village et m'ont soigné. Je suis sans doute le seul homme blanc que vous ayez rencontré à aimer les ice-creams eskimos. Quoi qu'il en soit, vous devez imaginer ma surprise à mon réveil quand, délirant encore plus ou moins de fièvre, j'ai découvert cette jeune et jolie Eskimo assise à mon chevet, me tenant la main et s'exprimant dans un anglais parfait. Avec l'accent de Boston, pas moins. On aurait cru entendre une Kennedy.

Plus tard, j'ai appris qu'elle avait été adoptée par un ponte eskimo du comité des sociétés tribales et qu'on avait veillé à lui donner une éducation digne de l'élite. Quand je l'ai connue, elle venait tout juste de décrocher son doctorat en anthropologie. Elle avait passé des années à étudier les Eskimos en général et ce groupe d'Inuits en particulier. Elle écrivait des articles sur eux. La femme la plus merveilleuse que j'aie jamais rencontrée. Sans ses deux ou trois visites par an, j'aurais sans doute oublié mon anglais.

– Vous êtes rentré tout seul quand vous vous êtes senti mieux ? demanda Mary.

– Oh que oui, m'dame. Je n'avais pas besoin que Janie me montre le chemin. Ça ne me dérangeait pas de vivre chez les Eskimos ; j'aimais leur mode de vie. L'existence est très simple, là-haut, sur le cercle polaire. J'allais beaucoup chasser moi-même, mais je rapportais toujours de la viande et des peaux pour les partager avec la tribu, et ils m'ont accepté. Ils m'ont même donné un nom eskimo… l'Ours blanc.

Au bout de quelques années là-haut, j'ai commencé à me sentir plus en forme et je suis revenu dans le Sud. J'ai travaillé un moment au pipe-line puis je suis retourné prospecter l'or dans la brousse. Mais, durant mon séjour chez eux, j'avais appris à faire un peu de sculpture sur ivoire et sur os… pas très bien, ne vous en déplaise, mais j'aimais ça. J'ai sculpté un ours polaire, une fois, et je l'ai offert au couple qui m'avait soigné quand je délirais. C'était si mal fichu que la plupart des Inuits m'auraient probablement ri au nez s'ils n'avaient pas été aussi polis, mais ce couple a apprécié mon geste et promis de conserver mon cadeau comme un trésor. Les Eskimos ne plaisantent pas sur ces sujets. Maintenant, votre T.L. Michael Mason prétend avoir acheté tous ses vestiges et toutes ses sculptures eskimos à des comptoirs de commerce légaux. Et aussi que ni lui ni ses copains n'ont jamais mis les pieds dans le village pillé. C'est un fieffé menteur dans les deux cas, parce que l'ours que j'ai sculpté se trouve à présent dans une vitrine du hall d'entrée de son grand immeuble de la Cinquième Avenue.

Garth décroisa les bras et se redressa brusquement sur le divan.

– Tu peux le prouver, Jacob ?

Andover haussa les épaules.

– Eh bien, le premier connaisseur venu verrait que cet ours n'a pas été sculpté par un artiste eskimo… Mason est loin d'être l'expert qu'il prétend. En outre, j'ai gravé mes initiales dessous. À toi de me dire si ça ne prouve pas que ses hommes et lui ont pillé ce village, violé deux femmes, volé leurs sculptures et leur ivoire brut, et tué un homme.

– Ce pourrait être une importante contribution au dossier de l'accusation. Écoute, si tu voulais bien déposer…

– J'ai déjà commencé, auprès d'avocats de New York à qui Janie m'a adressé. Je dois les revoir dans une semaine. C'est Janie elle-même qui m'a contacté et envoyé ici, pour me demander de vérifier si tu vivais toujours à Cairn. Jolie ville. Un sacré fleuve.

– Si tu travailles pour des avocats de la confédération des tribus, Jacob, tu ne peux guère faire mieux. J'enquête de mon côté sur d'autres indices concernant ces vols de vestiges et qui, avec ton ours, pourraient au moins permettre de prouver que Mason est un menteur et un voleur. Finissons-en.

– Je leur ai fait ma déposition et ils m'ont dit qu'ils tenaient à s'entretenir encore avec moi, plusieurs fois, dès qu'ils auraient pris contact avec d'autres personnes. Ils veulent que je témoigne au procès, s'il y en a un, mais il y a fort peu de chances que je survive jusque-là. Chaque fois que je me réveille le matin, j'en reste sidéré. La plupart du temps, c'est une grosse déception. Tu veux savoir ce qui va arriver à Mason ? Rien. Voilà tout. Je n'ai pas perdu assez longtemps le contact pour oublier comment les avocats font leur boulot, et Mason dispose de tout un régiment. Ils diront que rien ne prouve que le couple à qui j'ai offert mon ours ne l'a pas donné à un autre Eskimo, qui l'aura ensuite revendu.

– Deux Eskimos du docteur Aglook pourront témoigner que les deux avions qui ont atterri près de leur village portaient le logo de la société de Mason et l'identifieront comme un des pilleurs.

Andover balaya l'argument d'un geste de sa main droite tremblante.

– Ces témoins n'auront pas passé dix minutes à la barre, cuisinés par un avocat, qu'ils ne reconnaîtront plus un logo d'un Lego. L'avocat prétendra que tous les Blancs se ressemblent pour eux. Les Eskimos finiront par passer pour des demeurés. C'est ce qui arrivera, crois-moi. Telles que je vois les choses, c'est pour donner un sens à ma mort et qu'elle serve une bonne cause que j'ai établi mon testament. Je me contrefiche de tous les gardes du corps de Mason, parce que je me moque bien de mourir. Ma vie ne vaut plus grand-chose maintenant que la messe est dite, mais j'aimerais au moins que ma mort ait un sens. Il me suffira de m'approcher assez près de Mason pour lui trancher la gorge, et justice sera faite.

– Ça ne marchera pas, Jacob, le contredit Garth à voix basse.

L'autre releva légèrement la tête en fronçant les sourcils. L'éclat trop brillant de son œil semblait plus froid.

– Ah bon ? Pourquoi pas ?

– Parce que je ne te laisserai pas faire.

– Et comment comptes-tu m'en empêcher ?

– Tu dois comprendre que tu n'es plus dans la brousse, répondit Garth de la même voix douce. Ici, personne ne se fait justice soi-même.

– Moi si.

– Non. Je suis un détective privé avec une licence délivrée par l'État de New York. Je travaille actuellement sur une affaire qui doit passer devant les tribunaux, ce qui limite d'une certaine façon mes mouvements. Les informations que tu m'as livrées ne sont pas protégées par le secret professionnel. Je ne peux pas être informé d'un projet de meurtre concernant l'individu sur lequel j'enquête sans en faire part aux autorités. On pourrait ensuite m'inculper de complicité. En résumé, Jacob, je t'en empêcherais en faisant intervenir les flics, tout simplement.

La moitié de visage de son interlocuteur devint plus blême encore.

– Tu me balancerais aux flics ?

– Je viens de le dire.

– Tu crois que j'ai tort, Frederickson ?

– Ce que je crois importe peu, Jacob. Ce qui compte, c'est ce que je fais. Je ne veux plus en discuter. Je veux entendre de ta bouche que tu n'as pas l'intention de te venger de Mason en dehors du procès légal.

Jacob Andover se leva brusquement et ramassa son paquetage, laissant sur le sol les trois gibecières remplies de poussière d'or. Il se dirigea d'un pas raide vers la porte du salon de musique et hésita un instant avant de se retourner.

– J'avais une meilleure opinion de toi en arrivant, Frederickson, articula-t-il d'une voix rauque. Je ne veux plus jamais te revoir ni t'adresser la parole.

Il sortit en coup de vent.

Mary fit mine de lui courir après, le visage trahissant son désarroi, mais se ravisa en sentant sur sa cuisse la pression de la main de son époux. Elle jeta à Garth un regard inquisiteur. Celui-ci l'exhorta d'un geste à attendre. En dépit de l'étonnement de Mary, l'expérience lui avait appris que Garth était particulièrement sensible à certaines choses et elle acquiesça d'un hochement de tête.

Quelques secondes plus tard, ils entendaient s'ouvrir puis se refermer la contre-porte de l'entrée, signalant le départ de leur visiteur. Garth patienta encore deux minutes avant de se lever, en faisant signe à Mary de le suivre. Ils traversèrent la maison jusqu'à l'entrée. Mary jeta un regard dans l'allée et aperçut la silhouette voûtée de Jacob Andover, assis sur les marches menant au trottoir et à la rue. Ses frêles épaules se convulsaient comme s'il pleurait. Mary se tourna vers Garth pour lui demander comment il avait deviné que l'homme n'irait pas loin, mais son époux se dirigeait déjà vers la silhouette effondrée. Il s'agenouilla, passa ses bras puissants autour des épaules de l'homme en pleurs et appuya la tête mutilée contre sa poitrine. Mary s'agenouilla de l'autre côté d'Andover et entreprit de lui caresser doucement le dos.

– J'ai tellement honte, sanglota-t-il dans le giron de Garth. Je suis tout le temps crevé. Parfois, j'arrive tout juste à me sortir du lit. J'espérais simplement qu'il me resterait assez de force pour faire payer à Mason ce qu'il a infligé aux gens qui m'ont sauvé la vie. Seigneur, Garth… Je comptais sur ton aide. Je ne crois pas que j'y arriverai seul. Il me reste à peine assez d'énergie pour aller jusqu'au bout de la rue.

– Tu vas rester chez nous, Jacob, déclara Garth en soulevant dans ses bras sa frêle silhouette avant de remonter l'allée vers la maison. On discutera de ce qu'on peut faire à propos de T.L. Michael Mason.

Ils n'eurent jamais le loisir d'en débattre. Garth et Mary prirent soin de Jacob Andover et lui offrirent gîte, couvert et confort. Quand il se sentait un peu moins faible, il prenait la ligne de bus Red & Brown et gagnait New York pour s'entretenir avec les avocats de la confédération des tribus, allait se promener ou faisait des courses. Deux semaines après son arrivée à Cairn, les journaux annoncèrent son décès : il avait péri sous les coups d'une bande d'ados, qui avaient tenté de le détrousser alors qu'il se baladait dans Central Park. Jacob avait tué deux de ses agresseurs et sectionné la moelle épinière d'un troisième.

Mary ne cacha pas son trouble en voyant sourire son mari, alors qu'il lisait le compte rendu de l'agression.

– Garth ! protesta-t-elle sur un ton sec qu'elle n'avait jamais employé pour s'adresser à lui. Trouverais-tu *amusant* ce qui est arrivé à Jacob et à ces gamins ?

– Non, répondit-il d'une voix égale. Je ne dirais pas précisément que c'est drôle, mais ça me fait un bien fou.

Mary secoua la tête.

– Je n'arrive pas à croire que tu puisses dire une chose pareille, Garth. Je ne te comprends pas du tout.

Le sourire de Garth se dissipa si soudainement que Mary, tout en sachant qu'il n'était nullement en colère, frissonna légèrement.

– Écoute-moi bien, Mary, poursuivit-il d'une voix impavide. Nous nous aimons, mais nous ne nous connaissons pas depuis très longtemps, de sorte qu'il te reste encore beaucoup à apprendre sur moi. Si tu veux comprendre pourquoi cette histoire me fait du bien, tu dois d'abord comprendre pourquoi elle ne m'afflige pas. Jacob Andover était un homme étrange et très dangereux, mais il n'a jamais fait de mal à ceux qui n'essayaient pas de lui nuire. Il avait un sens aigu mais primitif de la justice, et sa présence en ce monde ne lésait personne. Il était en train de mourir à petit feu, douloureusement, de façon humiliante pour lui. Il tenait à ce que sa mort ait un sens et il lui en a donné un. Ces « gamins », comme tu les appelles, avaient tous un casier judiciaire long comme le bras : des délinquants juvéniles jugés dans des tribunaux pour adultes. Violeurs, voleurs et tueurs. Ils étaient en virée ce jour-là dans le parc. Ils avaient déjà tabassé, détroussé ou agressé sexuellement tous ceux qui se trouvaient sur leur passage. Si l'on en croit tous les indices accumulés dans ces articles, les deux jeunes que Jacob a tués en état de légitime défense étaient irrécupérables ; ils auraient passé le reste de leur vie à blesser ou à tuer des gens, jusqu'à ce qu'on les boucle pour de bon ou que quelqu'un les empêche de nuire. Jacob s'en est chargé. Ils lui sont tombés dessus parce qu'ils le croyaient incapable de se défendre, sans se rendre compte qu'ils avaient affaire à un animal blessé, aussi dangereux qu'eux-mêmes sinon davantage. Ils ont reçu le châtiment qu'ils méritaient et, en les tuant, Jacob a emporté avec lui tout le mal qu'ils représentaient, le fléau qu'ils constituaient pour ce monde. C'est ce que voulait Jacob et c'était un honnête homme. C'est pour cela que j'aime la façon dont ça s'est passé. Maintenant, si tu es triste ou fâchée, et tu en as l'air, j'aimerais que tu m'expliques à ton tour pourquoi.

Mary scruta quelques secondes son époux avant de tourner les talons pour quitter lentement la pièce. Une demi-minute plus tard, elle réapparaissait sur le seuil.

– Garth ?

– Oui ?

– Tu possèdes toujours la concession où Jacob et toi avez passé l'été avec la femelle grizzly et ses oursons ?

– Oui. Je ne t'en ai jamais parlé parce que l'Alaska est très loin et les environs de Chicken passablement sauvages. En outre, je n'aurais pas cru que tu puisses t'intéresser à ce genre de choses.

– Tu voudras bien m'y emmener un jour quelque temps ? Me montrer à survivre dans la brousse et à prospecter ? J'aimerais beaucoup apprendre.

– Bien sûr, répondit-il en souriant chaleureusement, avant de prendre sa femme dans ses bras.

Titre original : *The White Bear*

5

Le problème des cochons

Le premier des trois coups de feu tirés en rapide succession égratigna le cou de Charlotte, le second ricocha sur le macadam et le troisième frappa Garth à la cuisse gauche, juste au-dessus du genou. Charlotte poussa un glapissement, mélange de surprise, de colère et de douleur, tandis que Garth agrippait à deux mains sa jambe blessée, titubait sur quelques pas et tombait à genoux dans le parking désert du Nyack Beach State Park. Il releva les yeux, les plissa pour les abriter de l'éblouissante lumière de cette matinée de printemps et aperçut, adossé au mur de pierre qui longe l'étroit sentier de terre menant de la rue principale de Nyack à la plage, un grand type émacié coiffé d'une cagoule de ski et armé d'un fusil. Alors qu'il le fixait, le tueur masqué se redressa et entreprit de redescendre le sentier sans se presser, dans l'intention manifeste de l'achever à bout portant. L'homme devait être très mauvais tireur, songea Garth avec un sourire sans joie, et la méthode qu'il employait pour mener à bien son assassinat semblait aussi étrange que bien peu professionnelle. Ça n'y changeait pas grand-chose, bien entendu : la balle d'un tueur ferait l'affaire aussi bien qu'une autre. Garth avait suffisamment d'ennemis qui souhaitaient sa mort, assurément, mais bien peu d'amateurs dans le lot, et il se demanda lequel d'entre eux avait bien pu remonter sa piste jusqu'à Cairn pour constater qu'il pratiquait un jogging quotidien d'une douzaine de kilomètres de chez lui à la plage et retour, puis choisir ce moment et cet emplacement pour le descendre.

À une certaine époque, il ne sortait jamais sans une arme, mais ce temps était révolu et il était bien rare aujourd'hui qu'il en portât une, sauf aux rares occasions où il travaillait sur une affaire particulièrement dangereuse. Il était donc dans l'incapacité de se défendre et, maintenant qu'il était blessé, formait une cible fixe au beau milieu du parking désert. L'Hudson coulait sur sa gauche, les rives encore encombrées de bancs de glace. Les arbres des versants de la Hook Mountain, qui se dressait à sa droite dans un ciel azuréen, étaient encore dépouillés et, même s'il parvenait à les atteindre, ils ne lui offriraient aucun couvert. L'entrée du bâtiment de deux étages qui avait jadis hébergé l'usine d'une société exploitant les carrières de pierre de la montagne (la pierre était broyée sur place puis convoyée par péniche jusqu'aux faubourgs de New York, qui en faisait une consommation effroyable) s'ouvrait à une cinquantaine de mètres environ, immédiatement sur sa droite. Certes, le bâtiment aurait pu lui offrir un asile, mais les larges portes battantes de son entrée donnaient l'impression d'être solidement cadenassées.

À son avis, il était hautement improbable que le tueur s'intéressât à Charlotte et Précieuse, mais Garth, craignant qu'il ne les abatte malgré tout par dépit, dénoua la boucle de leur laisse enroulée à son poignet puis leur administra une claque sur les flancs pour les inciter à déguerpir vers la piste qui serpentait derrière lui le long de la berge. Les deux truies refusèrent de l'abandonner et se mirent à lui larder les bras et les épaules de petits coups de groin en couinant désespérément, comme pour le forcer à se relever. Garth se remit péniblement debout en prenant appui sur l'échine de Charlotte puis claudiqua poussivement jusqu'à l'entrée du bâtiment ; la douleur lancinante de sa blessure à la jambe le faisait grimacer. Le tueur, qui venait de quitter la route pour s'engager dans le parking et ne se trouvait plus qu'à une cinquantaine de mètres, leva son fusil et tira, mais sa balle écorna une pierre d'angle de l'usine, dont le coin abritait provisoirement Garth. Au moment de se ruer sur le vantail, vers les ténèbres où il serait davantage en sécurité, il entendit les bruits de pas précipités de son poursuivant claquer sur le macadam. Les portes battantes, uniquement fermées par leur lourd cadenas, cédèrent quelque peu en grinçant, mais, avec sa blessure à la jambe, Garth n'était plus en mesure de prendre suffisamment d'élan et de vitesse pour les enfoncer. Dans quelques secondes, le tueur tournerait le coin pour l'achever.

Il s'apprêtait à se projeter de nouveau de tout son poids sur les portes quand il entendit un choc sourd à ses pieds et les vit trembler. Il baissa les yeux et aperçut avec stupéfaction Charlotte, renversée sur le flanc par la puissance du coup de bélier qu'elle venait d'asséner et le sommet du crâne ruisselant de sang. La truie se releva, légèrement chancelante, puis recula et se précipita une nouvelle fois contre la porte, accompagnée par Précieuse. Garth synchronisa son propre coup d'épaule avec le leur et sa masse, ajoutée aux trois cents livres de viande de porc, eut raison de l'antique bois vermoulu, qui se fendilla autour du cadenas et céda, tandis que son élan l'envoyait culbuter dans la pénombre par-dessus les gorets.

Pendant que Charlotte et Précieuse décampaient vers le fond du bâtiment, Garth se traîna vers un étroit créneau, entre deux énormes machines rouillées évoquant un tapis roulant. Dès que l'obscurité l'eut englouti, il s'adossa à une bande de roulement métallique, ôta sa ceinture et la noua à sa cuisse en guise de garrot. Il distinguait sur sa gauche le rectangle lumineux dessiné par les portes à travers les interstices du socle du tapis roulant. Le tueur n'était pas encore apparu sur le seuil et Garth, au demeurant, ne s'attendait pas à le voir ; il eût été stupide de sa part de traquer un homme dans les ténèbres, voire de s'attarder dans le secteur. Le parc n'était pas très vaste et des maisons d'où l'on pouvait entendre les coups de feu se dressaient à moins de cinq cents mètres. Promeneurs ou automobilistes en quête d'un beau panorama et d'une petite pause s'y baladaient d'un bout à l'autre de l'année et les flics d'Orangetown patrouillaient régulièrement dans les parages, ainsi qu'il avait pu le vérifier par lui-même quinze jours plus tôt, quand Sam Beeman était remonté à sa hauteur dans sa voiture de patrouille, avant de baisser la vitre côté passager pour lui demander :

– Comment vont les filles ?

– À merveille, avait répondu Garth. Si vous avez une petite minute, je peux vous faire admirer leur dernier exploit.

– Et comment ! s'était écrié le policier d'Orangetown au visage poupin, en se garant sur le bas-côté pour descendre de son véhicule. Je voulais vous parler de toute façon.

Garth avait tiré deux épis de maïs grillés d'un sachet en plastique rangé dans sa banane. Charlotte et Précieuse avaient aussitôt dressé l'oreille en grognant de plaisir anticipé. « Assises », avait ordonné Garth, et les deux truies s'étaient assises. « Roulez », avait-il poursuivi, et elles avaient roulé sur elles-mêmes, encore qu'assez laborieusement. Garth leur avait donné un épi à chacune et s'était tourné vers le policier :

– Plutôt impressionnant, non ?

– Purée ! s'était exclamé le jeune flic en ôtant sa casquette pour passer les doigts dans ses cheveux châtains clairsemés. Je constate qu'elles aiment autant l'épi que les grains de maïs. J'ignorais qu'on pouvait apprendre des tours aux cochons.

– Ils sont plus intelligents que la moyenne des chiens… mais moins avides de plaire. Il faut aussi de grosses quantités de maïs et, surtout, choisir un moment où ils sont affamés… Pas vraiment un problème, puisqu'ils le sont la plupart du temps.

– Il me semblait que c'était plutôt votre petit futé de frère qui savait s'y prendre avec les animaux.

– Il a la main avec les grosses bêtes… lions, tigres, ours et éléphants. Moi, ce sont les cochons.

– Et un loup.

– Les loups ne font pas de tours… mais s'amusent énormément de *vous* voir en faire.

– Je croyais aussi que les cochons vietnamiens à ventre tacheté étaient d'adorables petites choses roses ; Charlotte et Précieuse sont d'adorables grosses choses grises. Combien pèsent-elles ? Cent kilos chacune ?

– Tenez votre langue, Sam. Ils sont d'abord d'adorables petites choses roses, mais, comme tous les cochons et tous les humains, grossissent quand on les nourrit. Toutes deux pèsent environ soixante-quinze kilos. Charlotte pesait près de vingt-cinq kilos de trop quand Marge nous l'a amenée, voilà deux ans, pour tenir compagnie à Précieuse. Je me suis porté volontaire pour la sortir deux ou trois fois la semaine et lui faire faire son jogging, histoire qu'elle recouvre la forme. Précieuse a insisté pour nous accompagner et nous avons fini par prendre le pli. Je m'amuse beaucoup avec elles et j'apprécie leur compagnie. De quoi vouliez-vous me parler, Sam ?

Le policier avait secoué la tête en soupirant.

– On a un problème avec ces cochons.

– Qui ça, « on » ?

– Un type du nom de Peter Erckmann… qui vient de s'installer à Cairn. Il a acheté le vieux manoir des Hurley. Il a porté plainte contre Marge sur la main courante. Il prétend que les cochons font trop de vacarme et l'empêchent de dormir.

– Grotesque. Ils ne font pas de bruit et s'endorment sûrement avant lui. Ils ne gênent personne. Marge a reçu Précieuse quand elle n'était encore qu'un porcelet et l'a offerte aux gosses de sa garderie pour qu'ils l'élèvent. Charlotte est venue plus tard. Les enfants adorent les cochons et c'est réciproque. Ils sont même libres de circuler dans la maison, mais se contentent de déambuler toute la journée dans leur enclos pour regagner le soir leur pièce du sous-sol. Les voisins immédiats ne s'en sont jamais plaints et le manoir des Hurley se trouve à plus d'un pâté de maisons.

Sam Beeman avait haussé les épaules avec résignation.

– Qu'est-ce que je peux vous dire ? Qui sait ce qu'il peut bien avoir contre les filles ? Mais une ordonnance sectorielle de Cairn interdit la garde d'animaux sauvages et de bétail, si bien qu'il a la loi pour lui.

– Mary et moi avons un loup hybride autrement dangereux que Charlotte et Précieuse. La municipalité a fait une exception pour nous. Pourquoi n'accorderait-elle pas la même dérogation à Marge ?

– Elle le fera peut-être… mais ce n'est pas certain. Votre loup est un cas à part. Vous ne l'avez pas acheté pour en faire votre animal de compagnie… vous l'avez repêché dans le fleuve. Il avait été mutilé, et ce loup et vous avez sauvé plusieurs vies quand les néo-nazis ont ouvert une librairie dans ce comté. Les gens vous en étaient reconnaissants et l'émotion était à son comble. En outre, on ne voyait pas à qui confier cette bête, de sorte que la municipalité vous a permis de le garder. Mais cette dérogation pourrait bien se retourner contre Marge, en fait ; la municipalité ne tiendra peut-être pas à faire une seconde exception. Quoi qu'il en soit, j'ai prévenu Marge de ce dépôt de plainte, si bien qu'à votre retour avec les filles, vous risquez de la trouver un tantinet retournée. Je tenais à vous en faire part.

Marge Proctor, la propriétaire des truies, était effectivement bouleversée et, à son arrivée chez lui, Garth constata que son épouse, la chanteuse Mary Tree, ne l'était pas moins. Elle se trouvait dans leur salon de musique insonorisé et répétait avec son groupe la dernière ballade de sa composition. Garth tapota la vitre et adressa à Mary un petit bonjour de la main en longeant le couloir extérieur, puis s'arrêta en la voyant lui faire signe à son tour d'un air alarmé. Elle posa sa guitare, adressa quelques mots aux trois autres personnes présentes dans la pièce puis sortit en trombe dans le couloir. Ses longs cheveux blonds striés de blanc brillaient au soleil qui se déversait par la lucarne en surplomb, et ses yeux bleus lançaient des éclairs.

– Tu es au courant de ce que ce type essaie de faire à Charlotte et Précieuse ?

Garth hocha la tête.

– Je quitte Marge à l'instant.

– Comment peut-on faire une chose pareille ? aboya Mary en serrant les poings. Elles sont chez elles dans la maison de Marge. Elle ne trouvera jamais personne pour les garder toutes les deux et ce ne sera jamais pareil ailleurs de toute manière. Ce sont des bêtes intelligentes, aimantes et inoffensives, Garth ! Et elles sont tellement attachées l'une à l'autre ! Elles éprouvent des sentiments, et mourraient de chagrin si on les séparait pour les envoyer au loin !

– J'ai passé plus de temps que toi avec Charlotte et Précieuse, mon amour, répondit tendrement Garth en caressant la joue de sa femme. Inutile de me dire qu'elles éprouvent des sentiments.

– Que comptes-tu faire ?

Garth haussa les épaules.

– Nous avons évoqué une stratégie, Marge et moi, et nous allons commencer par une campagne de relations publiques. Nous comptons organiser une pétition. Décider les parents et les enfants qui ont fréquenté la garderie de Marge à s'exprimer en faveur de Charlotte et Précieuse ne devrait pas être trop compliqué. Puis les voisins attesteront que les cochons n'ont jamais dérangé personne. Nous réunirons un maximum de supporteurs à l'occasion de la prochaine réunion du conseil municipal et nous parviendrons peut-être à convaincre les édiles d'accorder à Marge la dérogation dont elle a besoin.

– C'est tout ?

– Tout ? Qu'attends-tu de moi, Mary ?

– Ton frère trouverait d'autres expédients.

– Il les imaginerait sans doute, mais ne les mettrait pas en pratique. Et il n'aimerait pas que je le fasse. En fait, il redouterait surtout de me voir réagir de façon disproportionnée. Tu voudrais que j'aille tabasser ce type ?

– Vous avez déjà tabassé des gens pour moins que ça, ton frère et toi.

Garth se rembrunit légèrement et scruta son épouse.

– Pas pour une histoire de cochons et de tapage nocturne. Je trouve cette remarque bien étrange de ta part, Mary.

– Navrée, répondit doucement son épouse en détournant les yeux, tout en posant la main sur la poitrine de Garth.

– Nous habitons Cairn, Mary, ce qui signifie qu'Erckmann est notre voisin. Je ne veux pas donner l'impression de jouer les gros bras, ni au sens littéral ni au sens figuré. Je tiens beaucoup à notre actuelle intimité et je préfère laisser à ma célèbre épouse le bénéfice de la publicité et de l'attention générale. Ceux qui s'intéressent à moi et à mes allées et venues ne sont pas précisément des fans.

– Je sais, répondit Mary d'une toute petite voix. Tu te soucies toujours de ma sécurité.

– Je n'en ai rien dit à Marge, mais je peux bien te l'annoncer à toi… Si tout le reste échoue, nous ferons intervenir les avocats. Si le conseil municipal refuse d'accorder à Marge cette dérogation, Frederickson et Frederickson les accepteront pour clients, elle et ses cochons, et je te promets que l'affaire sera définitivement réglée devant les tribunaux, jusqu'au jour où Charlotte et Précieuse mourront de leur belle mort, heureuses et à un âge avancé. Mais je ne m'y résoudrai qu'en tout dernier recours. D'accord ?

Mary avait relevé les yeux et Garth y vit passer une ombre.

– Ça n'est pas tout, Garth. Ce Peter Erckmann est un sale type.

– Pourquoi ? Parce qu'il n'aime pas les cochons vietnamiens au ventre tacheté ?

– Parce qu'il exploite les craintes des gens et leur fait du mal. Ce ne sont pas seulement Charlotte et Précieuse qui ont besoin de ton aide. Il doit cesser.

– Que fait-il donc ? Et comment peux-tu en savoir autant à son sujet ?

– Marge m'a mise au courant quand elle m'a appelée. Erckmann est psychologue. Sa clientèle se compose exclusivement d'individus persuadés d'avoir été enlevés par des extraterrestres, qui assistent à ses séances de thérapie de groupe. Il a écrit un best-seller, ce qui explique comment il a pu acheter le manoir des Hurley. Il a d'ores et déjà monté un tel groupe à Cairn, et Burty Bennett en est la vedette. Son plus célèbre patient enlevé par des extraterrestres. Les parents de Burty doivent lui graisser la patte.

Garth haussa les épaules.

– Et alors ? Ça ne fait de lui qu'un autre charlatan surfant sur la vague des enlèvements extraterrestres. Mais ses victimes, quand elles le consultent, savent exactement ce qu'elles achètent. Je ne reproche pas à Burty de s'obstiner à croire qu'il a été enlevé par une soucoupe volante ; plutôt cela que de reconnaître s'être grillé les neurones à la poudre d'ange durant son adolescence et passer ensuite le reste de sa vie à déambuler dans les rues de la ville en se griffant la poitrine pour en arracher les vers qu'il sent grouiller sous sa peau. Les gens mal dans leur peau sont légion, Mary, et ils cherchent toujours plus faible qu'eux pour lui faire porter le chapeau. Les kidnappeurs extraterrestres font de merveilleux boucs émissaires. Ce que fait Erckmann n'a rien d'illégal. Je peux sans doute m'échiner à protéger Charlotte et Précieuse de ses agissements, mais pas à protéger les gens d'eux-mêmes.

Mary secoua la tête avec entêtement.

– Voilà un an et demi, Bill Stiller a perdu son emploi de directeur chez IBM. Il n'a toujours pas retrouvé de poste offrant un salaire équivalent. Loin de là. Et il a commencé à dégringoler la pente. Aventures. Boisson. Grande gueule. Pour finir dans le groupe de thérapie d'Erckmann.

Pour toute réponse, Garth se contenta d'un nouveau haussement d'épaules, assorti d'un laconique :

– Typique !

– Et que dire de Jenny, la fille de Bill et de Pat ? Une gamine de sept ans correspond-elle, selon toi, au profil de la victime typique ?

– Explique-toi mieux, l'exhorta doucement Garth.

– Un jour où Pat travaillait tard, Bill a amené Jenny à l'une de ces séances de thérapie. Erckmann en a profité pour faire son petit numéro, affirmer qu'il pouvait, rien qu'en lui parlant, deviner que toute la famille avait été enlevée et soumise à des expériences et que Jenny et sa mère refoulaient ces souvenirs. Pat l'a appris et elle a grimpé aux rideaux. Elle a chassé Bill de chez elle et entrepris d'écrire à l'éditeur et de distribuer des tracts attaquant Erckmann. Mais, pour Jenny, les dégâts étaient faits : elle commençait à faire des cauchemars où elle était enlevée par des extraterrestres.

– Et elle risque de les faire jusqu'à la fin de ses jours, souffla Garth. Cet enfoiré a implanté en elle les souvenirs factices d'événements qui ne se sont jamais produits, et ces souvenirs pourraient lui bousiller irrémédiablement l'existence en grandissant. La détruire.

– Jenny fréquentait la garderie de Marge et Marge a prévenu Pat. Elle a même pris la plume en personne, mis en avant ses diplômes universitaires et écrit quelques lettres où elle soutenait qu'Erckmann nuisait à un enfant. Marge prétend que c'est ce qui a poussé Erckmann à porter plainte contre ses cochons... Pour se venger.

Voyant Garth tourner brusquement les talons et s'éloigner, Mary ressentit une brève poussée d'appréhension. S'il n'était pas question pour lui d'user de violence pour protéger des cochons, il ne s'en priverait pas pour défendre une enfant. C'est précisément pour ce motif qu'elle lui avait narré toute l'affaire ; mais elle commençait à nourrir de sérieuses réserves sur son comportement. Elle s'était montrée manipulatrice et se sentait légèrement coupable. Elle savait son mari passablement imprévisible, voire extrêmement dangereux dans certaines circonstances, quand on menaçait quelque chose ou quelqu'un auxquels il tenait beaucoup ; et elle savait aussi que, dans cet état d'esprit, il ne faisait pas de prisonniers. Or la situation présente correspondait parfaitement à cette description. À sa seule réaction, elle avait compris qu'elle avait sans doute réussi à armer un missile téléguidé, verrouillé sur Peter Erckmann ; mais elle s'interrogeait désormais sur le prix à payer. Et lorsqu'elle se réveilla au beau milieu de la nuit et trouva Garth planté devant la fenêtre, vêtu de sa robe de chambre et scrutant l'Hudson baigné de clair de lune, ses craintes furent loin de s'apaiser.

– Je regrette, mon cœur, déclara-t-elle en se levant pour le rejoindre, poser la tête entre ses omoplates et passer les bras autour de sa taille. J'étais très en colère, ce matin. Je t'aime tant. Je vous vois parfois, ton frère et toi, comme des redresseurs de torts impénitents, et je sais que c'est impossible. Je n'aurais pas dû t'imposer toute cette histoire. Tu ne peux pas revenir sur le passé.

– Ne regrette rien, Mary, répondit Garth d'un ton égal, en s'emparant des mains de sa femme pour les serrer dans les siennes. Je t'en aurais voulu de me l'avoir caché si je l'avais découvert par la suite. Le problème n'est pas tant de mettre Erckmann hors circuit, parce qu'il en existe des dizaines de son acabit. Mais de trouver un moyen de soigner cette enfant.

– Ce n'est pas en perdant le sommeil que tu aideras qui que ce soit, Garth.

– Je ne perds pas le sommeil, je réfléchis. Vous avez le même manager, Lothar et toi. Sa maison est restée plongée dans le noir toute la semaine. Il doit donc être en tournée. Pourquoi ne passerais-tu pas un coup de fil à ton manager pour découvrir où il se trouve. Lothar doit une fière chandelle à Frederickson & Frederickson… Et même sans cela, je suis sûr qu'il aimerait me donner un coup de main dans cette affaire.

Mary fronça les sourcils et fixa la nuque de son époux, dont le clair de lune détourait la tête.

– Je sais où il est, répondit-elle, sincèrement interloquée. À Atlantic City. Pour un engagement d'un mois au Trump Palace. Il m'a chargée d'arroser ses plantes.

Garth hocha la tête.

– Je l'appellerai dans quelques heures pour connaître son jour de relâche.

Mary secoua la tête.

– Comment diable un maître magicien et illusionniste pourrait-il bien t'aider à régler cette affaire ?

– J'aimerais qu'on me présente quelques extraterrestres, répondit Garth. Et, deux semaines plus tard, il se persuadait que le tueur qui venait d'apparaître sur le seuil du bâtiment où il se tenait couché dans l'obscurité n'était certainement pas un extraterrestre, du moins pas d'une autre planète, même s'il était sans doute entré clandestinement dans le pays. D'un autre côté, il savait que si l'autre avait jadis appartenu à la Stasi, au KGB, voire à la CIA, sa première balle l'aurait tué.

Garth desserra le garrot de sa jambe, mais le resserra aussitôt en sentant le sang gicler de la plaie ouverte par la balle ; s'inquiéter de la gangrène quand on a de bonnes chances de mourir saigné à blanc serait stupide. La dernière fois qu'il avait été rattrapé par son passé, un vieil ennemi, ex-membre de la Stasi, avait inopinément débarqué à Cairn. Mais leur rencontre avait été le fait du pur hasard. Rares étaient les gens qui, lorsqu'ils n'étaient pas de ses amis, savaient qu'il vivait à Cairn et avait épousé Mary Tree. En outre, leur numéro de téléphone était sur liste rouge. À Cairn tout comme à Nyack, la bourgade voisine, les habitants protégeaient jalousement les célébrités venues s'installer chez eux. Il était toujours possible, certes, qu'on eût remonté sa piste depuis les bureaux de New York de Frederickson & Frederickson, mais il n'y croyait guère en l'occurrence. Il avait définitivement affaire à un amateur et, avant même que l'homme, désormais à moitié engagé dans la pénombre du bâtiment, n'eût ôté sa cagoule de ski pour dévoiler la moitié d'un crâne rasé couvert de mercurochrome, il soupçonnait fortement la source même de son problème de couler bien plus près de chez lui ; sans doute en étroite corrélation avec le grand type voûté et massif, aux traits renfrognés de rapace, aux grands pieds et à l'odeur de moisi qui était entré dans le bureau de Garth en brandissant sa carte de visite, avant de claironner :

– J'ai mené ma petite enquête sur vous, Frederickson. Vous et votre mariolle de frère êtes de célèbres détectives privés. Et vous avez trempé dans d'assez sales affaires.

Et nous n'allons pas tarder à remettre ça, songea Garth avant de répondre :

– C'est mon mariolle de frère qui est célèbre. La plupart du temps, je me contente de tenir son manteau. Et vous trempez vous-même dans d'assez louches combines.

L'homme au visage d'aigle plissa des yeux couleur de schiste.

– Dans le message que vous m'avez adressé avec votre carte de visite, vous prétendiez avoir une chose importante à me montrer, en ajoutant que je devais passer dans vos bureaux si je voulais la voir. Mais il s'agit en fait de ces cochons, pas vrai ? J'ai appris que vous étiez l'ami de leur maîtresse et l'on m'a prévenu contre vous. Eh bien, vous perdez votre temps. Je n'ai pas claqué trois quarts de million de dollars dans l'achat d'une maison pour voisiner avec des porcs.

– Pourquoi ne pas vous asseoir, monsieur Erckmann ? s'enquit Garth en désignant la chaise installée devant son bureau. J'ai réellement quelque chose à vous montrer et il me semble qu'elle devrait prodigieusement intéresser l'expert en enlèvements par extraterrestres que vous êtes.

Erckmann hésita puis tira la chaise à lui et s'assit tout au bord, légèrement penché en avant comme s'il risquait d'en jaillir d'un instant à l'autre.

– De quoi s'agit-il ?

– Tout d'abord, mettons les choses au point. Vous êtes un escroc. Vous prenez en charge des gens perturbés cherchant des justifications à leurs problèmes existentiels, vous les hypnotisez pour faire resurgir de soi-disant souvenirs enfouis puis vous ajoutez aimablement quelques détails de votre cru pour que chacun ait l'air de raconter la même chose.

– Je ne suis pas venu ici pour me faire insulter, monsieur Frederickson ! aboya Erckmann en se relevant abruptement.

– Asseyez-vous, Erckmann, lui conseilla nonchalamment Garth. Si vous quittez ces lieux avant d'avoir entendu ce que j'ai à vous dire, vous avez de fortes chances de disparaître de la face du globe avant le repas dc cc soir… et de façon permanente.

Erckmann se rembrunit.

– Me menaceriez-vous ?

– Vous n'avez rien à craindre de moi, monsieur Erckmann. C'est plutôt de mes clients que vous devriez vous inquiéter.

Erckmann laissa lentement retomber sa lourde masse sur la chaise.

– Vos clients ?

– Si je vous sais un escroc, c'est que je suis en contact avec les seuls extraterrestres résidant dans un rayon de trente années-lumière, et ils n'ont jamais enlevé ni fait de mal à personne.

Erckmann rejeta la tête en arrière et éclata d'un rire rauque et guttural.

– Vous devez me prendre pour un parfait imbécile ?

– Vous imaginez-vous que je ferais une telle déclaration si j'étais incapable d'en apporter la preuve ?

L'autre cessa brusquement de rire et scruta Garth d'un œil cauteleux.

– Comment comptez-vous le prouver ?

– Par une simple démonstration, à laquelle nous passerons bientôt. Mais, d'abord, laissez-moi vous faire part de quelques informations, pour bien vous faire comprendre à quoi vous vous exposez et pourquoi je vous ai convoqué. Mon frère et moi avons été contactés voilà un an et demi par ces extraterrestres.

– Grotesque ! Par quel biais ?

– Par un e-mail adressé à notre bureau de New York. Ils comprennent, lisent et écrivent très bien l'anglais, mais ne peuvent pas le parler. Ils doivent avoir des vessies à la place des cordes vocales, car, lorsqu'ils s'expriment, ils ont l'air de lâcher des vents. Ils nous ont engagés pour exécuter un travail en leur nom.

Erckmann éclata de nouveau de rire, mais d'un rire jaune et forcé cette fois-ci, et il semblait indécis.

– Pourquoi recourraient-ils à vos services ?

Garth haussa les épaules.

– Comme vous en avez fait vous-même l'observation, nous avons trempé dans quelques affaires étranges, mon frère et moi, et ils ont donc dû se dire que travailler pour des clients taillés comme des barriques à fourrure hérissées de tentacules ne devrait pas nous effaroucher.

Erckmann s'humecta nerveusement les lèvres, puis changea de position sur sa chaise, montra son profil à Garth et croisa les bras sans cesser de le reluquer du coin de l'œil.

– Je tiens à vous faire savoir que je ne crois pas un mot de toutes ces sornettes. Je vais néanmoins écouter la suite de votre histoire pour vous faire plaisir.

– Sans doute la plus sage décision de toute votre existence.

– Comment vous paient-ils ?

– En or, bien entendu. Ils battent monnaie. Des pièces fort intéressantes.

– Dans quel dessein vous ont-ils engagés ?

– Pour leur trouver des hôtes adaptés et les protéger ensuite, en qualité de gardes du corps… Veiller à ce qu'on ne les dérange pas quand ils effectuent leurs observations. Voyez-vous, quand ils sont entrés dans le corps d'un hôte, ils ne peuvent plus le quitter ni communiquer avec nous pendant une période de vingt-sept de nos mois. Ils communiquent entre eux par télépathie, mais pas avec les êtres humains… Nous sommes apparemment trop limités intellectuellement. Ce qui signifie que mon frère et moi devons mettre conjointement à contribution notre perspicacité la plus aiguisée pour décider de ce qui peut constituer une menace pour eux et de ce qui, au contraire, agit au mieux de leurs intérêts. Ils s'intéressent plus particulièrement à l'étude du développement humain chez les enfants en bas âge. Et c'est là que vous intervenez, Erckmann. Le problème, avec ces truies que vous souhaitez expulser et séparer l'une de l'autre, c'est qu'il ne s'agit pas de simples cochons. Mais d'hôtes de certains de nos clients extraterrestres.

Erckmann renifla bruyamment et croisa encore plus étroitement les bras sur la poitrine.

– C'est totalement absurde, Frederickson. Je me doutais bien que ces cochons seraient le sujet de cette entrevue. Si vous vous imaginez que je vais retirer ma plainte parce que vous m'aurez servi ces salades à la graisse de chevaux de bois, vous vous fourrez le doigt dans l'œil.

– En l'occurrence, Erckmann, « saindoux » conviendrait mieux que « graisse de chevaux de bois ». Et votre réaction ne me surprend guère. À votre place, je réagirais de la même façon. C'est bien pourquoi j'ai suggéré aux ambassadrices d'organiser pour votre gouverne une modeste démonstration. J'imagine qu'elles auront pris mon conseil en considération, compte tenu de ce qui est en jeu. Nous verrons bien.

Erckmann secoua la tête en souriant, mais son sourire s'évanouit rapidement lorsqu'il vit Garth se lever, traverser la pièce, ouvrir la porte du bureau et y introduire Charlotte et Précieuse. Cette dernière, de tout temps la plus curieuse et la plus familière des deux, se dirigea aussitôt vers Erckmann en se dandinant et entreprit de flairer ses chaussures. L'homme blêmit et retira précipitamment ses jambes.

– Monsieur Erckmann, j'aimerais vous présenter les ambassadrices, poursuivit Garth. J'aimerais aussi pouvoir vous dire leur nom, mais, pour la raison que je vous ai expliquée tout à l'heure, ils sont imprononçables. Ne vous inquiétez pas de cette jeune truie : elle est toujours avide de rencontrer de nouveaux humains et prend probablement déjà des notes. Mais, à votre place, je me garderais bien de la toucher. L'autre est assez mère poule et risquerait de vous arracher un morceau de couenne.

– Je n'ai nullement l'intention de la toucher ! glapit Erckmann d'une voix étranglée sans cesser de fixer Précieuse – laquelle avait entrepris de contourner sa chaise en continuant de le renifler – d'un œil horrifié. Je veux seulement sortir d'ici !

– Encore une ou deux minutes, monsieur Erckmann. Nous en avons quasiment terminé.

Garth regagna son bureau, ouvrit un tiroir et sortit deux épis de maïs grillés d'un sachet en plastique. Il en jeta un à Charlotte, qui l'engloutit immédiatement. Précieuse renonça à ses recherches sur Erckmann et clopina vers Garth pour quémander son épi, qu'il lui donna avant de reporter le regard sur Erckmann.

– Les ambassadrices occupent le corps d'un goret, après tout, si bien qu'elles en ont l'appétit, poursuivit-il. Elles raffolent du maïs, grains et épi.

– Je pars ! piailla Erckmann en bondissant sur ses pieds. Il se rua vers la porte, l'ouvrit, puis recula d'un pas en découvrant Jenny Stiller debout dans l'embrasure.

– Monsieur Erckmann ! s'écria la fillette de sept ans aux cheveux châtains, aux yeux bleus et au visage semé de taches de rousseur. Qu'est-ce que vous faites là ?

– Euh… bonjour, Jenny, marmonna Erckmann, visiblement décontenancé, en coulant un regard vers Garth.

– Peut-être aimeriez-vous vous attarder quelques minutes, monsieur Erckmann, s'enquit Garth sur le même ton mièvre qu'il employait depuis le début. L'heure est venue de notre démonstration. Entre, Jenny.

L'enfant contourna Erckmann, traversa la pièce en sautillant et enlaça Charlotte et Précieuse.

– Salut, Garth ! Tu as dit que je pouvais venir jouer avec les cochons !

Garth hocha la tête.

– Oui, mais uniquement avec Précieuse. Charlotte est un peu ronchon aujourd'hui et je crois qu'elle devrait rester ici. Tu peux emmener Précieuse dehors. J'ai mis sa muselière à Loup solitaire, et il peut donc recevoir des visites. Conduis Précieuse dans son enclos et ils pourront jouer ensemble avec le ballon de foot.

– Oh, oui ! s'écria la fillette en gloussant de plaisir. Garth venait d'accrocher une laisse au garrot de Précieuse et la lui tendait. Jenny Stiller sortit de la pièce par la porte latérale et entreprit de remonter le sentier qui passait derrière chez Garth et menait à la plage. Précieuse trottinait à ses côtés.

– Venez donc voir d'ici ce qui va se passer, Erckmann, poursuivit Garth en se levant pour se diriger vers la fenêtre. Cette vision vous permettra peut-être de considérer les choses sous un autre angle.

L'espace d'un instant, Garth craignit qu'Erckmann ne sorte tout bonnement de son bureau sans se retourner. Mais il hésita une seconde puis traversa timidement la pièce jusqu'à la fenêtre. Garth attendit que la fillette et la truie entrent dans leur champ de vision et s'apprêtent à pénétrer dans l'enceinte où il gardait son loup hybride, puis se tourna vers Charlotte.

– Parfait, madame l'ambassadrice. Si vous jugez utile de procéder à la démonstration que je vous ai recommandée, vous pouvez dès à présent envoyer un signal à votre vaisseau mère.

À la plus grande surprise et au plus grand ravissement de Garth, Charlotte poussa un grognement sourd à point nommé. L'instant d'après, une intense onde lumineuse chatoyait derrière les carreaux et Jenny, Précieuse et le loup hybride disparaissaient comme par enchantement.

Erckmann s'écarta brusquement de la fenêtre, carambolant Garth qui se tenait juste derrière lui.

– Il y a un truc ! s'écria-t-il d'une voix enrouée, en portant à sa bouche une main tremblante.

– Et comment ! rétorqua Garth. J'aimerais bien savoir comment ils s'y prennent. Jenny et les animaux ont été téléportés sur le vaisseau extraterrestre. Ce n'est pas une première pour Jenny et elle adore ça. Ils ont sûrement un gigantesque terrain de jeux à bord ; je ne pourrais pas en jurer, on ne m'y a jamais invité. Vous avez de plus grandes chances que moi de voir un jour à quoi ressemble l'intérieur du vaisseau. Je ne suis qu'un simple employé, alors que vous mettez en péril la mission des ambassadrices…

– Seuls les imbéciles et les timbrés croient aux extraterrestres ! hurla Erckmann, les yeux écarquillés. De minuscules gouttelettes de sueur perlaient à son front.

– Déclaration intéressante, de la part d'un homme qui gagne sa vie en soignant des gens préalablement persuadés par lui qu'ils ont été enlevés par des Martiens. Une chance que vous ayez choisi d'acheter une maison et d'ouvrir boutique dans la seule ville sur Terre où ils existent réellement, ne trouvez-vous pas ? À votre place, je réfléchirais déjà très sérieusement aux arrangements que je compte prendre avec eux.

Charlotte, qui avait observé la scène d'un œil circonspect, grogna de nouveau.

– Je n'y crois pas !

– Je n'y croirais pas non plus si j'étais vous, répondit Garth avec désinvolture, tout en feignant de compulser des papiers sur son bureau. Mais ça n'a guère d'importance. Ce n'est pas moi qui menace la sécurité de cochons hébergeant un esprit extraterrestre. J'ai mené à bien la mission pour laquelle on m'avait engagé et je n'en demande pas plus. Ce que vous pouvez croire ou non ne m'intéresse pas, mais… si jamais ce que je vous ai dit s'avérait… vous devriez peut-être commencer à mettre de l'ordre dans vos affaires. Je pressens que votre enlèvement n'est plus qu'une affaire de quelques heures. Ils ne vous feront aucun mal, mais vous finirez vos jours à bord de ce vaisseau. Je reste persuadé que vous finirez par vous habituer à leur aspect.

Le cœur battant, Garth regarda Erckmann se diriger vers la porte, poser la main sur la poignée puis hésiter un instant avant de se retourner vers lui pour ouvrir et refermer plusieurs fois la bouche.

– Je retire ma plainte contre les cochons, annonça-t-il enfin.

– Hum. Sage décision, Erckmann.

– Comprenez-moi bien : ce n'est nullement parce que je crois que vous représentez des extraterrestres… mais uniquement parce que je ne veux pas prendre la peine de traiter avec un homme qui s'est donné tant de mal pour protéger deux malheureux cochons.

– Il est toujours préférable de jouer la prudence ; en l'occurrence, vous avez tout à gagner et rien à perdre. Vous avez assurément joué votre meilleure carte. Je vous suggère néanmoins de vous excuser, ne serait-ce que pour mettre toutes les chances de votre côté.

– Quoi ?

– L'espèce à laquelle appartiennent mes clients est très à cheval sur la courtoisie et le protocole, poursuivit Garth en plongeant la main dans le tiroir de son bureau pour en sortir un épi de maïs, qu'il posa sur le bord du meuble. Dites à l'ambassadrice que vous regrettez et offrez-lui cet épi de maïs. Allons, faites-le, Erckmann, insista-t-il en voyant l'autre hésiter. Vous avez déjà dit que vous retiriez votre plainte, alors autant boire le lisier jusqu'à la lie, pour ainsi dire. Pour vous assurer que l'ambassadrice a bien compris que vous ne leur vouliez aucun mal, tout simplement. C'est pour votre bien. Une sorte de police d'assurance. Tout bien pesé, vous n'aimerez peut-être pas la cuisine extraterrestre autant que les ambassadrices apprécient les épis de maïs.

Erckmann traversa la pièce, le visage cramoisi, prit l'épi de maïs sur le bureau et le tendit à Charlotte, qui le lui arracha des doigts.

– Je regrette, bredouilla-t-il en sautant en arrière.

Garth secoua la tête.

– Ne bafouillez pas, Erckmann. Articulez distinctement. Dites : « Je suis désolé, Ambassadrice. »

Erckmann déglutit péniblement.

– Je suis désolé, Ambassadrice, déclara-t-il à Charlotte.

– Parfait, fit Garth d'un ton sec. Une dernière chose. Oubliez Jenny et sa famille… et ça inclut son père. Annoncez à cet homme qu'il n'a plus besoin d'assister à vos séances. Mes clients ont des projets pour cette fillette et ne tiennent pas à ce que son père se farcisse le crâne d'absurdités, à propos d'autres extraterrestres qui n'ont jamais existé. Vous pouvez vous retirer.

Erckmann courut littéralement jusqu'à la porte et sortit de la pièce en la claquant violemment derrière lui. Garth passa la main sous son bureau, appuya sur un interrupteur puis expira une longue goulée d'air en secouant la tête, exprimant un étonnement guère différent de celui qu'il éprouverait quinze jours plus tard, quand le tueur qui le traquait, à moitié dissimulé par la pénombre, lui annoncerait :

– Je dois vous tuer pour ce que vous m'avez fait, Garth. Vous savez parfaitement que vous le méritez. Sortez de là, maintenant, et finissons-en !

– Burty ? Qu'est-ce qui vous prend ? Pourquoi m'avez-vous tiré dessus ?

– Vous étiez à bord du vaisseau mère, avec les extraterrestres qui m'ont implanté ces vers sous la peau, Garth. Je m'en souviens, maintenant. Vous travaillez pour eux.

Garth resserra la ceinture sur sa cuisse, arrêtant le flot de sang qui ruisselait de sa blessure et inondait sa chaussure. La tête commençait à lui tourner, mais il s'efforça de se concentrer. Il tâtonna dans les ténèbres jusqu'à ce que ses doigts rencontrent ce qui lui parut être une barre à mine ou un démonte-pneu.

– Burty, espèce d'âne bâté, je ne sais pas de quoi vous parlez, mais je sais au moins une chose : si vous ne posez pas immédiatement cette arme, je vous fracasse le crâne. Il faut qu'on parle.

L'homme au cerveau lésé de façon permanente s'enfonça un peu plus avant dans le bâtiment et traversa en oblique le rectangle de lumière projeté par la porte en direction de la voix de Garth.

– Vous étiez avec les extraterrestres qui ont fait des expériences sur moi. Monsieur Erckmann m'a rendu la mémoire. Si je vous tue, les vers s'en iront et je me sentirai mieux.

Luttant contre la lassitude effroyable qui sapait toute son énergie et lui soufflait de poser la tête sur le béton pour s'endormir, Garth empoigna la barre de fer et se mit à ramper vers la lumière. Attendre que Burt s'en aille, lassé de la traque, eût été vain ; il allait devoir agir tôt ou tard, faute de quoi il mourrait.

– Burty, monsieur Erckmann vous a monté un bateau. Il veut que vous me descendiez, parce qu'il s'imagine que ça le tirera d'affaire. J'ai enregistré ses déclarations sur vidéocassette… il y clame haut et fort que ceux qui croient aux extraterrestres sont des imbéciles ou des timbrés, puis présente ses excuses à une truie qu'il prend pour leur ambassadrice. Cet aveu ne risque guère de lui faire vendre davantage de livres. Bill Stinger, votre copain de classe, a visionné cette cassette et renoncé au programme d'Erckmann. Il le poursuit en justice et m'a demandé de témoigner en sa faveur au procès et de verser la cassette au dossier. Erckmann croit qu'en vous ordonnant de me tuer il va régler ses problèmes.

L'espace d'un instant, Bennett donna l'impression de continuer de progresser vers lui puis l'homme s'arrêta à quelques pas, jeta un coup d'œil de part et d'autre et reprit son chemin vers le fond du bâtiment, où l'on entendait les truies fouir dans l'obscurité. Garth soupira, se rejeta en arrière contre le tapis roulant et sourit faiblement au souvenir de la mine stupéfaite affichée par Jenny Stiller au moment de disparaître avec un loup et un cochon dans un éclair de lumière, et de sa voix excitée, quand elle avait sauté du divan en battant des mains, dans leur salon, pour annoncer :

– Monsieur Lothar nous a fait disparaître !

– Il y a un truc !

Garth avait laissé défiler la cassette jusqu'à la séquence où Erckmann présentait ses plus plates excuses à Charlotte puis éteint le magnétoscope et regardé autour de lui : Mary, assise au fond de la pièce, lui avait fait un grand sourire et envoyé un baiser, assorti d'un clin d'œil ; Bill, assis à côté de sa fille sur le divan, face au poste de télévision, tenait sa tête entre ses mains, plié en deux, pendant que sa femme lui caressait tendrement la nuque en affichant simultanément colère et soulagement.

Jenny avait bondi vers Garth et lui avait pris la main.

– C'était tellement rigolo, Garth ! Monsieur Erckmann parlait à Charlotte exactement comme à une vraie personne, pour lui dire qu'il regrettait d'avoir essayé de les faire partir, elle et Précieuse. Tout se passera bien, maintenant !

Garth avait opiné du chef.

– Oui. Je crois en effet que tout va bien se passer.

– Quel tour fabuleux !

– Pourquoi n'expliques-tu pas à ton papa et à ta maman comment ça s'est fait ?

– J'ai sorti Précieuse comme Garth me l'avait demandé, avait déclaré la fillette en se tournant vers ses parents. Monsieur Lothar m'attendait juste derrière la porte. Il nous a conduites sur le côté de la maison, où se trouvaient d'autres hommes, un camion et un tas de projecteurs et de miroirs. Il a joué avec Précieuse et moi, comme d'habitude, et m'a montré quelques tours de magie. On s'est bien amusé. Je ne sais pas comment il s'est débrouillé pour faire croire qu'on disparaissait. C'était vraiment chouette !

– Monsieur Erckmann faisait lui aussi des tours, Jenny, lui avait gentiment expliqué Garth en lui caressant les cheveux. Il a tout simplement oublié de te le préciser. Son truc, c'était de te faire croire que ton papa, ta maman et toi aviez peut-être été kidnappés par des gens d'une autre planète puis d'essayer de t'en faire souvenir bien que ça ne se soit jamais produit. Il a essayé de te tromper, comme monsieur Lothar. Mais il n'est pas aussi gentil que monsieur Lothar. Tes parents et toi n'avez jamais été enlevés par des gens d'une autre planète, Jenny. Et même s'ils rendent un jour visite à la Terre, je les crois assez intelligents pour ne pas faire du mal à une petite fille. Tu ne dois pas avoir peur d'un événement qui ne s'est jamais produit, Jenny, et tu peux cesser de faire des cauchemars. Ton papa et ta maman ne laisseraient personne te faire du mal.

– Je sais, Garth. Je n'ai plus peur du tout.

Bill Stiller, qui tenait toujours sa tête entre ses mains, avait réprimé un sanglot puis demandé d'une voix chevrotante :

– Je peux avoir une copie de cette cassette, Garth ?

Garth avait posé la main sur le dos de la fillette et l'avait doucement poussée vers la porte.

– Loup solitaire est muselé et je parie qu'il adorerait qu'on lui frotte le ventre.

– D'accord ! avait fait l'enfant en courant vers la porte.

Garth avait attendu qu'elle soit sortie pour se tourner vers son père.

– Non, s'était-il contenté de répondre.

Stiller s'était remis à sangloter.

– Ce type m'a fait passer pour un demeuré et il a failli briser mon foyer !

– Si c'est ainsi que vous voyez les choses, alors cette petite mésaventure ne vous a rien appris. Erckmann ne vous a strictement rien fait, ni à vous ni à Jenny, Stiller. Vous vous étiez déjà comporté comme un imbécile en vous apitoyant sur vous-même et en cherchant un responsable à vos problèmes. Puis vous avez autorisé Erckmann à exercer ses talents sur votre fillette. Je n'ai pas fait tout cela pour les cochons dans le but de vous démontrer combien vous aviez été stupide, mais pour rendre toute sa tête à Jenny. Nous avons tous eu beaucoup de chance. Il s'en est fallu d'un cheveu. Erckmann a marché pour une seule raison : ceux qui, comme lui, s'efforcent de fourrer des sornettes dans la tête des autres prennent peur dès qu'on les retourne contre eux. Vous êtes un grand garçon, Stiller, et je n'ai pas l'intention de vous aider à détruire Erckmann. Si vous avez encore une dent contre lui parce qu'il vous a ridiculisé, qu'il a fait peur à Jenny et failli vous coûter votre couple, chargez-vous-en vous-même. Je ne ferai rigoureusement rien pour vous aider… Pas de bon cœur, en tout cas. Comprenez-vous ce que j'essaie de vous dire ?

– Parfaitement, avait fait Pat Stiller en relevant les yeux. Je ne trouve pas les mots pour vous dire combien je vous suis reconnaissante de ce que vous avez fait pour nous, Garth.

Garth avait répondu à la femme d'un hochement de tête et quitté le salon ; quelques jours plus tard, alors qu'il gisait en plein désarroi entre lumière et ténèbres, prêtant l'oreille aux pas de son poursuivant, il se persuadait qu'Erckmann lui rendait la monnaie de sa pièce et que ce remboursement pouvait bel et bien lui coûter la vie. Il était conscient de devoir agir sur-le-champ, car trop tergiverser risquait de lui valoir une hémorragie fatale. Eût-il marché correctement qu'il aurait été vain de traquer son chasseur dans l'obscurité ; une telle entreprise épuiserait ses dernières forces. Sa seule chance était de s'échapper du bâtiment, de fermer les portes derrière lui puis d'attaquer Burty Bennett à la barre à mine s'il s'avisait de le pourchasser.

Garth sangla plus fortement son garrot, se releva poussivement et claudiqua le plus vite qu'il le put vers la sortie.

– Arrêtez, Garth !

Alors qu'il ne lui restait plus que dix pas à parcourir, il se rendit compte qu'il n'atteindrait jamais son but. Plutôt que de recevoir une balle dans le dos, il préféra s'arrêter et se retourner vers l'homme qui venait d'émerger dans la lumière déversée par les portes ouvertes.

– Votre dernière chance de réfléchir à ce que vous allez faire, Burty, déclara-t-il d'une voix qui lui parut lointaine et métallique. Ce n'est certainement pas en me tuant que vous vous débarrasserez de vos extraterrestres. Tout ce que vous y gagnerez, c'est d'aller gratter vos vers dans une cellule jusqu'à la fin de vos jours.

– Je dois le faire, Garth, affirma Burty Bennett en levant son fusil pour le braquer sur la poitrine de Garth. Pour tout ce que vous m'avez fait subir, les extraterrestres et vous.

Un éclair gris surgit brusquement : Charlotte sortit de l'obscurité en chargeant Burty Bennett à fond de train. Ce dernier pivota sur son axe, mais trop tard : Charlotte emplafonnait déjà le dos de ses cuisses. Bennett pirouetta sur lui-même et atterrit la tête la première sur le ciment, où il resta étendu, inconscient.

Garth l'enjamba d'un pas chancelant au moment où Précieuse surgissait à son tour des ténèbres pour rejoindre sa copine. Constatant qu'il respirait encore, Garth brandit sa barre à mine. Lui-même pouvait s'évanouir d'une seconde à l'autre et, s'il reprenait conscience, Bennett risquait de l'abattre avant que quelqu'un passe dans le coin et jette un coup d'œil par les portes ouvertes.

Il abaissa néanmoins la barre à mine et envoya valser le fusil d'un coup de pied. Il aurait tué Burty Bennett sans aucune hésitation si l'homme avait été encore debout, le fusil à la main ; mais il ne pouvait se résoudre à défoncer le crâne d'un type inanimé et sans défense. Il sortit les derniers épis de maïs de sa banane et les laissa tomber près du type évanoui, puis s'agenouilla à côté de lui.

– Assises, ordonna-t-il à Charlotte et Précieuse, tout en palpant l'estomac et le ventre de Bennett. Et sa dernière vision, avant de tourner de l'œil, fut celle des deux truies obéissant docilement.

Titre original : *The Problem With the Pigs*

PRÊTRE

1
Prêtres

Les symboles qui naguère encore le rassuraient et lui donnaient l'impression d'appartenir à une communauté intemporelle lui inspiraient désormais des émotions opposées, lui rappelaient sa chute et son isolement, sa séparation d'avec les gens, les lieux et tout ce qui avait imprégné son âme et déterminé tout son être jusqu'à ce jour, cinq ans plus tôt, où il avait été banni de cet univers.

Flanqué d'esthétiques statues des stations de la Passion dans leurs niches et se sentant peu ou prou dans la peau d'un coureur, nu et vulnérable, engagé dans un défi destiné à éprouver sa bravoure, Brendan Furie remontait à grandes enjambées la travée centrale de la cathédrale plongée dans la pénombre ; l'épaisse moquette marron étouffait le bruit de ses pas. Il n'était pas entré une seule fois dans une église en cinq ans, depuis son excommunication. Et c'est précisément à la silhouette vêtue de noir présentement agenouillée près de la rambarde, devant l'autel drapé de blanc et à l'entrée du sanctuaire, qu'il devait l'orchestration de cette amputation : son âme avait été arrachée au corps de l'Église.

Brendan éprouvait la sensation très nette d'être observé et se demanda s'il ne s'agissait pas d'une sorte de conscience rémanente de « l'œil de Dieu », une réaction psychologique à sa réintroduction, au terme d'une si longue absence, dans un environnement matériel qui avait tant signifié pour lui autrefois, mais ne lui semblait plus, désormais, que le lointain souvenir d'une vie antérieure. S'il ne l'avait pas rêvé.

Il atteignit le fond du saint des saints, mais la fragile silhouette en prière demeura sans réaction, totalement immobile, et Brendan se demanda si cet homme avait seulement conscience de sa présence. L'espace d'un instant, l'ancien, presque instinctif besoin de faire une génuflexion devant l'autel lui traversa l'esprit, mais il se souvint qu'il n'en avait plus ni le devoir ni le droit, et se contenta de s'asseoir à l'extrémité du premier banc et d'attendre que Son Éminence Henry Farrell ait terminé de prier.

Cinq minutes ou presque s'écoulèrent avant que le vieil homme, sans relever la tête ni même disjoindre les mains, ne déclare :

– Merci d'être venu, mon père.

– Je suis là parce que vous m'avez convoqué, Votre Éminence, répondit Brendan d'une voix égale. Il déglutit et ajouta à voix basse :

– J'aimerais mieux que vous ne m'appeliez plus « mon père ». Très sincèrement, vous entendre prononcer ces mots me fait un drôle d'effet. Vous êtes mieux placé que quiconque pour savoir que je ne suis plus prêtre.

Un silence prolongé s'ensuivit et Brendan se demanda si le cardinal l'avait entendu. Puis l'orant poursuivit :

– D'aucuns vous donnent encore ce titre.

– Non.

– Vous êtes devenu célèbre.
– Vraiment ?
– J'ai lu les journaux. On vous surnomme « le Prêtre », ou tout simplement « Prêtre ».
– C'est tout à fait différent, Votre Éminence.
– Non, rétorqua le vieil homme avant de frissonner légèrement comme si un courant d'air froid avait caressé son échine. Et je préfère que, de votre côté, vous m'épargniez les « Votre Éminence ». Il y a fort longtemps que je ne me sens plus « éminent ». J'apprécie votre courtoisie, mais ce n'est pas nécessaire.
– Comme vous voudrez, monsieur.
– Êtes-vous… armé, Brendan ?
Cette question sonnait on ne peut plus étrangement dans ce temple de l'Adoration et Brendan dévisagea le vieil homme quelques secondes. Mais la silhouette agenouillée resta insondable : vieux os et vieilles chairs drapés de noir.
– Non, finit-il par répondre.
– J'aurais cru que vous le seriez. Les articles…
– Il m'arrive de porter une arme à feu, mais c'est assez rare. Un revolver ne sert pas à grand-chose dans ma profession. Je n'ai toujours pas rencontré la superstition, l'ignorance, la folie ou la haine que je pourrais tuer d'une balle.
Sur ces mots, le cardinal releva la tête, redressa l'échine et disjoignit enfin ses mains osseuses. Il les posa sur la rampe devant lui et se releva péniblement. Brendan l'imita et s'avança vers le vieillard pour l'aider, mais le cardinal l'arrêta dans son élan en secouant vigoureusement la tête en signe de protestation. Brendan regagna son siège et patienta. Le cardinal réussit enfin à se mettre debout. Il se retourna, vacilla

jusqu'au banc en vis-à-vis et se laissa tomber dessus. Brendan plongea le regard dans les yeux de l'homme assis de l'autre côté de la travée tapissée de moquette marron, et ce visage étique aux traits tirés, cette peau parcheminée, quasiment translucide, ces cernes violacés le stupéfièrent. Le cardinal Henry Farrell, songea-t-il, ressemblait à une tranche de fruit racornie ou talée.

Les lèvres du vieil homme se retroussèrent, esquissant une manière de sourire contrit, et des émotions que Brendan ne parvint pas à déchiffrer passèrent dans ses yeux gris humides, comme autant d'ombres fantomatiques.

– Le danger, le monde et l'action semblent vous avoir bonifié, Prêtre. Vous semblez en grande forme.

– Pas vous.

– Je vais mourir… Bientôt.

– Navré.

Le frêle prince de l'Église balaya cette éventualité d'un geste tremblant de la main et sourit de nouveau.

– Les voies du Seigneur sont vraiment impénétrables, n'est-ce pas ?

– Je l'ai entendu dire.

– On pourrait d'une certaine façon, j'imagine, affirmer que je vous ai créé.

– Comment cela, mon père ?

– J'ai façonné le « Prêtre » que vous êtes devenu, cet homme jouissant désormais d'une grande célébrité – ou notoriété, diraient d'aucuns – ce détective privé spécialisé, entre toutes choses, dans les questions religieuses et spirituelles, ce farouche défenseur des enfants et de leurs droits. Auparavant, vous n'étiez qu'un simple curé. J'ai entendu proclamer, je ne sais combien de fois, que vous étiez un avatar du Christ, beaucoup plus efficace dans votre actuel état de disgrâce qu'avant votre… changement d'orientation professionnelle. Le sens que revêt cette assertion aux yeux de l'Église fait l'objet d'un débat brûlant entre théologiens. Mon nom n'est presque jamais mentionné. Il me semble parfois qu'on a totalement oublié le rôle que j'ai joué dans cette affaire.

Brendan ne répondit pas. Il se sentait étrangement lointain, séparé de son vieil ennemi et de l'institution qu'il représentait par un mur infranchissable de trahison, de deuil, de douleur et de mort.

– Vous n'avez jamais été un bon prêtre, Brendan, poursuivit le cardinal d'une voix qui semblait se raffermir au gré d'une passion alimentée par la colère ou le remords. Vous avez toujours été un rebelle, en conflit avec l'Église. Vous avez toujours mis en doute des dogmes dont vous n'aviez pas le droit de douter.

– J'ai certainement révoqué en doute certaines choses dont vous m'interdisiez de douter, Votre Éminence, mais je vous ai toujours obéi, n'est-ce pas ?

Sentant subitement remonter en lui, par vagues, des bribes de son ancien ressentiment et de sa vieille colère, Brendan s'interrompit et attendit qu'elles fussent retombées. Sa rage dissipée, il poursuivit :

– Je suis entré en retraite et j'ai fait pénitence quand vous me l'avez ordonné et j'en suis ressorti pour faire votre course quand vous m'y avez exhorté. Ce n'est pas tant l'Église elle-même qui m'incommodait.

Le cardinal se raidit.

– « Course » ?

– C'est bien ce que j'ai dit.

– C'était l'œuvre de Dieu.

– C'était la vôtre.

– Si l'on vous a envoyé en retraite, c'était avant tout pour vous faire comprendre qu'il ne vous appartenait pas de porter de tels jugements.

Brendan réprima un soupir.

– Pourquoi m'avez-vous convoqué, monsieur ?

Le vieil homme détourna les yeux de Brendan pour reporter le regard sur l'autel, par-delà l'énorme silhouette de bois peint du Christ cloué sur sa croix.

– Je vous ai dit que j'allais bientôt mourir. J'ai mis de l'ordre dans mes affaires séculières et je m'efforce à présent d'en faire autant pour mon âme.

– Qu'attendez-vous de moi, mon père ? s'enquit Brendan d'une voix neutre.

– Que vous m'entendiez en confession.

Brendan crut avoir mal entendu ; s'il avait bien compris, cela ne pouvait signifier qu'une seule chose : soit sa convocation n'était qu'une mauvaise blague sortie du cerveau d'un vieillard agonisant, soit ce cerveau lui-même partait en quenouille. Il ne répondit pas.

– Déclineriez-vous la requête d'un homme aux portes de la mort ?

– Je ne la comprends pas.

– Je ne vous demande pas de la comprendre. Juste d'y déférer.

– Je ne suis pas précisément qualifié pour vous entendre en confession, ne croyez-vous pas ? Pour quelle raison vous rendriez-vous complice d'une hérésie ? Certains de vos pairs les plus conservateurs n'hésiteraient pas à qualifier cette seule requête d'hérésie… Pourvu toutefois que vous soyez sérieux.

Le vieillard ouvrit la bouche et émit un curieux son étranglé. Brendan mit quelques instants à comprendre qu'il s'agissait d'un rire.

– Depuis quand vous inquiétez-vous de savoir ce que cette Église considère comme une hérésie ? Vous faisiez moins la fine bouche avant d'être défroqué.

– Je ne m'inquiète que de mes affaires, mon père, répliqua calmement Brendan. Pardonnez-moi si je vous dis que vous avez déjà joué à ce genre de petits jeux avec moi. Et je ne peux m'empêcher de me demander s'il ne s'agirait pas encore d'un de vos tours.

Le cardinal détourna brutalement le regard ; lorsqu'il le reporta sur Brendan, ses yeux pâles et humides luisaient d'un éclat inusité.

– Ce n'est pas un jeu, Brendan, affirma-t-il véhémentement.

– Vos péchés ne me concernent pas.

– Vous savez bien que c'est faux.

Il s'interrompit, se pencha légèrement en avant sur le banc et ajouta :

– Certains péchés ont le don de revenir vous châtier de votre vivant. Écoutez-moi.

– Je refuse de vous entendre en confession.

Le cardinal soupira et se rejeta en arrière.

– Pourquoi m'accuser de jouer à de petits jeux avec vous ? On vous a demandé de procéder à un exorcisme. Consécutivement à vos erreurs de jugement, la mère de la jeune possédée a commis un péché mortel en mettant fin à ses jours. Les autorités ecclésiastiques ont estimé que son suicide était la conséquence directe de votre incompétence et de votre manque de préparation, voire de votre absence de foi et de motivation. Le péché mortel était donc en l'occurrence le vôtre plutôt que le sien, ont-elles décidé, d'où votre excommunication en guise de châtiment. Sentence certes sévère, mais partiellement fondée sur votre attitude passée, votre réputation et vos agissements de prêtre dissident. Vous vous impliquiez de façon conséquente dans des organisations et des causes sociales et politiques que le Très-Haut désavoue. Vous avez reçu plus d'un avertissement. Tels sont les faits. Le nierez-vous ?

– Que non pas. Ce sont effectivement les faits. Mais la vérité réside ailleurs.

– Oh ? Et quelle est-elle, cette vérité ?

– Vous m'avez envoyé accomplir un rituel pour lequel je n'étais pas préparé et auquel vous soupçonniez que je ne croyais pas.

– Vous ne croyez pas à la possession démoniaque ?

– Je crois à la folie basée sur le lucre, la luxure, la haine et une douzaine d'autres tares humaines. Mais il est déjà suffisamment malaisé d'obtenir des gens qu'ils prennent la responsabilité de leurs actes, sans leur fournir en plus l'alibi d'une contrainte satanique.

– Ce mépris affiché… du moins cet irrespect passablement cavalier de notions que d'autres prennent très au sérieux ne vous ressemble pas, Brendan.

– Je vous énonce la vérité que vous prétendiez vouloir entendre. Si vous me trouvez désinvolte, c'est que vous ne me comprenez toujours pas… et ne comprendrez jamais non plus ce qui s'est passé. Lisa Vanderklaven n'était pas possédée par des démons ; son comportement prétendument erratique était sain et rationnel au regard des circonstances. Elle avait une excellente raison de défier son père et de fuguer à répétitions : se soustraire, en l'occurrence, à celui qui la brutalisait et la violait sans relâche, ce même homme qui avait fait de sa mère sa maîtresse, alors qu'il était le plus proche associé de son père. Quand Lisa a fait part de ces exactions à son géniteur, il a refusé d'y ajouter foi.

Henry Vanderklaven préférait croire sa fille possédée du démon, car reconnaître que Werner Pale l'avait violée risquait d'avoir de fâcheuses conséquences sur ses affaires et de jeter, de surcroît, de sérieux doutes sur sa connaissance de l'âme humaine. Lisa Vanderklaven n'avait pas besoin d'un exorcisme, mais de protection.

Lors de ma première intervention, Lisa a craqué ; que son père pût la croire possédée la dépassait. C'est là qu'elle m'a avoué que Pale ne se contentait pas de la violer, mais qu'il avait également eu des relations sexuelles avec sa mère pendant un certain temps ; il s'en était vanté devant elle. À l'époque, il m'a semblé qu'un entretien avec Olga Vanderklaven s'imposait, non seulement pour corroborer l'histoire de Lisa, mais encore pour lui offrir mon assistance si elle la souhaitait. *Là* était mon erreur. En apprenant que Lisa et moi étions au courant de sa liaison et que son amant abusait de sa fille, elle a préféré mettre fin à ses jours.

Si quelqu'un de cette famille méritait le titre de « possédé », c'était le père de Lisa ; il avait créé lui-même son propre enfer à partir d'un mélange de cupidité et de morale rigide. C'est avant tout le lucre qui a conduit Vanderklaven à embaucher un homme tel que Werner Pale. Comme vous le savez, Vanderklaven était trafiquant d'armes. Vous ignorez sans doute, en revanche, que Werner Pale était un mercenaire et un meurtrier, à qui Vanderklaven avait confié la mission d'entraîner des *agents provocateurs* [1] chargés d'allumer des feux de broussaille dans diverses parties du monde, de manière à stabiliser le volume des ventes

1. En français dans le texte.

d'armes fabriquées par Vanderklaven. Il n'y voyait aucun mal. C'était un homme d'une invraisemblable fatuité, persuadé d'agir en toute conscience et totalement aveugle à l'enfer qu'il faisait vivre à son entourage. Un catholique, un dévot nanti d'amis puissants à Rome, un bienfaiteur de l'Église qui avait versé des millions à diverses causes ecclésiastiques. Il était tellement persuadé d'avoir sa place réservée au ciel qu'il pouvait se permettre de détruire sa famille, béatement inconscient du mal – cet homme en qui il voyait autant un ami qu'un associé – qu'il avait introduit dans son propre foyer. Lorsque Lisa lui a appris que cet « ami » la violait, Vanderklaven l'a exhortée à consulter un psychiatre ; à sa première fugue, c'est Werner Pale qu'il a envoyé à sa recherche. À la seconde, il est allé trouver son vieux partenaire de golf – vous, Votre Éminence – pour lui demander d'organiser un exorcisme destiné à délivrer sa fille des démons qui la possédaient. La seule explication à son comportement qui lui soit venue à l'esprit, c'est la possession démoniaque.

Je crois, Votre Éminence, qu'en entendant cette histoire, vous saviez déjà qu'elle ne supporterait ni l'examen ni l'enquête ordinairement diligentée par Rome avant d'entériner officiellement une possession démoniaque, et que vous seriez vraisemblablement incapable d'obtenir d'un exorciste chevronné qu'il intervienne dans les affaires de cette famille très perturbée. Mais vous redoutiez également d'offenser Henry Vanderklaven en lui disant la vérité, vous craigniez surtout qu'il ne referme les cordons de sa bourse, au plus grand détriment des intérêts de l'Église, voire qu'il se plaigne au Vatican de votre insensibilité. Vous avez donc cherché autour de vous une solution alternative au problème qu'il vous soumettait... Moi, en l'occurrence. Vous enverriez ce jeune prêtre novice, que vous vous efforciez de briser, se livrer à un simulacre d'exorcisme ; ce faisant, vous me plieriez de nouveau à votre volonté tout en satisfaisant Vanderklaven. J'ai failli, mon père, en effet, et, à cause de cet échec, de mon échec d'être humain à pleinement appréhender et soulager les tourments d'Olga Vanderklaven, elle s'est donné la mort pour toute réponse à mes questions. Bon, Rome n'était certainement pas disposée à déclarer que l'âme de l'épouse de cet important pilier du christianisme allait brûler en enfer ; à ses yeux, sinon aux vôtres, il valait bien mieux damner la *mienne* et j'ai donc été excommunié. Sur le moment, je n'ai pas élevé d'objection et je n'en élève toujours pas. Je suis responsable de la mort de cette femme, dans la mesure où j'aurais dû ignorer vos machinations, réfuter totalement l'idée d'un exorcisme et passer la main aux assistantes sociales. Olga Vanderklaven est morte à cause de mon échec de prêtre, Votre Éminence, mais aussi parce que vous lui avez adressé quelqu'un que vous saviez mal équipé spirituellement pour remplir la tâche que vous lui confiiez, un rituel qui n'avait pas sa place dans ce douloureux problème affectif. C'est *cela* la vérité, Votre Éminence ?

Brendan patienta, s'attendant à une dénégation ou du moins à une réaction de défense.

– Vous avez raison, Prêtre. C'est cela, la vérité.

– Si vous pouvez le comprendre, alors il me semble que vous avez confessé tout ce que vous aviez à confesser.

Le vieillard se tourna lentement vers Brendan pour l'affronter et ses yeux pâles s'écarquillèrent.

– Comprenez bien ceci, Brendan, déclara-t-il d'une voix chevrotante. Satan lui-même était présent. C'est contre Satan en personne que vous vous êtes battu.

Brendan scruta le visage de son interlocuteur, y lut une terreur sincère – et autre chose qu'il ne sut traduire.

– J'imagine que vos propos sont métaphoriques, mon père ?

Il s'interrompit pour froncer les sourcils en voyant le cardinal lui répondre en secouant la tête.

– Werner Pale ?

Le cardinal opina. Brendan passa les doigts dans les cheveux bruns qui lui tombaient sur les épaules et fixa le sol, résistant à l'envie de lui décocher quelque sarcasme désinvolte qu'il regretterait par la suite. Il releva finalement les yeux.

– Non, mon père, dit-il. Pale était un meurtrier psychotique et un être humain totalement inutile, mais ce n'était pas Satan. Vous préférez y croire que d'assumer la responsabilité de ce gâchis. C'est exactement ce qu'a fait Vanderklaven et c'est ce qui a tué sa femme.

Les yeux du cardinal s'agrandirent encore et ses mains se mirent à trembler, au même titre que sa voix.

– Mais si j'avais raison, Brendan ? Si c'était réellement Satan ?

– Ce que vous pouvez croire ne me regarde pas, Votre Éminence, rétorqua placidement Brendan. Croyez tout ce qui peut apaiser votre âme, mais ne venez pas me demander ensuite de vous aider à résoudre le conflit qui en découle.

Le vieil homme inspira profondément et expira avec lenteur. Ses tremblements s'apaisèrent et il se rejeta en arrière, avec lassitude, sur son banc.

– J'aimerais beaucoup savoir ce qu'il est advenu ensuite, déclara-t-il, d'une voix tellement sourde que Brendan parvint à grand-peine à distinguer ses paroles.

– Vanderklaven ne vous en a pas fait part ?

Le vieillard soupira, déclenchant un étrange raclement dans ses poumons.

– Henry Vanderklaven s'est fait sauter la cervelle à son retour d'Europe, trois mois environ après les événements dont nous venons de parler. À cause de quelque chose que vous lui avez dit ou fait, me semble-t-il.

Brendan chercha en son for intérieur une bribe de pitié pour Henry Vanderklaven, cet homme qui, eu égard à son propre système de valeurs, s'était voué lui-même à la damnation éternelle. Il n'en ressentit aucune. Pour lui, il avait tout simplement mis fin à ses jours. Il se rendit compte qu'il ne croyait plus au ciel ni à l'enfer (à l'exception de ceux que forgent la conscience et les actes des vivants) et n'y avait peut-être jamais cru. Sa foi l'avait toujours poussé à vivre chaque nouvelle journée à l'imitation du Christ, sans considération d'une récompense ni d'un châtiment éternel. Ce qu'il croyait, en revanche – ce qu'il savait –, c'est que Henry Vanderklaven avait créé pour d'autres que lui un enfer qui continuait de les tourmenter. Et il était ravi que cet homme ne fût plus de ce monde.

– Brendan ? poursuivit faiblement le cardinal. Que s'est-il passé ?

– Après la seconde fugue de Lisa et sa réapparition dans l'asile pour enfants, je lui ai promis qu'elle serait protégée des démons de toutes sortes – humains et inhumains – jusqu'à ce que j'aie enquêté et établi la vérité, déclara Brendan sur un ton égal, en dépit des turbulences qui l'agitaient de nouveau. Je lui ai fait faux bond. Non seulement sa mère s'est suicidée en réponse à mes questions oiseuses, mais encore Werner Pale – agissant sur les instructions du père – l'a-t-il kidnappée pour la seconde fois pendant que je m'employais à essayer de plaider ma cause contre une éventuelle excommunication. Puis père et fille sont partis pour l'Europe, en compagnie de Pale. L'affaire échappait désormais à la juridiction des autorités, tant légales que sociales. Mais, pour ce qui me concernait, c'était une situation que je ne pouvais tolérer. J'avais promis à Lisa qu'il ne lui arriverait rien. Je les ai cherchés et retrouvés. Les détails sont sans importance. Ce qui importe, c'est que j'ai finalement pu mettre Henry Vanderklaven devant ce fait avéré : l'ami sur qui il comptait pour faire prospérer son commerce de mort lui avait fait porter les cornes et violait sa fille de façon répétée. Il prit finalement conscience que sa propre cupidité l'avait aveuglé, avait anéanti son épouse et conduit sa fille à le haïr. J'ignorais qu'il s'était donné la mort. En dépit de son apparente bigoterie, il ne croyait visiblement pas au pardon divin, pas même pour lui-même, et certainement pas, en tout cas, à la rédemption.

– Et… où est la fille, à présent ?

– À New York. Heureusement mariée, et mère d'un enfant. Elle travaille pour une agence privée qui s'occupe des jeunes.

Le vieillard se tourna lentement vers Brendan pour scruter quelques secondes son visage, avant de dire finalement :

– Ah, oui ! La même, je présume, que celle pour qui vous avez fait du si bon travail. Tenue par cette nonne défroquée avec qui, si l'on en croit la rumeur, vous entretiendriez une… liaison ?

– Il me semble que ça n'a pas grand-chose à voir avec notre affaire, n'est-ce pas, Votre Éminence ? L'essentiel, c'est que Lisa soit désormais en sécurité et puisse vivre sa vie. Elle fait encore des cauchemars, mais ils passeront avec le temps.

Le cardinal hocha doucement la tête.

– Et… Werner Pale ?

– Mort. Je l'ai tué.

Brendan vit son interlocuteur trahir une certaine stupéfaction, mâtinée d'une autre émotion qu'il ne put définir.

– Vous, prêtre ? Vous avez tué un mercenaire ?

– Il essayait de me tuer. Nous nous sommes battus et j'ai gagné. Il comptait me faire brûler vif, mais c'est lui qui est tombé dans les flammes.

Le vieux cardinal observa de nouveau un long silence, comme perdu dans ses pensées. Puis :

– J'ai entendu dire que vous aviez tué de nombreux hommes depuis que vous nous avez quittés. Auriez-vous tellement changé, Prêtre ?

– Ce n'est pas à moi de dire à quel point j'ai changé, Votre Éminence. Je n'ai blessé personne qui n'ait tenté de me nuire, à moi ou, parfois, à un enfant. Cela vous satisfait-il ?

– Aimeriez-vous savoir ce qu'il est advenu de moi au cours des cinq dernières années ?

– Si vous ressentez le besoin de me le confier, je vous écouterai.

– Dieu a détourné les yeux de moi, Brendan. Je vous ai fait du tort et j'en ai été puni. S'il est vrai que la décision de votre excommunication provenait de Rome, ceux-là mêmes qui l'ont prise m'ont blâmé en dernier recours, car ils connaissaient la vérité que vous venez d'exposer. Il me semble parfois avoir été excommunié en même temps que vous. Je n'ai pas connu une seule fois la paix depuis cinq ans.

– J'ai l'impression, moi, que vous les avez employés à vous châtier vous-même, Votre Éminence. Vous avez fait une erreur et Dieu vous la pardonnera. Où donc est passée votre foi ?

Le cardinal secoua la tête impatiemment, avec une vigueur renouvelée.

– C'était plus qu'une simple erreur. Il est exact que je n'ai jamais cru la fille possédée. Pourtant, je vous ai envoyé accomplir un rituel sacré dans le seul dessein d'adoucir son père. C'était un blasphème… un sacrilège. J'ai non seulement besoin du pardon de Dieu… mais aussi du vôtre, Brendan.

– Vous l'avez.

– Entendez ma confession.

– Il me semble que c'est déjà fait.

– Dans le confessionnal. Je vous en prie.

– Je ne crois pas, Votre Éminence. C'est la deuxième fois que vous me demandez d'accomplir un rituel sacré hors de propos. La…

– Précisément !

– La première fois, aucun de nous deux n'était dupe et l'affaire s'est soldée par la mort et l'excommunication ; maintenant que je suis défroqué, les autorités ecclésiastiques ne reconnaîtront plus le caractère sacré de ce rituel. Je ne comprends pas ce que vous voulez exactement, mais je sais au moins que ce n'est pas le sacrement de la confession.

Le vieux cardinal se releva lentement, se retourna pour affronter Brendan et se redressa de toute sa hauteur. Ses yeux étaient soudain très brillants.

– Si vous ne le comprenez pas, Prêtre, alors c'est que vous ne m'avez pas écouté attentivement comme je vous l'avais demandé. J'ai besoin que vous écoutiez ma confession parce que je veux vous entendre dire le « Je vous salue, Marie ».

Brendan sentit brusquement se hérisser les poils follets de sa nuque et il résista à l'envie d'esquisser un geste brutal.

– Comme il vous plaira, Votre Éminence, répondit-il calmement en inclinant légèrement la tête.

– Le pécheur viendra vous retrouver, reprit le cardinal de la même voix forte avant de tourner les talons.

Brendan se contraignit à rester immobile et à respirer régulièrement en suivant des yeux le vieil homme, qui traversa le saint des saints en clopinant et disparut par une porte à la droite de l'autel. Il attendit quelques secondes puis se leva et se dirigea, sur sa gauche, vers les confessionnaux au bois délicatement ciselé. Il n'hésita qu'un instant avant d'entrer, pour s'asseoir dans la partie réservée au confesseur.

Certains péchés ont le don de revenir vous châtier de votre vivant. Écoutez-moi.

Presque cinq minutes s'écoulèrent, puis il entendit la porte s'ouvrir derrière le judas. Il jeta un regard au travers du moucharabieh et vit entrer une silhouette voûtée vêtue d'une soutane blanche à capuche.

Même si le cardinal ne lui avait pas présenté son énigmatique requête (l'entendre réciter le « Je vous salue, Marie », ce qui constituait une inversion du rituel totalement non orthodoxe), Brendan aurait instantanément flairé le danger : la silhouette encapuchonnée et vêtue d'une soutane portait l'écharpe blanche – l'aube – et c'était contraire au rite ; un prêtre ne la revêt que pour entendre un pécheur en confession, jamais pour se confesser lui-même.

La sensation d'être observé qu'il avait ressentie un peu plus tôt n'était donc nullement un fruit de son imagination, se persuada-t-il ; mais les yeux qui l'épiaient n'étaient certainement pas ceux de Dieu.

Êtes-vous… armé ?

Brendan se leva et se précipita de tout son poids contre le fragile treillis, le fracassant de son épaule droite tout en protégeant ses yeux des éclats de bois de l'avant-bras gauche ; il passa au travers, atterrit sur la silhouette encapuchonnée et tous deux s'affalèrent sur le sol du confessionnal. Il agrippa le poignet droit de l'homme de la main gauche et lui enfonça son autre poing dans le ventre. L'autre venait de sortir un .22 de sous sa soutane.

L'écharpe glissa en arrière, dévoilant un visage qui n'était plus qu'un magma cauchemardesque de tissu cicatriciel d'un blanc laiteux et de balafres rosâtres, fruit, sans nul doute, d'une succession d'interventions de chirurgie plastique ratées. Werner Pale se tortilla sous Brendan avec une vigueur éperonnée par la rage et la haine et lui balança au visage le crochet d'acier qui remplaçait sa main gauche. Brendan esquiva le coup, mais sentit la pointe aiguë du crochet s'enfoncer dans son dos et se frayer un chemin vers sa chair à travers le cuir de son blouson. Il tendit sa main libre, rencontra une longue écharde provenant du judas brisé et referma les doigts sur elle. Au moment où la pointe d'acier crevait son blouson et effleurait sa peau, il brandit son pieu et en planta l'extrémité effilée dans la gorge de Werner Pale.

Le sang gicla de la jugulaire transpercée. Un cri muet s'échappa de l'O terrifié dessiné par la bouche de son adversaire, mais son seul œil valide devint presque aussitôt vitreux. Le corps se convulsa quelques instants sous Brendan puis s'immobilisa, inerte.

Il se souleva de sous le cadavre, ouvrit à la volée la porte du confessionnal et, le visage ruisselant de sang, parcourut un dédale d'étroits couloirs de pierre et de bois vers les appartements privés du cardinal.

Il trouva le vieillard assis dans son bureau, derrière une table de travail, plus pâle encore qu'auparavant ; il ne se tenait droit qu'en plaquant les paumes au chêne ciré de sa table et la souffrance se lisait clairement dans ses yeux larmoyants.

– Brendan, souffla Son Éminence Henry Farrell en le voyant franchir le seuil et piler devant lui. Dieu merci, mes prières ont été exaucées.

Il s'interrompit et plissa les yeux comme s'il avait du mal à accommoder.

– Vous êtes blessé… ?

– C'est le sang de Werner Pale, Votre Éminence, pas le mien.

– Merci, mon Dieu.

– Merci de m'avoir prévenu. Ça m'a sauvé la vie.

– Je ne pouvais pas vous avertir directement, Prêtre. Il écoutait.

– Je comprends, répondit Brendan en s'avançant. Il s'arrêta à quelques pas du bureau en voyant le cardinal lever une main tremblante, la paume tournée vers lui comme pour le repousser.

– Il est venu me trouver… pour me tuer, bien entendu, puisque j'étais responsable de votre irruption dans le cours de son existence. Il voulait savoir où il pouvait vous trouver, la fille et vous, et a promis de m'exécuter rapidement si je le lui disais. Aucune de ses menaces n'aurait pu me persuader de lui divulguer ces renseignements, Brendan. Croyez-moi.

– Je vous crois, Votre Éminence. Inutile de vous justifier.

– Mais j'en ressens le besoin, déclara le vieillard d'une voix qui semblait s'affaiblir à chaque instant. Je pense qu'il a passé les cinq dernières années à l'hôpital, sinon il aurait eu vent de votre célébrité et n'aurait eu aucun mal à vous retrouver ni à vous prendre par surprise. Il aurait également remonté la piste de Lisa. J'ai décidé de miser sur votre vie et celle de la fille ; vous l'aviez déjà vaincu une fois et peut-être réussiriez-vous à renouveler votre exploit. J'ai senti qu'il vous craignait. Mais aussi qu'il tenait à vous voir souffrir atrocement et qu'il ne se contenterait pas de vous abattre d'une balle du haut d'une terrasse. J'ai bien joué la comédie, Brendan. Je me suis agenouillé à ses pieds et je l'ai supplié de m'épargner. Je lui ai promis, s'il me laissait la vie, de vous livrer à lui et de vous extorquer le renseignement qu'il convoitait. Je lui ai aussi promis de vous piéger dans un espace clos, où vous vous retrouveriez à sa merci. La perspective de vous assassiner dans un confessionnal l'enchantait positivement, surtout quand je lui ai suggéré de se substituer à moi. Il m'a déclaré qu'il vous logerait une balle dans le ventre ou dans la rotule avant de vous charcuter. Quand je lui ai montré la soutane et l'aube qu'il endosserait, il ne pouvait plus s'arrêter de rire. L'idée de se travestir en prêtre pour vous tuer l'enchantait.

Le vieil homme s'interrompit et le large sourire qu'il afficha semblait appartenir à un autre homme, plus jeune et moins troublé.

– C'est là que j'ai compris qu'il nous restait une petite chance, Prêtre. Car vous seriez le premier, entre tous, à trouver bien étrange de ma part une invitation à vous joindre à moi pour perpétrer un acte hérétique.

Sur ces mots, le cardinal fut pris d'une quinte de toux, cracha du sang et bascula en avant sur son bureau. Brendan se précipita, souleva le vieillard par les épaules et aperçut du sang et le manche d'un poignard saillant de son ventre. Il se rendit également compte qu'il était trop tard.

– Priez pour moi, Prêtre. Dieu vous entendra. Priez pour moi. Aidez mon âme à trouver le chemin du ciel.

– Je vous le promets.

– Comprenez-vous… ce que j'essaie… de vous dire ?

– Oui. C'est promis.

Et le vieillard s'éteignit. Brendan se dirigea vers la garde-robe, dans un coin du bureau, y prit une soutane et l'enfila. Il ôta le crucifix du cou du cardinal et le passa au sien. Puis il s'agenouilla près du corps du vieil homme et entreprit de procéder aux derniers sacrements. Son ultime rituel. Pour la première fois en cinq ans, il pria comme il avait prié naguère. Comme si cela importait.

Titre original : *Priests*

2

Tombeau

D'une façon ou d'une autre, il devait trouver le moyen de procéder différemment des autres, promptement et aussi souvent que possible, si irrationnelles que pussent lui paraître ces alternatives, faute de quoi il mourrait aussi sûrement qu'eux ; et sur le moment, le seul expédient qui lui vint à l'esprit – et que n'avaient certainement pas employé les spéléologues amateurs ou professionnels ni les Rangers durant leur descente du mur de glace – fut de couper la puissante lanterne de son casque. Il fut instantanément plongé dans des ténèbres absolues, presque palpables, et se sentit brusquement si seul que sa situation lui rappela (assez paradoxalement) le chatoiement scintillant de la surface du glacier qui s'étendait à présent sous ses yeux et le chaos, tant matériel que spirituel, qui l'avait accueilli la veille, à son arrivée sur le site, lorsqu'il avait garé sa moto-neige de location à la lisière d'un « parking » improvisé, bondé de véhicules du même modèle, de traîneaux à chiens, de skis de fond et d'après-skis, avant d'escalader la face du glacier, d'un blanc polaire aux reflets émeraude, par ses marches grossièrement taillées dans la glace.

Arrivé au sommet, il avait chaussé ses lunettes de soleil et scruté les environs ; toute la zone était jonchée de détritus : WC portatifs, tentes à deux places multicolores, rustiques croix de bois montées sur trépied, flaques d'urine et virgules de merde, appentis improvisés, trois igloos et même un dôme géodésique préfabriqué, en aluminium, sans doute dressé par les cinq hommes de l'équipe de Rangers portés manquants, disparus une semaine plus tôt dans cette caverne qui, pour l'heure, avait déjà englouti dix-sept vies.

Après avoir déambulé trois bons quarts d'heure autour du campement, en jetant de temps à autre un coup d'œil dans les sacs de couchage, il n'avait pas retrouvé le garçon, ce qui l'avait autant surpris que dépité, mais il avait en revanche trouvé Dylan Parker. Le grand type à la chevelure blanche embroussaillée, aux yeux bleus perçants et au regard halluciné, se tenait à la tête d'un petit groupe de ses fidèles et fixait, hypnotisé, l'entrée de la caverne : antre secret vieux de dizaines, voire de centaines de milliers d'années, enfin révélé, pouce par pouce, par l'interminable et antédiluvien chuchotis d'un glacier en recul. L'ouverture dans la roche – juste le sommet de la bouche d'une caverne bloquée par les glaces et estimée à deux cents mètres de haut –, n'était longue que de vingt-cinq mètres et devait faire tout au plus soixante centimètres de large à son point le plus élevé ; aussi noire qu'une tache d'encre de Chine éclaboussant la façade rocheuse d'un marron terne, elle évoquait la canine d'un dieu gigantesque, saillant de la gencive bleuâtre de sa couche de glace.

Comme s'il avait senti la présence de Brendan, Dylan Parker avait brusquement pivoté sur lui-même et ses yeux au regard légèrement maniaque, même en période d'accalmie, avaient soudain lui d'excitation. Il avait rejeté la tête en arrière, tel un homme plongé dans les transes de l'extase, et hurlé :

– Prêtre !

– Salut, Dylan, avait répondu Brendan. Puis il avait tiqué en sentant le grand type l'enlacer brutalement et l'étreindre de ses longs bras.

– *Toi aussi*, tu sais que cette fois est la bonne, hein ? avait hurlé Parker dans ses tympans, d'une voix rauque. C'est pour ça que tu es venu te joindre à nous !

– Veux-tu bien te calmer, Dylan, s'il te plaît, avait-il répondu d'un ton sec en se dégageant de l'étreinte du leader de la secte pour reculer d'un pas. Navré de te décevoir, mais je suis en mission.

Dylan Parker avait secoué la tête avec véhémence.

– En mission divine. Ta présence ici n'est qu'un signe supplémentaire.

– Voilà dix ans que j'ai renoncé à pénétrer les desseins du Seigneur, Dylan. Nous nous retrouvons dans la même galère qu'à notre dernière rencontre. Je recherche encore un enfant.

L'homme en parka orange et argent avait ouvert les bras en croix, en un geste évoquant autant une bénédiction qu'une supplication.

– Pourquoi te donner cette peine ? Dans quelques instants, tu retrouveras tous ceux que tu as aimés ou recherchés, et tu posséderas tout ce que tu as convoité ou cru convoiter. Comme nous tous. Nous allons tous monter au ciel.

– Son père ne souhaite pas le voir monter au ciel si tôt, du moins sans son médicament. J'étais certain de le trouver avec toi et, si ce n'est pas le cas, j'ai perdu mon temps et gaspillé l'argent de son père en vain. Il s'agit d'un garçon de dix-neuf ans du nom d'Hector Martinez. Il est ici, Dylan ?

– Oui, avait répondu l'autre sans s'émouvoir.

Brendan avait laissé échapper une longue goulée d'air qu'il ne se rappelait pas avoir retenue. Ce simple acquiescement signifiait qu'il n'avait pas effectué pour rien ce long périple en jumbo-jet, avion de brousse, traîneau et moto-neige.

– Merci, Dylan. Je t'en suis reconnaissant.

– De quoi me remercies-tu, Prêtre ? avait demandé Parker d'une voix légèrement tranchante. De t'avoir appris la présence d'Hector ? Tu sais pertinemment que je ne force personne à me suivre. Ceux qui m'accompagnent sont libres d'aller et venir à leur gré. Je ne dissimule rien et je ne pratique pas non plus le lavage de cerveaux.

– J'en suis conscient, Dylan. Où est-il ?

– En ville, où il est allé faire des courses. Il devrait être de retour dans une heure et quelques…

– J'espère qu'il a emporté un tombereau de liquide. Grâce à toi, les Indiens de ce village indigène s'en donnent à cœur joie. Je paie deux cents dollars la nuit pour coucher dans un appentis chauffé par un poêle au kérosène et la moto-neige que j'ai louée doit être la dernière en ville, puisqu'elle me coûte trois cent cinquante dollars par jour. Ces Indiens devraient te refiler un pourcentage, ou au moins te nommer chef de tribu honoraire.

– J'ai mon propre argent, avait répondu Dylan Parker avec raideur. Mes fidèles m'en font don librement et il leur est rendu au centuple. Tu le sais parfaitement, Prêtre. Si tu voyais en moi un voleur, ton comportement serait loin d'être aussi bienveillant, j'imagine. Je t'ai aidé à retrouver cette fille ; elle souhaitait rentrer chez ses parents avec toi et je ne m'y suis pas opposé le moins du monde.

Brendan avait soupiré puis désigné d'un coup de menton la faille ténébreuse ouverte dans le flanc de la montagne à l'orée du glacier.

– Que comptes-tu trouver là-dessous, exactement ?

– La fin du monde. Jésus vient.

– Il va sortir de cette caverne ?

– Je ne sais pas exactement ce qui en sortira. Jésus, peut-être… sinon des anges ou des démons. Peu importe. C'est bel et bien la fin du monde tel que nous le connaissons. Jésus revient régner sur Son royaume.

– Tu as déjà cru à la fin du monde voilà cinq ans, Dylan, avait grondé Brendan. Toi et vingt-sept de tes fidèles, dont la fille que je devais rechercher, vous êtes passés au Nouveau-Mexique et vous l'avez attendue un mois dans le désert, jusqu'à ce que vos vivres et votre argent s'épuisent, avant de décider que tu avais peut-être commis quelques erreurs de calcul dans ta programmation de l'Apocalypse. Qu'est-ce qui te prouve que tu ne t'es pas trompé, cette fois-ci ?

Dylan Parker avait écarté de ses yeux une longue mèche de cheveux blancs et l'avait enfoncée dans la capuche de son parka, puis s'était tourné de profil pour balayer le panorama de la main :

– Regarde autour de toi, Prêtre. Ils sont plusieurs centaines à camper ici dans un froid glacial. Ils ne sont pas venus parce que je les ai convoqués, mais à cause de la découverte de cette caverne ; c'est Dieu lui-même qui les a appelés sur ce site désolé, pour assister à l'avènement de notre montée au ciel.

– Ils ne sont venus que parce qu'ils avaient appris par la presse ou la télévision l'existence de la caverne et de ta prophétie, Dylan. L'entrée d'une grotte masquée depuis la période glaciaire apparaît brusquement au grand jour et engloutit plusieurs individus, puis quelqu'un jouissant de ton charisme se met à raconter à qui veut l'entendre que c'est un signe précurseur du Second Avènement. L'image est d'une redoutable efficacité et interpelle de nombreuses personnes : tous ceux qui se satisfont mal de l'actuelle misère de leur existence et aspirent à un nouveau départ, en s'imaginant que ledit Second Avènement leur fournira un accès facile à cette nouvelle vie. Sans même parler de la fièvre millénariste. On risque, dans les années qui viennent, d'assister à une considérable recrudescence de fariboles de cet acabit.

Parker avait plissé les yeux.

– Appelle cela des fariboles si tu veux... Il n'empêche que ta seule présence reste un signe, quel qu'en soit le motif. C'est la volonté du Seigneur.

– Si tu le dis.

– Pourquoi l'Église t'a-t-elle excommunié, Prêtre ?

Ce brusque coq-à-l'âne, tout comme la question elle-même, avaient fait tressaillir Brendan, et, l'espace d'un instant, il était resté pris de court.

– Ça ne te regarde pas, Brendan, avait-il finalement rétorqué à voix basse et, vingt-quatre heures plus tard, suspendu dans le vide et plongé dans les ténèbres, il prêtait l'oreille aux grattements ténus mais nettement perceptibles de « choses » se déplaçant en contrebas sur le sol de la caverne, et prenait conscience d'éprouver la même étourdissante sensation de mystère insondable mêlée de terreur religieuse qu'à l'époque où, en entrant dans une église, il croyait encore y voir la maison de Dieu. La puissance de cette impression ne le surprenait pas moins que son absence de peur. Alors même qu'il n'avait pas encore atteint le sol de la caverne, cerné de frôlements et de cliquetis trahissant peut-être la présence des créatures qui avaient tué ses prédécesseurs, il ne regrettait nullement d'avoir entrepris le périple qui l'avait conduit en ce lieu sans doute vieux de plusieurs millions d'années, et dont les êtres humains ne foulaient le sol que depuis si peu de temps, pour ensuite s'évanouir dans le néant. Il se souvint de ce qu'il avait dit à Philip Imukpak et de ce dont il s'était lui-même persuadé, mais se demanda si la véritable raison qui l'avait poussé à entreprendre le voyage n'était pas le désir pressant d'éprouver une émotion bien précise, une manière d'extase dont il s'était cru à jamais privé, ainsi qu'une foi surpassant de loin celle qui l'animait naguère.

S'agissant d'entretenir des lubies de timbré, je suis capable de rivaliser avec les meilleurs d'entre eux, ironisa-t-il mentalement en souriant lugubrement, dans le noir, de sa propre bêtise ; en réalité, il était positivement persuadé qu'il ne trouverait pas la mort dans cette caverne.

Il estima que plus de cinq minutes s'étaient écoulées depuis qu'il avait éteint sa loupiote, et les grattements qui montaient sous ses pieds de l'obscurité se faisaient de plus en plus prononcés. Il entendit quelque chose escalader la paroi de glace dans sa direction, décrocha la sellette du câble puis sortit un automatique et une torche puissante du sac de moindre dimension fixé à sa poitrine. Il braqua la torche dans les ténèbres en contrebas et appuya sur le bouton.

– Seigneur ! hurla-t-il en apercevant la créature noire et parcheminée, dépourvue d'yeux mais dotée de longs crocs et de griffes acérées, qui escaladait la paroi de glace, à peine deux pas sous ses pieds.

Il s'apprêtait à tirer quand il la vit ruer des quatre fers dans le faisceau aveuglant de sa torche puis lâcher prise et dévisser de la glace ondulée. Elle poussa un glapissement suraigu en piquant vers le sol rocheux, sur lequel elle se fracassa dans un jaillissement de sang, d'éclats d'os et de lambeaux de chair, chair qui, dans le rayon de sa torche, lui fit l'impression d'être noire. Lorsqu'il balaya de nouveau le sol du faisceau, deux autres créatures cuirassées de noir allèrent se réfugier poussivement dans les ténèbres, en faisant crisser et cliqueter leurs griffes effilées sur la roche.

Elles ressemblent à des chauves-souris, se dit-il… Sauf qu'elles sont presque de taille humaine et se dandinent comme des pingouins plutôt qu'elles ne volent.

Et sont de toute évidence carnivores ; alors qu'il continuait de promener le rayon de sa torche sur le sol, il distingua des flaques de sang, des ossements éparpillés auxquels adhéraient encore des lambeaux de chair et des débris de vêtement. Néanmoins, il ne repéra aucune pièce d'uniforme ou matériel militaire, pas plus qu'il ne vit de chemise en flanelle à carreaux verts ni de casquette rouge.

Cette manière de vestibule du réseau de cavernes avait les dimensions d'une immense cathédrale au plafond cintré et plusieurs cavernes tributaires de toutes les tailles rayonnaient en tous sens, à des hauteurs diverses, depuis la façade rocheuse ; Brendan prit conscience qu'il eût été vain de songer à les explorer toutes, même en faisant fi de la menace représentée par les créatures qui l'épiaient dans les ténèbres depuis l'entrée de la grotte où elles s'étaient réfugiées. Il lui fallait un signe, quel qu'il soit, et son vœu fut exaucé.

Alors qu'il promenait le faisceau de sa torche sur la paroi qui s'incurvait à sa gauche, son cœur se mit brusquement à tambouriner dans sa poitrine, non pas de peur, mais d'espoir. Une casquette de base-ball rouge gisait au sommet d'un gros tas de pierres à l'entrée d'une des plus vastes cavernes tributaires, comme si on l'avait sciemment déposée là.

Il savait qu'il pouvait tenter de descendre jusqu'au fond du vestibule puis d'escalader l'éboulis jusqu'à la bouche de la caverne, mais le sol rocheux, avec ses taches de sang, ne lui semblait pas spécialement engageant et lui inspirait médiocrement confiance. Il se contenta donc de s'écarter d'une poussée de la paroi de glace, selon un certain angle, avant de se balancer dans un sens, d'étendre les jambes le plus loin possible puis de pousser encore plus fort dans l'autre sens, jusqu'à toucher de nouveau la paroi. Au bout d'une quinzaine de minutes de cet exercice épuisant, la trajectoire de sa balançoire improvisée l'amena à l'aplomb de la corniche où se dressaient pile de pierres et casquette rouge. Il relâcha alors la sécurité de son mousqueton et se laissa tomber, tenta immédiatement de rattraper la corde au vol, mais la rata : elle s'éloigna en oscillant dans l'obscurité, hors de sa portée. Il devait donc descendre jusqu'au sol sanglant pour pouvoir regrimper au retour ; mais il se convainquit que c'était le moindre de ses soucis pour le moment, ramassa la casquette et s'avança jusqu'à l'entrée de la caverne.

– Hector ! hurla-t-il. Tu peux m'entendre, Hector ?

Il attendit un instant, tendit l'oreille, mais ne perçut que l'écho en creux de sa propre voix, puis de nouveau le silence.

– Salut, Prêtre ! avait nonchalamment lancé Hector Martinez en garant sa moto-neige rouge, chargée de provisions, dans la zone, située à la lisière du glacier, où Brendan l'attendait, avant de couper les gaz et de descendre du véhicule.

– Tu n'as pas l'air bien surpris de me voir, Hector.

Le frêle garçon au visage avenant et aux yeux aussi noirs que ceux de Brendan s'était contenté de hausser les épaules.

– C'est mon père qui vous envoie, non ?

– Si.

– Comptez-vous essayer de me convaincre de rentrer ?

– Ai-je une chance de réussir ?

– Non.

– Alors je n'essaierai pas.

Le garçon avait relevé des yeux tristes pour le dévisager.

– Il est presque l'heure, vous savez. Jésus va sortir de la caverne. Je tiens à être là pour Le rencontrer.

– Parfait. Tu es majeur, maintenant, Hector. Nul ne peut te forcer à agir contre ton gré. Si tu préfères attendre, assis sur un glacier, que Jésus sorte d'une caverne qui a déjà tué dix-sept personnes, tu es libre de le faire. Ce n'est plus comme quand tu fuguais pour aller passer ton temps au refuge.

Hector Martinez avait porté une main brune à ses yeux pour les abriter de l'éclat éblouissant du soleil, reflété par la glace et la neige qui les environnaient.

– Alors, pourquoi êtes-vous là ?

– Pour t'apporter un message.

– Lequel ?

– Pourrions-nous aller nous asseoir quelque part pour parler, Hector ? Dans le dôme géodésique, peut-être ? Il semble que les soldats y aient installé une sorte d'infirmerie.

– Je veux retrouver mes amis et je dois leur apporter ces provisions. Pourquoi ne pas vous contenter de faire ce pour quoi mon père vous paie, et me répéter ce qu'il vous a demandé de me dire ?

Brendan avait scruté le garçon et senti la moutarde lui monter au nez.

– D'accord, Hector, avait-il brusquement déclaré. Ta mère est morte. Dans un accident d'automobile, il y a trois semaines. Ton père s'est dit que tu devais en être informé.

Il avait attendu la réaction du garçon, tout prêt à prendre Hector Martinez dans ses bras pour le consoler ; mais celui-ci ne semblait ni particulièrement choqué ni spécialement affligé. Ses yeux s'étaient embués et une larme unique avait roulé sur sa joue. Sans plus.

– Très bien, avait-il murmuré. Nous serons bientôt réunis.

– Rentre avec moi, Hector. Ton père aimerait beaucoup te savoir à la maison avec lui. Il t'aime. Il ne se passera strictement rien ici, à part que tu te sentiras plus vieux, plus mouillé, plus sale et plus malheureux.

Le garçon avait secoué la tête, lentement mais fermement.

– Le monde touche à sa fin. Jésus vient. Je dois rester là pour Le rencontrer.

– Je t'ai apporté quelque chose.

– Quoi ?

Brendan avait tiré le flacon de médicament en plastique orange sombre d'une des poches de son parka et le lui avait présenté :

– Ton lithium.

Hector Martinez avait fixé le flacon dans la main tendue de Brendan puis reculé d'un pas.

– Vous savez très bien que je n'avalerai plus une seule goutte de cette cochonnerie, Prêtre. Dieu ne veut pas que je souille mon corps avec des drogues. Les médecins n'ont jamais réussi à me le faire prendre et il n'est pas question que je le fasse maintenant.

– Ce n'est pas destiné à ton corps, Hector, et tu le sais très bien. Mais à ton esprit. Tu es maniaco-dépressif aigu et Dieu en a disséminé un grand nombre sur cette planète. Fort heureusement, Il a également créé le lithium. Ce n'est pas un poison ; il n'altérera pas tes pensées et ne réfléchira pas non plus à ta place. Il se contentera d'aplanir sous tes pieds ton terrain de jeu émotionnel. Il t'aidera à mettre de l'ordre dans tes pensées et tu te sentiras mieux. Tu comprendras que tu n'as pas réellement envie d'être là. Qu'en restant assis ici à attendre la fin du monde, tu es en train de gaspiller la place qui te revient de droit et de gâcher ton existence. Ceux qui croient que le monde touche à sa fin et que Jésus revient désirent en réalité en finir parce qu'ils se sentent malheureux ; ils souhaitent que Dieu les achève sans douleur, pour leur offrir ensuite une nouvelle existence flambant neuve, que Jésus ne leur permettra pas de saboter. J'éprouverais plus de sympathie pour eux s'ils n'étaient pas aussi pressés de Le voir mettre un terme, en même temps, à celle de tous leurs semblables. Prends ton médicament maintenant, Hector. Rentre chez toi pleurer ta mère avec ton père et cesse de délirer stupidement. Tu as suffisamment gâché ta vie comme ça en refusant de suivre les recommandations des médecins, et elle ne prendra pas fin d'elle-même simplement parce que tu le souhaites.

Le garçon se raidit :

– Ce n'est pas parce que vous avez perdu la foi que je dois suivre votre exemple, Prêtre. Jésus viendra bientôt et je serai là pour Le rencontrer.

– Au revoir, Hector, déclara calmement Brendan en voyant le jeune homme prélever une des caisses de la moto-neige avant de tourner les talons pour gravir les degrés taillés dans la glace ; et, alors qu'il cheminait par le complexe dédale de cavernes, tout en laissant derrière lui des repères à la craie fluo sur les parois et en continuant inlassablement de crier le prénom du garçon, Brendan était encore hanté par le souvenir de cette conversation. En même temps qu'un effroi croissant s'emparait de son esprit, à mesure qu'il franchissait des torrents impétueux et des rivières bondissantes, des prairies nocturnes d'étranges plantes noires, parfois aussi hautes que des arbres, dont aucune n'avait jamais vu le moindre rayon de soleil. Il trouva le cadavre d'une des créatures noires et parcheminées, apparemment morte de mort naturelle, l'examina et comprit ce qu'elle était, sans toutefois pouvoir en dire autant des myriades d'autres bestioles qui semblaient pulluler, de plus en plus nombreuses, à mesure qu'il s'enfonçait plus profondément dans les entrailles de la montagne et se rapprochait de la source de chaleur insoupçonnée qui, six kilomètres plus loin, vers le nord, continuait de donner vie à ce monde comme elle avait entretenu celle des Donneurs, dont les vestiges s'éparpillaient par toutes les cavernes. Mais il n'avait toujours pas retrouvé le garçon et, en dépit de son étonnement et de son effroi teinté de terreur mystique, restait obsédé par leur dernier entretien, tout comme il l'était la veille au soir, lorsque, à son réveil, allongé dans sa cabane à outils, les yeux braqués sur son poêle à kérosène, il avait pris conscience qu'il lui faudrait annuler au matin sa réservation avec le pilote de brousse pour retourner vers le glacier et les secrets, vieux de plusieurs ères, qu'il commençait seulement à dévoiler.

– Vous n'avez pas la tête de l'emploi.

Brendan avait tourné le dos à l'entrée de la caverne et s'était retrouvé nez à nez avec un Eskimo au beau visage tanné – un de ces soldats qui, de temps à autre, faisaient une escale d'un ou deux jours dans le dôme géodésique dont ils avaient fait leur QG.

– Quel emploi ?

– Fanatique de l'Apocalypse.

– Et à quoi ressemble un fanatique de l'Apocalypse ?

D'un ample et désinvolte balayage de la main, le soldat avait englobé les gens éparpillés sur le glacier : Dylan Parker et ses ouailles.

– À tous ceux-là.

– Je m'étonne que vous n'ayez pas scellé l'entrée de la caverne, avait grogné Brendan. Ou, à tout le moins, posté une sentinelle pour interdire à d'autres d'y pénétrer.

L'Eskimo avait haussé les épaules.

– On est en Alaska. Ici, on laisse les gens agir plus ou moins à leur guise.

– Même s'ils ont envie de se tuer ?

– Le taux de suicide est assez élevé chez nous. Je soupçonne nombre de ces gens de venir ici trouver la mort, même s'ils n'en sont pas conscients. Nous sommes sans doute là pour veiller au grain, mais si quelqu'un est assez débile pour descendre dans ce trou après dix-sept disparus, dont plusieurs spéléologues chevronnés et une escouade de Rangers, ça ne regarde que lui.

– Certaines personnes ont besoin d'être protégées contre elles-mêmes.

– Pas en Alaska. Ceux qui vivent dans cette contrée n'aiment pas qu'on les protège contre eux-mêmes, et c'est d'ailleurs la principale raison qui les incite à venir s'y installer, ou à y rester. De plus, ces gens ne resteront pas bien longtemps. S'ils trouvent qu'il fait froid en ce moment, attendez le mois prochain. Nos étés ne sont jamais très longs.

– Pensez-vous que le glacier scellera de nouveau l'entrée de la caverne, à l'arrivée de l'hiver ?

– Non. Il fond très lentement depuis soixante-quinze ans. Dans un millier d'années environ, l'entrée de la caverne sera sans doute entièrement dégagée.

– Que va-t-on en faire ?

– C'est un territoire fédéral et c'est donc aux Feds d'en décider, mais, aux dernières nouvelles, la Nasa comptait envoyer sur place une équipe de chercheurs. Ils vont essayer de modifier un de leurs robots de reconnaissance puis le descendre dans le trou, équipé d'une caméra de télévision, pour explorer les abords immédiats. Je leur souhaite bonne chance. Selon les sismographies, cette montagne et les deux qui la flanquent sont truffées de cavernes, labyrinthiques et interconnectées. Un réseau sans doute plus vaste que ceux de

Carlsbad et du Mammouth réunis. Il se pourrait qu'on ne sache jamais de quoi ces gens sont morts. Les Rangers sont descendus là-dedans armés jusqu'aux dents, avec un équipement complet, depuis les masques à gaz et les réservoirs d'oxygène jusqu'aux fusils-mitrailleurs. De quoi tuer des ours. Le problème, c'est que ce ne sont pas des ours qui vivent là-dessous et qui ont tué ces gens.

Le soldat s'était interrompu pour dévisager attentivement Brendan.

– Vous êtes Brendan Furie, n'est-ce pas ? Celui qu'on appelle Prêtre ?

– Je ne suis pas prêtre, avait répondu Brendan sans tenter de dissimuler sa surprise.

– Mais vous l'avez été. Et on vous a excommunié pour je ne sais quelle raison. Je parie que les Pères de l'Église le regrettent maintenant amèrement.

– J'en doute, pour ma part. Comment me connaissez-vous ?

– Vous êtes trop modeste, Furie. Vous avez fait couler beaucoup d'encre. Vous exercez à présent la profession de détective privé, non ?

– J'enquête parfois sur des affaires privées, mais je ne suis pas détective privé au sens habituel du terme. Je travaille surtout pour des services sociaux. Privés, gouvernementaux ou fédéraux.

– Principalement sur les enfants perturbés.

– Parfois. Mais il existe également nombre d'adultes perturbés. Les croyances des gens peuvent parfois les entraîner sur des terrains minés et l'on m'engage alors pour les sortir de là.

– Je m'appelle Philip Imukpak, s'était présenté l'Eskimo en ôtant son gant pour lui tendre la main.

Enchanté de faire votre connaissance, Furie. Vous faites du bon boulot.

– Pas toujours, avait tranquillement répondu Brendan en serrant la main du soldat avant de reporter le regard sur l'abîme ténébreux, entre roche et glace.

– Vous devez rechercher quelqu'un, j'imagine. Vous avez besoin d'aide ?

– Non. J'ai retrouvé celui que je cherchais hier. Un garçon de dix-neuf ans, du nom d'Hector Martinez.

Brendan s'était interrompu pour déglutir sèchement.

– Il a volé du matériel hier au soir, a noué une corde à un des pitons plantés dans le roc et est entré dans la caverne, avait-il poursuivi.

– Oh, mon Dieu ! avait soufflé le soldat. Navré de l'apprendre.

– Ouais. C'est ma faute.

– Vous vous imposez là un fardeau sacrément pesant, Furie.

– Mais bien réel. Nous avons eu une conversation la veille et elle s'est mal passée. J'ai tout bousillé.

Brendan avait détourné les yeux de l'entrée de la caverne pour les plonger dans ceux du soldat. Il n'y avait lu qu'honnêteté, loyauté et courage. Ce visage aux yeux noirs pétillants lui plaisait et lui inspirait confiance ; c'était celui d'un homme à qui l'on pouvait se confesser, de sorte qu'il avait repris :

– Hector est un maniaco-dépressif dûment diagnostiqué, qui souffre de graves troubles affectifs. Je le connais depuis des années : il lui arrivait parfois de se réfugier dans un asile pour jeunes fugueurs dont j'étais le conseiller. Il a toujours refusé de prendre son traitement, si bien qu'il traverse des épisodes psychotiques assortis de bouffées délirantes et de fantasmes que cet entêtement ne fait qu'exacerber. Sa mère est morte voilà trois semaines et son père m'a engagé pour le retrouver, lui apprendre la mauvaise nouvelle et tenter encore une fois de le persuader de rentrer chez lui, pour se faire soigner convenablement. L'idée que la fin du monde risquait de se produire d'un jour à l'autre et qu'il rencontrerait Jésus à cette occasion a toujours été l'un de ses fantasmes les mieux enracinés. En apprenant d'abord, par les journaux, l'existence de cette caverne, puis que Dylan Parker avait derechef organisé à l'entrée une de ses veillées d'Apocalypse, je me suis dit que j'avais de bonnes chances de retrouver Hector dans les parages. Je lui ai appris la mauvaise nouvelle, mais je n'ai pas réussi à le ramener chez lui. J'étais vanné et j'ai perdu patience. J'aurais dû m'y prendre autrement.

– À mon avis, il serait de toute façon descendu dans la caverne.

– Non. Il était prêt à attendre que Jésus en sorte. Il n'y est descendu que pour retrouver sa mère. C'est bien pourquoi je dois y descendre à mon tour, pour aller l'y chercher.

Le soldat avait gardé un instant le silence, en scrutant le visage de son interlocuteur.

– Vous souhaitez mourir parce que vous estimez avoir commis une erreur ? avait-il finalement demandé d'une voix prudente.

– Je ne veux pas mourir. Je n'en ai aucunement l'intention.

– C'est là une profession de foi qui, à mon avis, pourrait vous flanquer dans un fichu pétrin.

– Je dois le faire, avait calmement répondu Brendan.

L'Eskimo avait de nouveau observé un bref silence, sans cesser de sonder les yeux sombres de Brendan, puis hoché la tête :

– Oui. Je m'en rends compte. Quand comptez-vous y descendre ?

– Tout de suite.

– Avez-vous déjà pratiqué la varappe ou la spéléologie ?

– Non.

– Vous êtes équipé ?

– La corde d'Hector est encore attachée à son piton. J'espérais emprunter ou acheter ce dont j'ai besoin aux gens qui traînent dans le coin.

– Suivez-moi, Furie.

Brendan avait emboîté le pas à Philip Imukpak, traversé le glacier dans toute sa largeur, dépassé les tentes à deux places, les sacs de couchage, les appentis et les gens au visage inexpressif qui les occupaient, et atteint le dôme géodésique. Le dôme métallique était équipé avec une grande simplicité d'un plancher en caillebotis, de trois poêles à kérosène, stratégiquement disposés à intervalles réguliers le long de son périmètre, de trois couchettes couvertes d'un épais duvet, d'un générateur électrique et d'une cuisinière au butane où chauffait une cafetière. Un monceau de matériel aux couleurs brunâtres – sacs de jute, cordes, chaîne, torches et lampes électriques à pile et armes automatiques – s'entassait dans un coin.

– C'est le surplus que les Rangers ont laissé ici, avait poursuivi le soldat. Je vous montrerai à vous en servir. Je ne pense pas que vous souhaitiez tout trimballer sur vous. Les Rangers sont descendus dans ce trou, suréquipés et armés jusqu'aux dents et, apparemment, ça ne les a guère avancés. Je vous suggère de voyager léger pour préserver vos forces.

– D'accord, avait répondu Brendan en regardant Philip Imukpak retirer des sacs divers articles de matériel d'escalade pour les étaler sur les lattes du plancher. Derechef, il avait été frappé par la sympathie et la confiance que lui inspirait instinctivement cet homme, qui consentait de si bonne grâce à l'aider et posait si peu de questions.

– Je vous ai avoué que j'avais très mal engagé cette affaire avec Hector. J'ai commis naguère une erreur identique. J'ai saboté un exorcisme.

Le soldat s'était arrêté tout net dans son activité et avait relevé les yeux pour le regarder. Il était trop poli pour éclater de rire, mais ses yeux très noirs trahissaient clairement sa curiosité mêlée d'amusement.

– Vous avez saboté un *exorcisme* ?

Brendan avait eu un faible sourire.

– Oui, pour ainsi dire. Je reconnais que ça peut paraître amusant, et ce le serait effectivement si la mort d'une femme n'avait été la conséquence directe de mes actes… ou de mes manques. C'est pour cela qu'on m'a excommunié.

Toute lueur d'amusement s'était éteinte dans les yeux de l'homme.

– Désolé.

Brendan avait donné acte d'un bref hochement de tête.

– L'enseignement qu'on peut en tirer, c'est qu'il ne faut jamais faire ce en quoi on ne croit pas.

– Vous ne croyiez pas, à l'époque ?

– Non, pas en la possession démoniaque… ni en l'exorcisme, par le fait.

– Alors pourquoi l'avoir pratiqué ?

– On me l'avait ordonné. J'aurais dû refuser, mais j'ai accepté. C'était purement politique de la part de l'Église. La fille que je devais exorciser était celle d'un homme très riche et très influent. Encore une fugueuse qui trouvait refuge à l'asile dont j'étais le conseiller. Son père avait fait un très gros don en argent à l'Église et jouait chaque semaine au golf avec le cardinal de notre archidiocèse. Elle avait été violée à maintes reprises par le plus proche associé de son père, qui était également l'amant de sa mère. Le père n'était pas fichu de se l'avouer. Incapable d'accepter le fait que tout ceci se déroulait sous son nez, il en a conclu que sa fille, pour inventer une telle histoire, ne pouvait qu'être possédée du démon et a demandé à son ami le cardinal d'organiser un exorcisme. Le cardinal n'était pas idiot. Il savait qu'il n'obtiendrait jamais de Rome, sur présentation de ces seules allégations, l'autorisation de procéder à ce sacrement et d'envoyer un de ses exorcistes chevronnés, de sorte qu'il fit pression sur moi et m'obligea à le pratiquer moi-même dans le seul dessein de conserver les bonnes grâces du père. J'ai enquêté, décidé que la petite disait la vérité et je suis allé trouver sa mère pour lui offrir mon aide, afin qu'elle puisse dénouer ce sac de nœuds. Grossière erreur. Je ne me suis pas plus élégamment tiré de cette conversation que de celle avec Hector. La mère a préféré se suicider plutôt que de voir la vérité – vérité qu'elle considérait comme une honte et une humiliation – éclater au grand jour.

Philip Imukpak avait émis un son, mi-soupir, mi-grognement d'acquiescement.

– Rome avait besoin d'un bouc émissaire et c'est vous qu'elle a choisi.

– Quelque chose comme ça. Ils n'avaient pas tort. Le hic, c'est que cette femme avait choisi de sauter du toit de leur manoir plutôt que de s'engouffrer dans une caverne, où j'aurais pu aller la chercher elle aussi.

– Vous avez joué de malheur.

– Bien au contraire. Aujourd'hui, je considère cette excommunication comme un cadeau. Elle a changé ma vie dans le bon sens, et je lui dois d'avoir pu accomplir de grandes choses... hormis, bien sûr, ce qui s'est passé hier et quelques autres cas encore. Si Hector est mort, je réussirai peut-être au moins à remonter son corps pour le remettre à son père.

Le soldat s'était contenté d'opiner puis avait entrepris d'expliquer à Brendan le maniement de la sellette et du reste du matériel étalé au sol. Dès qu'il en avait eu terminé, il l'avait aidé à enfiler les deux sacs – ventral et dorsal – et le harnais qu'il utiliserait pour descendre jusqu'au sol de la caverne. Brendan avait alors agrippé son compagnon par les épaules, lui avait fait un signe de tête et s'était dirigé vers la porte.

– Vous voulez de la compagnie ?

Surpris au moins autant par le ton nonchalant de la question que par sa teneur, Brendan avait pilé sur le seuil du dôme géodésique et s'était retourné. L'Eskimo avait ramassé un sac et une corde enroulée puis l'avait fixé d'un œil inquisiteur.

– Quoi ?

– Voulez-vous que je vous accompagne ?

– Je ne comprends pas. Vous êtes persuadé que je cours à une mort certaine. Pourquoi voudriez-vous partager mon sort ?

– Je n'en suis nullement persuadé, Prêtre. Et vous êtes exactement le genre d'homme avec qui j'aimerais visiter ces cavernes.

Brendan avait gardé le silence un moment, se contentant de scruter l'Eskimo.

– C'est le plus beau compliment qu'on m'ait jamais fait, Philip, avait-il finalement déclaré. Merci.

Imakpuk avait souri, révélant des dents blanches, égales et scintillantes.

– Bien entendu, je suis aussi poussé par la curiosité.

Brendan lui avait rendu son sourire.

– Oui. C'est compréhensible.

– Ma curiosité est plus intéressée que vous ne pouvez le croire. Nous autres Inuits, nous avons un assez curieux mythe de la Création. Se rapportant à une espèce de créatures divines que nous appelons les Donneurs. En réalité, c'étaient des dieux assez tarés… pas franchement fréquentables. Ils nous capturaient et se servaient de nous comme de bêtes de somme, quand ils ne nous dévoraient pas. Les Donneurs existaient déjà depuis un million d'années à l'entrée en scène des Inuits. Ils avaient bâti une grande cité à l'intérieur de montagnes creuses situées près d'un volcan… une sorte de jardin d'Éden souterrain, si vous voulez. Ils ont survécu sous ces montagnes à maintes périodes glaciaires. Puis leur volcan s'est éteint et les Donneurs sont morts quand la neige et la glace sont revenues. Mais pas nous. Les Inuits avaient appris à survivre au froid, en recourant aux enseignements appris des Donneurs. Et ils survivent encore à ce jour.

Brendan s'était retourné pour fixer, de l'autre côté de l'étendue de glace, la falaise rocheuse et l'embouchure de la caverne.

– Cette montagne est un volcan éteint ?
– Pas celle-là. L'autre, derrière. Intéressant, non ?
Brendan avait pivoté sur lui-même.
– Votre mobile me semble moins bon que le mien.
Imukpak y avait réfléchi puis avait haussé les épaules et laissé tomber sac et corde au sol.
– Vous avez peut-être raison. Bonne chance, Prêtre.
– Je vous ferai part de ce que j'aurai trouvé, avait déclaré Brendan. Et, à présent qu'il se dirigeait vers les cris que poussait le garçon en réponse aux siens, il se disait que Philip Imukpak (et quelques autres personnes encore) serait probablement fasciné par ce qu'on trouvait dans ces cavernes.

Il trouva Hector Martinez assis sur un banc de pierre, dans ce qu'on ne pouvait mieux décrire que comme une espèce de chapelle. Des piles usées s'éparpillaient tout autour de lui. La lueur ténue de sa torche suffisait tout juste à éclairer la dépouille momifiée de ce qui avait dû être un prêtre Donneur, vautrée sur un bloc de pierre rectangulaire surélevé évoquant un autel. Brendan se dirigea tout droit vers le garçon et ils s'étreignirent. Puis il alluma quatre fusées, qui suffirent à éclairer toute la salle, éteignit son quinquet, s'assit à côté du jeune homme et l'enlaça par les épaules.
– Désolé pour ta maman, Hector.
Des larmes jaillirent des yeux d'Hector et dévalèrent ses joues.
– Ouais. Moi aussi. Je suis vraiment content de vous voir, Prêtre.
– Et moi aussi.
Brendan se tut, sourit au garçon puis ajouta prudemment :

– À en juger par toutes les piles que tu avais emportées, tu n'étais pas entièrement persuadé de vouloir mourir tout de suite. En outre, tu avais laissé ta casquette bien en vue, pour indiquer celle des cavernes où tu t'étais engouffré. Je me trompe, si j'affirme que tu tenais encore un peu à la vie… ou, du moins, que tu n'avais pas envie de mourir ici, sous terre ?

Hector Martinez hocha lentement la tête. Il semblait fasciné par la silhouette penchée sur l'autel et les myriades de peintures et de sculptures pariétales qu'éclairaient les fusées.

– C'était quoi, ces… ces choses qui m'ont pourchassé ?

– Si tu fais allusion aux grosses bestioles noires immondes de l'entrée, ce sont à mon avis des chauves-souris mutantes… et carnivores. Elles sont nettement plus grosses que les autres animaux que j'ai aperçus ici et doivent donc occuper le sommet de la chaîne alimentaire. Ce qui implique qu'elles ne sont sans doute guère nombreuses et sont certainement disséminées un peu partout. Quand les gens ont commencé à descendre dans la caverne, leur arrivée a probablement déclenché une espèce de cri de ralliement, du genre « Eh, voilà le dîner qui rapplique ! », et elles ont dû s'attrouper devant l'entrée pour attendre la chute de leur prochain repas chaud. Peut-être aurons-nous une petite chance de passer tous les deux au travers, car elles doivent être suffisamment repues et moins agressives – ou moins affamées et nombreuses – que quand nos prédécesseurs sont descendus. Quoi qu'il en soit, on devrait pouvoir les esquiver, à condition d'ouvrir bien grands les yeux et les oreilles. Elles sont aveugles, mais disposent sûrement de cellules photosensibles résiduelles sur le crâne, car elles n'aiment pas trop qu'on leur braque une lumière très brillante sur la tête. Si tout le reste échouait, il nous resterait le revolver et les munitions que j'ai emportés.

Le garçon regarda lentement autour de lui, puis ses yeux se rivèrent de nouveau sur le prêtre momifié et il frissonna.

– C'est horrible.

– Horrible ? Je trouve ces lieux plutôt *cool*.

Le jeune homme lui jeta un regard puis éclata d'un rire nerveux.

– Parce que vous êtes plutôt *cool* vous-même.

– Hector, reprit Brendan plus sérieusement, ces cavernes sont un lieu de mystère et d'étonnement et ce qu'on y découvrira changera le monde à jamais.

– Comment est-ce possible, Prêtre ? Comment un tel endroit peut-il… exister ?

– Il y a, dans les abysses, des animaux, des crabes aveugles ou des vers tubulaires géants, qui prospèrent dans de minuscules zones environnant les failles volcaniques qui crèvent les fonds marins. Ces animaux survivent uniquement sur la chaleur et les nutriments expulsés par ces failles, sans jamais voir la lumière du soleil ni aucune autre nourriture. Il existe aussi une antique structure rocheuse, appelée schiste de Burgess, qui contient les restes fossilisés de millions et de millions de minuscules et merveilleuses créatures qui, toutes, ont vécu, évolué et fini par s'éteindre dans une zone de quelques kilomètres carrés. Ces espèces ont perduré pendant plusieurs millions d'années dans cette seule zone et l'on n'a jamais trouvé ailleurs trace de leur présence. Réfléchis maintenant à ce qu'on trouve ici ; c'est le schiste de Burgess, mais multiplié par mille. Et vivant. Un écosystème en activité, un univers entier, qui a évolué pendant des millions d'années et continue d'évoluer, en l'absence totale de photosynthèse. Et *ça*, mon ami, c'est véritablement remarquable… miraculeux, si tu préfères. À mon avis, la source d'énergie provient d'un volcan proche, pas aussi éteint qu'on voudrait le croire à la surface. Il fournit chaleur et nutriments aux animaux et aux plantes qui occupent le premier échelon de la chaîne alimentaire et sont à leur tour dévorés par plus gros qu'eux. Des processus chimiques sont ici à l'œuvre, auxquels nous n'avons encore jamais assisté dans la nature. On découvrira de nouveaux médicaments… peut-être un traitement contre le cancer, voire contre le rhume banal, à partir de cette végétation souterraine.

Le garçon leva une main légèrement tremblante pour désigner le prêtre couché sur l'autel.

– Et ça ? Et eux ?

– Quoi, *eux* ?

– On leur servait de bétail.

– Tout d'abord, Hector, ne saute pas trop vite aux conclusions sur ce que tu as pu voir ici. Ces cavernes sont vieilles de plusieurs millions d'années et les créatures qui y vaquent aujourd'hui à leurs occupations n'en sont jamais que les derniers occupants. Elles ont sans doute hébergé toutes sortes d'espèces, dont les hommes de Neandertal, ceux de Cro-Magnon et les premiers humains, qui tous ont dû en faire leur foyer à un moment ou à un autre, mais n'ont pas vécu à la même époque. Puis la période glaciaire ou celle qui l'a précédée est survenue. Le glacier a scellé l'entrée de la caverne et les créatures qui s'y trouvent actuellement ont commencé d'évoluer.

– Mais ces êtres et les humains coexistaient. Vous avez vu les peintures et les sculptures dans la roche. Ils nous gardaient. Nous… mangeaient.

– Et alors ? Les lions, les tigres et les requins le font aussi.

– C'est différent.

– Pas du tout. Nous mangeons d'autres animaux, comme les baleines ou les dauphins, qui sont peut-être, à leur façon, aussi intelligents que nous… ou presque.

– Mais comment ont-ils pu exister et faire tout cela sans qu'on découvre leur existence avant aujourd'hui ?

– Souviens-toi de la leçon du schiste de Burgess, Hector.

– Ces créatures avaient un langage, une écriture, une forme d'art. Comment se peut-il qu'ils n'aient vécu qu'ici ? Ils marchaient sur deux jambes et étaient intelligents.

– Oh, mais c'étaient des créatures à sang froid… Du moins le type étendu sur cette grosse pierre m'en donne-t-il sacrément l'impression. Ils ne pouvaient survivre… ou fonctionner efficacement pendant très longtemps, en tout cas, loin de la chaleur que le volcan diffusait dans ces cavernes. Soit cela, soit il manquait à leur conscience l'élément qui a poussé notre propre espèce à se disséminer sur toute la planète : la curiosité. Ces cavernes représentaient tout leur univers et ils ne se souciaient pas de ce qui se trouvait au-delà. On n'a découvert aucune autre trace de leur présence ailleurs, et ce sur les milliers voire millions d'années qu'a duré leur espèce, parce qu'ils ne sont jamais allés nulle part, tout bêtement. C'étaient des casaniers invétérés, Hector.

Le garçon garda un instant le silence puis demanda :

– Qu'est-il arrivé aux Rangers, à votre avis ?

– Je n'en ai pas la moindre idée. Nous ne le saurons peut-être jamais... À moins qu'ils resurgissent brusquement des cavernes dans huit jours, ou ne nous attendent en ce moment même à la surface. Ils ont emprunté un itinéraire différent du nôtre et nous ignorons ce qu'ils ont trouvé... ou ce qui les a trouvés. C'est un monde foncièrement différent du nôtre et il existe sans doute des centaines de façons d'y trouver la mort, toutes plus inimaginables l'une que l'autre... Ça ne diffère pas énormément de ce qui pourrait arriver à des Bororós d'Amazonie brusquement parachutés sur Times Square. Que pourraient-ils bien savoir des voitures, des camions, des détrousseurs, de la fièvre du samedi soir et des feux de signalisation ?

Hector Martinez scruta le visage du grand type puissamment bâti assis à ses côtés.

– Rien de tout cela ne vous dérange, n'est-ce pas ?

– Pourquoi est-ce que ça devrait me déranger ? Je suis en vie ; et, plus crucial encore, je t'ai retrouvé sain et sauf. Ça, c'est un signe.

– Comment Dieu aurait-il pu créer l'homme à son image, et créer aussi ces... créatures qui faisaient les mêmes choses que nous... et nous dévoraient de surcroît ?

– Permets-moi de te confier un petit secret personnel, Hector. J'ai toujours trouvé pour le moins étrange qu'une espèce aussi brutale, cruelle, insensible, voire parfois parfaitement stupide, que l'espèce humaine, ait pu s'imaginer avoir été, entre toutes, créée par Dieu à son image. Si c'était vrai, nous serions dans un *fameux* pétrin.

– En ce cas, qu'est-ce qui a bien pu vous pousser à entrer dans les ordres ?

– Ça m'a paru une bonne idée sur le moment. Puis j'ai ressenti le besoin d'exprimer ce que je ressens à l'endroit du monde et de ce cadeau qu'a été ma naissance… et que je ne me contente pas seulement d'éprouver inlassablement… une crainte religieuse, un respect mâtiné d'admiration. L'enseignement fondamental de tous les textes sacrés de l'humanité, c'est que, même si nous ne les créons pas toujours à notre image, nous concevons inéluctablement des dieux affligés de nos propres préjugés et a priori. Nous ne glorifions pas Dieu, nous le rapetissons. Il ne peut qu'être un mystère infiniment stupéfiant et, en dernière analyse, parfaitement insondable… tout comme ces cavernes.

– Jésus nous ressemblait. Il était des nôtres. Vous ne croyez pas qu'il ait pu être le Fils de Dieu ?

– Écoute, Hector. Je n'ai pas l'intention de te ressasser encore une fois ce en quoi je crois ou ne crois pas en matière de foi et de surnaturel. Ce serait inutile et ça ne te ferait aucun bien. Mes croyances ont déjà évolué et elles changeront probablement encore… sous la pression de l'ensoleillement, de la pluie, du vent, de l'amour, de la haine, de la peur, de l'observation et du raisonnement. Je ne te dirai donc pas en quoi je crois. Mais je peux au moins te conseiller d'être prudent dans tes choix, en matière de *croyances*, parce qu'on finit par devenir ce en quoi l'on croit. Ce dont tu dois absolument prendre conscience, c'est du cadeau qui t'est offert en ce moment même, peut-être par Dieu. Ces cavernes sont le tombeau d'une espèce qui nous a précédés, nous a réduits en esclavage à notre entrée en scène et nous a probablement beaucoup appris. Fais en sorte qu'elles soient aussi celui de ta vie passée, des croyances et du comportement qui t'ont conduit ici pour y trouver la mort. Ces lieux vont exiger une besogne effroyable, et des générations de scientifiques passeront sans doute leur existence là-dessous, à farfouiller pour tenter de leur extorquer leurs secrets. De nouvelles branches de la science vont naître. Participe à cet effort.

– Je n'ai aucune expérience.

– Acquiers-la. Dans quatre ans… ou du moins dans le délai nécessaire – quel qu'il soit – pour décrocher un diplôme et une expérience adéquats… c'est à peine s'ils auront commencé à gratter la surface. On *exigera* ta collaboration. Tu as un atout : tu feras figure de survivant spirituel, quelque chose comme ça, aux yeux de tous les croyants de ce monde, nonobstant leur foi… parce que je peux te promettre que ce qu'on a découvert bouleversera nombre de gens. Tu pourras leur certifier que ce n'est aucunement – pardonne-moi l'expression – la fin du monde. Tu pourras tout te permettre. On te fera des propositions de films ou de livres et je ne serai pas autrement surpris d'apprendre qu'un agent de William Morris a loué un traîneau avec un attelage de chiens dès que la rumeur de notre retour se sera répandue. Tu vas devenir un jeune homme très fortuné.

– Et vous, Prêtre ?

– Je gagne tout l'argent dont j'ai besoin en faisant ce que j'aime faire. Je n'ai nullement envie de m'accorder une pause. C'est de *tes* possibilités d'avenir dont nous discutons. Tu attendais le Second Avènement, Hector ; fais en sorte que ce soit le tien. Sors changé du tout au tout de ces cavernes.

Le garçon tourna vers Brendan des yeux remplis d'espoir… mais aussi d'appréhension.

– Mais comment allons-nous en sortir ? Comment passer au milieu de ces chauves-souris, si c'est bien ce qu'elles sont ?

– Aucun problème !

– Aucun problème ?

– Elles sont peut-être plus grosses, plus méchantes et plus aveugles que la chauve-souris de base, mais elles doivent toujours se guider au sonar. On va perturber leur écran… brouiller leur radar. On va tout d'abord bourrer nos sacs de tes piles usées et de cailloux. Puis on rebroussera chemin avec la plus grande prudence jusqu'au grand dôme de l'entrée. Je me posterai sur la corniche et je balancerai des pierres et des piles tous azimuts pour les distraire pendant que tu descendras, que tu ramperas ventre à terre jusqu'à la corde et que tu sortiras. Une fois arrivé au sommet, tu me rendras le même service. Puis, quand nous serons dehors, nous regagnerons le village indigène, toi, moi et un certain soldat d'Alaska qui m'attend devant l'entrée, sans doute pour y claquer la moitié de l'argent de ton film dans un bon repas chaud. Simple comme bonjour. Tu es prêt ?

Hector Martinez rejeta la tête en arrière et éclata d'un rire sonore… mais il n'y avait aucune trace d'hystérie dans ce son réverbéré par les parois des cavernes. Rien que joie et excitation. Son rire finit par s'éteindre et il secoua lentement la tête puis tendit la main :

– J'espère que vous avez emporté mon lithium, Prêtre. Je vais avoir besoin d'un petit remontant émotionnel, si jamais une de ces bestioles noires me pourchasse. Alors, autant le prendre tout de suite.

Titre original : *Tomb*

3

Credos fatals

PAR ICI POUR L'ENFER, disait le panneau grossièrement peint sur le ciment maculé et piqueté du mur de soutènement de la maison, et le prêtre excommunié aux yeux noirs et aux cheveux aile de corbeau plantés en V sur le front suivit la flèche jusqu'au bas des marches jonchées de détritus. Il frappa une première fois à la porte de l'appartement en sous-sol et, constatant qu'on ne venait pas lui ouvrir, cogna de nouveau. La porte s'ouvrit à la volée et Brendan Furie se retrouva en train de fixer un œil de cyclope menaçant, en l'occurrence le trou noir d'un canon de fusil d'assaut AR-15. Le visage à l'autre bout était celui d'un jeune homme venant tout juste d'entrer dans sa vingtième année. Ses pâles yeux verts voilés trahissaient suspicion et forte appréhension. Les plages de cuir chevelu rose apparentes sous l'éteule blonde de son crâne rasé luisaient de transpiration. Il portait un treillis de camouflage trop grand pour lui. Sur le moment, Brendan craignit autant pour la vie du jeune homme que pour la sienne, car il sentait la présence de Marla à proximité. Elle semblait toujours s'y trouver quand le danger rôdait. À leur première rencontre, Brendan avait été frappé par sa beauté et sa présence physique, mais, très vite, la fulgurance de ses réactions silencieuses l'avait encore plus impressionné.

– Qui diable êtes-vous ? aboya le garçon aux yeux pâles. Il s'efforçait visiblement d'adopter un ton intimidant, mais sa voix dérapait dans les aigus.

– Je m'appelle Brendan Furie, répondit calmement le prêtre défroqué. Je suis détective privé. Et vous êtes Jack Kellerman. J'aimerais m'entretenir avec votre frère et vous. Vous serez défrayé.

– Comment savez-vous qui je suis ?

– Votre père m'a montré votre photo et m'a dit où je pourrais vous trouver.

Jack Kellerman cligna des yeux de surprise puis s'humecta fébrilement les lèvres.

– Vous avez parlé à mon père ?

– Et à votre mère.

– Menteur ! Vous êtes un foutu agent fédéral venu nous espionner !

– Loin de là, Jack. Il m'est assez difficile de parler avec un fusil braqué sur le crâne. Pouvez-vous le reposer ?

– Avouez que vous travaillez pour les Feds !

– Mais je ne travaille pas pour eux, Jack. Je ne porte aucun intérêt à vos activités de membre de cette milice. Je suis venu vous parler, si votre frère et vous y consentez… de ce que ces médecins vous ont fait subir, à vos parents et vous.

De nouveau, les yeux du garçon papillonnèrent de surprise, puis la honte, la mauvaise conscience ou le remords vinrent voiler leur nuance marine. Il détourna le regard puis abaissa abruptement le fusil et regagna la pièce crasseuse aux murs aveugles qui lui servait de tanière. Furie lui emboîta le pas et ses yeux explorèrent le sous-sol de la maison de Floyd Kuhns, chef de la Milice patriotique. On apercevait deux lits de camp dont un seul était fait, une douche, un WC et un lavabo. Une armoire en carton cabossée, dressée contre un mur tacheté, faisait office de placard. Une chope de café, un flacon de café instantané à demi vide et une bite chauffante reposaient sur le sol près du lit défait.

Jack Kellerman avait remisé son fusil d'assaut et se penchait à présent sur le lavabo pour se regarder dans le miroir en surplomb. La glace était étoilée de minuscules fissures.

– Robby est dans le coin ? s'enquit Furie, s'adressant au dos du jeune homme.

– Non, répondit Kellerman, d'une voix que le mur assourdissait. Il n'est pas là. Pourquoi voulez-vous me parler de cette histoire de toubibs ?

– Voilà sept ans, votre mère a consulté un psychiatre, pour une dépression nerveuse assez bénigne, mais chronique. Cet homme a immédiatement diagnostiqué un trouble schizophrénique à personnalités multiples. Peu après, le bon docteur et deux de ses collègues ont réussi à la persuader qu'elle était non seulement victime d'un viol consécutif à un rituel satanique, mais de surcroît, en réalité, la grande prêtresse d'un antique culte démoniaque responsable du meurtre de dizaines de nourrissons dans une région couvrant sept États. Ils le lui ont fait croire puis elle s'est fait interner, de son propre chef, dans la clinique du premier psychiatre pour se « purifier » de ses démons. Pendant quelque temps, ils ont réussi à convaincre votre père qu'il appartenait également à cette secte, mais il a quitté le programme au bout de deux mois. Ensuite, ces psychiatres ont convaincu votre mère de divorcer. Là-dessus, ils s'en sont pris à votre frère et vous. Je ne sais trop par quel moyen, sans doute avec l'aide de votre mère, ils ont réussi à persuader un tribunal que vous refouliez tous les deux des souvenirs, que vous étiez victimes de sévices sataniques et que vous aviez besoin de façon pressante d'un traitement à long terme dans un autre de leurs établissements. C'était pure invention : ni ce culte ni ces exactions n'ont jamais existé. Néanmoins, vous avez été internés tous les deux et libérés sans autre forme de procès à l'âge de dix-huit ans. Ni les médecins qui ont posé le diagnostic ni le juge qui vous a fait interner ne vous ont présenté la moindre excuse.

– Vous ne croyez pas à la possession démoniaque ? demanda d'une toute petite voix le garçon au crâne rasé, sans cesser de se regarder dans le miroir.

Furie sentit comme un frisson glacé à la base de l'épine dorsale. Il aurait pu apprendre à Jack Kellerman, songea-t-il, une ou deux petites choses sur les conséquences d'une croyance trop enracinée en la possession démoniaque, mais se contenta d'un simple « Non », avant de poursuivre avec un sourire lugubre :

– Les médecins qui vous ont infligé ce traitement, à vous, à votre famille et à des dizaines d'autres victimes, devront répondre de leurs agissements. Ce n'est pas Satan qui le leur a inspiré. Il s'agissait d'une escroquerie à l'assurance assez sophistiquée. Toutes les victimes ciblées par ces cinglés de thérapeutes bénéficiaient de juteuses polices d'assurance. La compagnie d'assurances de votre mère a déboursé plus de trois millions de dollars pour son prétendu « traitement » et le vôtre.

– Et vous essayez maintenant d'alpaguer ces fumiers ?

– Non. Vos parents les poursuivent en justice et il en sortira peut-être quelque chose de bon. Entre-temps, ces médecins s'efforcent toujours de rameuter la clientèle en apparaissant dans des débats télévisés. Les victimes consentantes courent apparemment les rues.

– Pourquoi voulez-vous nous parler, à Robby et moi, si vous n'êtes pas à leurs trousses ?

– Je travaille pour une fondation privée créée par des individus fortunés des deux sexes professant eux aussi quelques idées fascinantes. Nous approchons de la fin du millénaire. L'Histoire nous enseigne que les personnes les plus sensibles ont tendance à se montrer encore plus agitées que d'ordinaire aux alentours de cette période. Le niveau général de l'angoisse grimpe en flèche et la numérologie, l'astrologie et toutes sortes de superstitions deviennent des entreprises juteuses. De larges pans de la population sont infectés, pour ainsi dire, par les plus étranges systèmes de croyances et se comportent en fonction de ces idéologies. Certaines sont fatales. Les gens se mettent à s'entretuer massivement pour une idée que Dieu leur aura soufflée. Dans ce pays, certains groupuscules, comme le vôtre, sont intimement persuadés que les Casques bleus vont débarquer à bord d'hélicoptères noirs pour leur confisquer leurs fusils. Le taux de criminalité a également tendance à monter : on assiste à des incidents comme le plastiquage de l'immeuble d'Oklahoma City, Waco ou Ruby Ridge ; ou bien un type se baladera avec une boîte à cigares pleine d'une assez importante quantité de Ricin, le plus mortel poison de cette planète, pour tuer un million de personnes.

La croyance en la possession démoniaque est potentiellement fatale parce qu'elle permet aux gens qui s'abritent derrière d'esquiver la responsabilité de leurs actes ; en outre, elle étouffe l'intellect et l'esprit. La seule différence entre ce millénaire et le précédent, c'est qu'au lieu d'arcs et de flèches, nous disposons aujourd'hui de missiles nucléaires, de gaz innervants et d'armes biologiques. Les gens pour qui je travaille s'en inquiètent. Ils pensent que ce phénomène d'angoisse et de violence débridée atteindra tôt ou tard sa masse critique et que la civilisation volera alors en éclats, cédant le pas, sur une échelle inconnue jusque-là, au chaos, à la guerre, aux meurtres collectifs et aux épidémies. Ils cherchent à stopper cette escalade. Pour ce faire, ils tentent d'établir la preuve statistique qu'un tel point d'implosion pourrait être atteint, afin d'essayer de mettre ensuite sur pied un programme d'éducation susceptible d'être utilisé par les gouvernements et les divers organismes chargés de la santé mondiale. Pour l'heure, ils s'efforcent encore de comprendre le processus de ce qu'on pourrait appeler une folie socialement « tolérable », et c'est précisément la raison de ma visite. On m'a engagé pour enquêter sur les phénomènes étranges. Le FBI établit le profil des tueurs en série ; je cherche à établir celui des victimes en série. Votre famille est victime d'une pure absurdité, Jack. J'ai déjà interrogé vos parents et j'aimerais à présent vous interroger, vous et Robby. D'abord enregistrer les souvenirs qui vous restent, quant à la manière dont ces médecins s'y sont pris pour bafouer vos parents et vous, puis vous demander de répondre à un questionnaire. Certaines de ces questions sont très intimes, mais j'aimerais cependant que vous répondiez à toutes. Je vous garantis l'anonymat. On vous assignera un numéro de code quand ces informations seront compilées et votre nom n'apparaîtra sur aucun rapport ou compte rendu définitif. J'ai uniquement besoin de deux heures de votre temps et je peux vous offrir deux cents dollars pour votre coopération.

Jack daigna enfin se retourner et Furie se rendit compte qu'il avait pleuré : les larmes sourdaient encore de ses yeux vert pâle, roulaient sur ses joues et dégouttaient de son menton.

– Bordel, pourquoi pas ? répondit-il d'une voix fêlée. Ce sera sans doute la première et la dernière fois qu'on me paiera cent dollars de l'heure.

Le jeune homme parla près d'une heure et demie, pour la gouverne du magnétophone de Furie, et termina son récit sur sa libération de l'institut des thérapeutes puis sur ses errances sans but en compagnie de son frère, jusqu'à ce qu'ils se découvrent enfin une famille d'accueil en la personne de Floyd Kuhns et de sa Milice patriotique.

Lorsque Jack Kellerman se tut, Brendan Furie lui tendit un questionnaire de cinq pages, un stylo à bille et quatre coupures de cinquante dollars. Le garçon n'avait pas terminé de noircir la première page, assis sur un lit de camp à côté de Furie, que la porte s'ouvrait en claquant violemment pour laisser entrer un type énorme. Pour l'avoir vu au journal télévisé, Furie reconnut immédiatement en lui le belliqueux leader de la Milice patriotique. L'obèse mesurait plus de deux mètres et sa brioche monstrueuse pendait comme un auvent rempli d'eau sur la boucle de ceinturon de son treillis de camouflage. Sa chemise kaki était ouverte et le T-shirt qu'il portait dessous était souillé de sueur et de sauce tomate. Il désignait Furie de l'index d'une grosse pogne agitée de tremblements et ses yeux fangeux, enfouis dans un visage empâté hérissé de barbe, luisaient de rage et de méfiance.

– Qui est ce type, bordel, Jack ? beugla-t-il.

Furie se leva.

– Je m'appelle Brendan Furie et je…

– La ferme ! Je ne t'ai pas causé ! Qu'est-ce que ce mec fout chez moi, Jack ?

Le jeune homme, sincèrement intimidé, reposa tablette et questionnaire puis s'écarta de Furie d'un pas.

– Il n'a rien contre nous, Floyd, chevrota-t-il. C'est juste un type qui veut me parler de ce que les toubibs nous ont fait.

Le visage écarlate, Kuhns claqua brutalement la porte derrière lui puis entreprit soudain d'arpenter la petite pièce encombrée de long en large, en giflant de la paume la céramique souillée du lavabo chaque fois qu'il passait devant. Il finit par s'accorder une pause.

– Comment as-tu pu te montrer aussi *stupide* ? hurla-t-il au garçon. Tu crois vraiment que quelqu'un pourrait s'intéresser à la façon dont ta vieille a gobé ces conneries sataniques, Jack ? Que ce type se renseigne réellement sur ce qui s'est passé entre toi et cette bande de médecins timbrés ? Le seul démon, dans cette maison, c'est celui que tu y as laissé entrer ! C'est un Fédé, espèce de crétin ! Je les flaire à deux kilomètres ! Il est venu nous espionner !

– Je vous demande pardon, monsieur, le coupa calmement Furie. Je…

– C'est *Général*, pour toi, le Fed !

– Jack vous a dit la vérité, général. Je ne travaille pas pour le Gouvernement mais pour un programme de recherches privé.

Le gros homme cessa brusquement de faire les cent pas et s'approcha de Furie, si près qu'il sentait l'odeur de sa sueur et son haleine chargée de bière dès le matin.

– La raison de votre déclin, à toi et à tes copains, c'est que vous sous-estimez les gens comme moi, déclara Kuhns d'une voix sourde et râpeuse, qui jaillissait de lui dans un contrepoint de rauques halètements évoquant la friture d'une émission radio. Vous nous prenez pour des imbéciles. Vous croyez que nous ignorons ce que vous maquillez, vous et les branleurs de tarlouzes qui vous paient. Vous croyez peut-être qu'on ne sait pas que les Nations unies font venir des négros d'Afrique pour aider ceux d'ici à nous voler nos armes et à nous massacrer ? Vous me croyez aveugle ? Vous croyez que je n'ai pas vu les hélicoptères noirs ?

– Je suis persuadé que vous en avez vu des flottilles entières, répondit tranquillement Furie en soutenant son regard. Mais ni moi ni les gens pour qui je travaille n'étions à bord. Votre idéologie politique ne m'intéresse pas plus, pour l'instant, que ce que vous trafiquez avec vos amis et partisans. J'ai déjà interrogé une douzaine de types dans votre genre et tous tiennent à peu près le même discours. Si la vie vous a aigri, ce n'est ni la faute du Gouvernement ni celle des Juifs ou des Noirs.

– Vous êtes un petit mariolle, râla Kuhns en plissant ses yeux fangeux. Il passa brusquement le bras derrière Furie pour s'emparer du questionnaire et de la tablette posés sur le lit :

– Voyons un peu ce que vous avez fait écrire à l'autre crétin.

Jack Kellerman rougit d'embarras et remua légèrement les pieds.

– Floyd, je vous en prie…

– Eh, petit ! T'as laissé un espion des Feds entrer chez moi et, maintenant, tu pleurniches parce que je veux savoir ce qu'il t'a demandé ?

– Il ne m'a pas posé de questions sur le groupe, Floyd, et je ne lui en ai pas parlé.

Floyd entreprit en grommelant de compulser le questionnaire. Au bout de quelques instants, il le déchira en deux et projeta papiers et tablette au sol.

– Wouah, je suis ravi d'apprendre que tu ne mouilles pas ton lit, Jack, déclara sarcastiquement l'obèse avant d'écarter Furie d'une bourrade pour prendre le magnétophone sur le lit de camp. Je tiens à écouter personnellement ce que tu lui as raconté, poursuivit-il.

Furie recula d'un pas, s'interposa entre Kuhns et le lit, et posa la main à plat sur le poitrail en forme de barrique de l'obèse, lui bloquant le passage.

– Je ne crois pas, fit-il d'une voix douce.

Floyd Kuhns parut sincèrement surpris de trouver la main de Brendan sur son sternum. Il la fixa un instant d'un œil incrédule, tandis que sa bouche s'ouvrait et se refermait en révélant des dents gâtées, puis l'écarta brusquement d'une tape.

– Tu ne *crois pas*, hein ? lui beugla-t-il sous le nez. Et en quel *honneur* ?

– Parce que ces informations sont confidentielles. Si vous tenez à écouter ce que dit cette cassette, il faudra en demander à Jack l'autorisation écrite. Ou le prier tout simplement de vous l'exposer de vive voix.

Un nuage écarlate se répandit sur les pommettes charnues de Kuhns.

– Lui demander la *permission* ? Je vais t'exploser la tronche, espèce d'enfoiré !

– J'ai quelques ressources, général.

Kuhns balança un large crochet vers la tête de Furie ; celui-ci fit porter tout son poids sur ses talons, esquivant le poing de l'obèse qui décrivit un large cercle au-dessus de son crâne sans lui faire aucun mal, puis se redressa promptement, arqua les jambes et, des doigts raidis de sa main droite, frappa Kuhns sous le sternum, en plein plexus solaire, pile au-dessus de sa panse monstrueuse. Les poumons asthmatiques du gros homme se vidèrent instantanément de leur air et il hoqueta violemment. Ses yeux s'écarquillèrent, son visage vira au violacé, il se plia en deux puis s'affala sur le lit de camp, en rebondit et se vautra au sol. Furie patienta quelques secondes pendant que l'autre émettait des bruits de succion suffoqués puis s'agenouilla près de lui pour dégrafer son ceinturon et l'aider à reprendre son souffle. Il se redressa vivement et bondit en arrière : Kuhns venait de fendre l'air d'une énorme dague de combat brusquement apparue dans sa main.

– Vous m'avez pris en traître, souffla poussivement l'obèse. Il haletait encore, mais réussit à se relever. On va voir si vous vous battrez aussi bien quand je vous aurai tranché les doigts.

Furie se courba légèrement et recula, sans cesser de fixer la poitrine de son adversaire, pendant que Kuhns agitait son poignard puis le dardait vers lui. Sur ce, le chef de la milice pila tout net et pivota sur lui-même ; la porte du sous-sol venait de s'ouvrir à la volée. Le déclic net et sonore d'un chien qu'on relève résonna avec plus de force encore dans cet espace étroit. Et Kuhns aperçut alors une femme d'une beauté stupéfiante, mesurant plus d'un mètre quatre-vingts, aux cheveux blonds coupés court et aux traits finement ciselés, dont les grands yeux de velours brun ne semblaient trahir aucune émotion. Elle portait des tennis blancs et un ample jogging de nylon bleu. Un Smith & Wesson calibre .38, braqué sur le crâne de l'homme stupéfait, armait son poing au bout de son bras tendu.

– *Par l'enf... ?*

– Les ressources auxquelles je faisais allusion, général, le coupa Furie d'une voix sans timbre. Mes employeurs tiennent à ce qu'elle m'accompagne, car je risque parfois de tomber sur des gens dangereux. Je me demande où ils ont bien pu pêcher cette idée saugrenue. Je peux vous garantir que Marla est aussi mortelle que séduisante. À votre place, je lâcherais ce canif et je reculerais.

Pour toute réponse, Kuhns se contenta de brandir encore plus haut son poignard, tout en s'avançant vers la jeune femme. Dans cette petite pièce, la détonation fit un barouf d'enfer. Kuhns pila net, poussa un grognement et porta la main à son oreille. Son visage afficha une stupéfaction quasi puérile lorsqu'il la ramena devant ses yeux, ensanglantée.

– Elle m'a tiré dessus, piailla-t-il d'une voix nasillarde. Seigneur ! Cette femme m'a tiré dessus !

– Il me semble qu'elle vous a tout juste écorché l'oreille. Elle est encore là, Dieu merci, sans rien dire de la tête à laquelle elle est accrochée. Vous n'avez sans doute pas la cervelle plus grosse qu'un petit pois, mais elle aurait logé une balle dedans sans difficulté. Maintenant, lâchez cette arme et reculez.

Cette fois-ci, Kuhns obtempéra ; mais Marla n'avait pas remisé son automatique dans la poche de son blouson de nylon qu'il écartait les bras et se ruait sur elle en mugissant de fureur, l'écume à la bouche. Marla se contenta d'exécuter un petit pas sur sa gauche, en pivotant légèrement sur elle-même et en arquant l'échine, tel un matador s'apprêtant à esquiver la charge du taureau. Une mêlée confuse, presque indistincte, se produisit lorsque Kuhns atteignit la place où elle se tenait la seconde d'avant. Puis, en judoka chevronné – ce que Furie la savait être – elle mit à contribution les forces combinées de la masse et de l'élan de l'obèse pour l'aider à se propulser contre le mur de ciment qui se dressait derrière elle. Furie fit la grimace : le bruit de l'impact lui avait évoqué celui d'un sac de pommes de terre s'écrasant sur le trottoir depuis le toit d'un immeuble.

Il se dirigea en secouant la tête vers le gros tas de chair puante vautré sur le plancher, inconscient, palpa le pouls du chef de la milice. Une fois persuadé qu'il était encore en vie, il se redressa et constata que Marla avait d'ores et déjà récupéré débris du questionnaire et magnétophone, et lui tenait la porte. Jack Kellerman était toujours planté au même endroit, les mains étroitement jointes devant lui. Il semblait hébété et totalement égaré.

– Nous allons prendre congé, maintenant, Jack, déclara Furie. Merci de votre coopération. Les renseignements que vous m'avez fournis aideront peut-être à préserver d'autres personnes des méfaits que vous avez endurés, votre famille et vous. Veuillez me pardonner si je vous ai causé des ennuis. Bonne chance.

– Monsieur Furie… ?

Brendan se retourna. Il avait déjà pratiquement franchi le seuil.

– Oui, Jack ?

– J'aimerais partir avec vous, souffla le jeune homme.

Furie se renfrogna légèrement.

– Ces gens vous retenaient-ils prisonnier ?

Kellerman secoua la tête.

– En ce cas, je crois que nous devrions emprunter des routes différentes. Nous n'avons pas le temps d'attendre que vous ayez bouclé vos valises.

– Je n'ai rien à emporter. À part les deux cents dollars que vous m'avez remis. Si vous pouviez me déposer dans la prochaine ville, où je pourrais prendre un car ou faire du stop, je vous en serais infiniment reconnaissant.

Jack s'interrompit une seconde puis ajouta :

– Pour tout vous dire, j'aimerais encore m'entretenir avec vous.

Furie sentit la main de Marla sur son épaule. Il se retourna pour plonger le regard dans ses yeux d'un brun profond et elle secoua lentement la tête.

En temps normal, il se serait reposé sur son appréciation, car il avait appris à se fier à l'instinct de la jeune femme, mais, en reportant le regard derrière lui sur la silhouette solitaire plantée au milieu de la pièce, il sentit s'exercer sur lui la puissante attraction du passé. Avant que le cardinal ne le contraigne, pour des motifs politiques, à pratiquer un exorcisme – pour lequel il n'avait pas été formé et auquel il ne croyait pas – sur une jeune fille qui, visiblement, n'était possédée par aucun démon, sinon par la terreur, parfaitement fondée, que lui inspirait l'un des associés de son rupin de père (associé qui couchait avec sa mère tout en la violant elle-même à l'occasion), il se satisfaisait pleinement de son existence et du travail social qu'il accomplissait en sa qualité de prêtre. Son manque de jugement et de courage moral s'était soldé par la mort de la mère, la vérité avait éclaté au grand jour et une hiérarchie ecclésiastique aguerrie, mais extrêmement embarrassée, avait fait de lui son bouc émissaire. De fait, il n'avait jamais réellement regretté la prêtrise ; il n'était plus très sûr de croire en Dieu et avait trouvé de nouvelles satisfactions, ainsi qu'un but à sa vie, dans sa nouvelle carrière de détective privé spécialisé dans les affaires d'adolescents perturbés, tant physiquement qu'affectivement. Puis il avait, un peu à contrecœur, signé un contrat d'exclusivité avec cette bande de rêveurs éveillés qui croyaient pouvoir éradiquer le mal grâce à l'éducation, sauver un monde qui, peut-être, était d'ores et déjà au-delà du salut, et sauver d'eux-mêmes des gens qui ne tenaient pas à l'être, en plantant l'index dans le gigantesque barrage fissuré de la bêtise et de l'irrationalité humaines. C'est en ces moments-là, quand il croisait des individus tels que ce Floyd Kuhns ou avait vent des agissements de ces psychiatres prédateurs, d'une cruauté et d'une cupidité presque incroyables, qu'il se sentait dangereusement près d'être submergé par l'amère impression de perdre son temps : car il les aidait à peindre une toile gigantesque au lieu de s'efforcer de pourvoir aux besoins des gens, ces minuscules virgules noires éparpillées sur le tableau.

– Venez, déclara-t-il en faisant signe au garçon de les suivre. Nous vous déposerons à une gare, ferroviaire ou routière.

Marla forma l'arrière-garde, l'arme à la main, lorsqu'ils quittèrent le sous-sol. Elle s'installa comme d'habitude au volant dès qu'ils atteignirent la voiture et Furie se glissa sur le siège arrière, à côté de Jack Kellerman.

Ils roulèrent sans mot dire pendant près de cinq minutes, traversant des vergers par des routes poussiéreuses, puis le jeune homme reprit la parole :

– Vous parler m'a fait du bien, déclara-t-il à Furie.

Celui-ci hocha la tête.

– Content de l'apprendre.

– Les gens pour qui vous travaillez sont vraiment sérieux, quand ils disent que le monde est dans une merde noire ?

– Pas le monde, Jack. Juste les hommes. Et, oui… ils sont très sérieux.

– C'est une sorte de secte religieuse ?

– Non. Ils croient plutôt en un modèle mathématique.

– Je ne comprends pas.

– C'est un peu compliqué.

Kellerman se raidit :

– Vous me croyez trop bête pour comprendre ?

Brendan secoua la tête en soupirant.

– Je ne comprends rien aux maths, mais je crois leur projection à peu près exacte, si bien que j'ai accepté de travailler pour eux. Ils ont établi un modèle mathématique, appelé la parabole de Triage, qu'on pourrait comparer aux programmes informatiques dont se servent les météorologues pour prévoir le temps, sauf qu'il prédit le comportement humain et ses conséquences. Il s'agit d'une série d'équations très complexes. Les données historiques sont numérisées et les chiffres sont ensuite transformés en équations chargées de prophétiser les événements futurs. Les résultats sont exécrables.

– Le monde court à sa perte ?

– Pas le monde, Jack. Seulement notre espèce.

– Guerre nucléaire ?

– Le modèle ne peut rien prévoir d'aussi précis. En revanche, il prédit pour la prochaine décennie un accroissement très net de la paranoïa, de l'hystérie et de l'angoisse collectives. On atteint une sorte de masse critique puis tout commence à partir en brioche. Des mouvements messianiques surgissent par toute la planète. Un grand nombre de ces groupes rivaux entreprennent de se lancer des armes à la figure… gaz innervants, armes biologiques et même bombes nucléaires, lorsqu'ils réussissent à mettre la main dessus. Nulle règle ne gouverne l'engagement des hostilités puisque chaque groupe s'imagine agir au nom de Dieu. Des gouvernements entiers s'effondrent et, avec eux, les hôpitaux et les laboratoires de recherche médicale. Au cours de la guerre de Sécession, les deux tiers des pertes ont été causées par les épidémies, pas par les blessures au combat. Ça pourrait se reproduire… et ça se reproduira si le modèle est exact. Le programme informatique ne prend pas seulement en compte les virus et les bactéries développés par l'homme, mais aussi de nouvelles épidémies d'origine naturelle libérées par les forêts tropicales dévastées. Le modèle prédit qu'une nouvelle peste noire – toute une série, en fait – s'abattra sur nous et pourrait anéantir jusqu'à quatre-vingt-dix pour cent de la population du globe. Les survivants seraient alors trop peu nombreux et trop éparpillés pour constituer un réservoir génétique viable. La parabole de Triage prévoit notre extinction dès 2035.

– Jésus ! chuchota Jack Kellerman.

– Jésus n'y est pour rien.

– Ça n'a pas l'air de vous angoisser plus que ça.

Furie se retourna dans son siège pour le regarder.

– Écoutez, Jack, répondit-il sans s'émouvoir, ce n'est qu'une hypothèse, alors ne gaspillez pas votre énergie à vous faire du mouron à ce sujet. Tout bien pesé, vous n'êtes responsable que de vos seuls agissements. Alors ce que vous pouvez faire de mieux, c'est encore d'assainir au maximum votre propre existence chaque jour que le bon Dieu fait. Vivez votre vie avec intelligence et oubliez tout ce que je vous ai dit. Les charlatans qui ont découpé votre mémoire en tranches ont bousillé votre enfance et votre famille, et ces cinglés de la milice s'apprêtaient à saboter le reste. J'entretiens des contacts avec de nombreuses organisations qui pourront vous fournir un asile, le temps de vous reposer, vous conseiller et vous aider à remettre votre existence sur rails. Si ça vous tente, je peux passer quelques coups de fil à notre arrivée en ville.

– Oui, répondit Kellerman. J'aimerais beaucoup.

Un silence prolongé s'installa puis il reprit la parole :

– Je dois absolument faire une croix sur mon passé pour prendre un nouveau départ. J'ai quelque chose à vous dire.

– Quoi, Jack ?

– J'étais à Oklahoma City.

Brendan vit les épaules de Marla se tendre légèrement et elle jeta un bref coup d'œil dans le rétro et les miroirs latéraux. Lui-même avait la gorge sèche.

– Le Murrah Building ?

Kellerman détourna les yeux et hocha lentement la tête.

– J'étais prévu dans le planning. Nous l'étions tous. Nous devions prouver notre loyauté à la cause. Les bombes n'étaient pas censées exploser. Mon frère vérifiait une charge à l'intérieur du bâtiment quand elles ont sauté et il a été tué avec d'autres. Je devais en poser une autre la semaine prochaine au palais de justice du comté.

Furie prit une profonde inspiration et exhala lentement son air avant de se retourner pour regarder dans le rétro. La route était déserte derrière eux. Pour l'instant.

– Ça change tout, Jack.

– Je sais.

– Je vais devoir passer d'autres coups de fil, différents de ceux dont j'ai parlé.

– Prévenir les flics du coin ne serait pas très futé, monsieur Furie.

– Je compte appeler le FBI. Votre témoignage spontané pourrait faire très bonne figure au procès et les organisations dont je vous ai parlé consentiront encore à vous aider.

– Vous attendrez avec moi qu'on vienne m'arrêter ?

– Oui.

Marla freina soudain violemment, projetant tant Furie que le jeune homme assis à côté de lui contre le siège avant. Furie se remit rapidement, jeta un coup d'œil en aval et sentit son estomac se nouer. Une voiture de patrouille était rangée en épi en travers de la route et leur bloquait le passage, tous gyrophares allumés. Les mots SERVICE DU SHÉRIF étaient inscrits au pochoir sur ses flancs. Un homme musclé, aux larges épaules, se tenait au mitan de la route, vêtu d'un uniforme d'adjoint du shérif. Il portait un chapeau de Ranger au revers rigide très bas sur le front et sa bouche dessinait un rictus amer. Le fusil à canon double qu'il tenait entre les mains était braqué sur leur pare-brise.

– Oh, Seigneur ! murmura Jack Kellerman.

– C'est un membre de la milice ?

– Ouais.

– Ne bougez pas, ordonna Furie en ouvrant la portière pour descendre de voiture. Marla était déjà dehors.

– Ça ne sert à rien, déclara Kellerman en sortant à son tour derrière Furie. C'est moi qu'il veut.

Furie s'avança jusqu'au milieu de la route et s'arrêta devant leur voiture, pendant que Marla entreprenait de se déplacer lentement vers la droite. Le fusil de l'adjoint épousa le mouvement.

– Reste où t'es, mignonne, lui enjoignit l'adjoint d'une voix basse de rogomme. J'ai entendu parler de toi. Tente le moindre coup fourré avec moi et je te scie en deux.

– Je m'appelle Brendan Furie, déclara à l'adjoint le prêtre excommunié, pendant que Kellerman venait se poster à ses côtés. Il doit y avoir une erreur et vous n'avez nullement besoin de braquer cette arme sur nous. Où est le problème ?

– Il y a effectivement une erreur, l'ami, et c'est toi qui l'as commise. Vous n'arrêtez pas d'en commettre, vous autres les Fédés. Tout comme le fumier de vendu qui se tient à tes côtés.

Kellerman fit un pas timide en avant.

– Je n'ai strictement rien dit, Harry…

– Ta gueule, sale rat, et ne bouge pas ! T'es qu'un foutu menteur ! Ça se lit sur ta gueule ! T'as balancé comme une vraie salope !

L'adjoint fit brusquement pivoter son fusil vers Marla.

– C'est quoi, ton nom, beauté ?

– Marla, répondit Furie. Elle est muette.

Il s'interrompit une seconde puis demanda :

– Et maintenant, on fait quoi ?

– On attend.

Furie jeta un regard par-dessus son épaule et vit s'élever au loin un petit panache de poussière qui arrivait rapidement sur eux. Il se tourna vers l'homme au fusil.

– Vous m'avez l'air d'un type intelligent, adjoint. Vous devriez nous laisser poursuivre notre chemin avant l'arrivée du général Tronche-de-Cake, et ce pour deux bonnes raisons. Il n'était pas de très bonne humeur quand nous l'avons quitté et ça pourrait très mal tourner.

– Vraiment ? grogna l'adjoint. Donne-moi une seule bonne raison, sale enculé de Fédé, lèche-cul des cocos !

– Nous garder ne vous avancerait à rien. Je ne suis pas agent fédéral mais détective privé et Marla et moi travaillons pour des gens qui ont le bras long. Si vous nous tuez, je peux vous garantir qu'on cherchera à nous retrouver. La presse interviendra.

– T'es qu'un foutu sac à merde, le Fed. Et la presse coco peut bien aller se faire foutre.

– Ce n'est ni des journaux ni de la télévision que vous devez vous inquiéter, adjoint. Nos employeurs savent exactement où nous trouver, Marla et moi, et pourquoi nous sommes là. Ils savent tout de votre organisation. Si je n'ai pas fait mon rapport dans six heures, vous nagerez bientôt jusqu'aux yeux dans les agents fédéraux, les vrais. Vous et le général Tronche-de-Cake. Tuez-nous et vous obtiendrez précisément le résultat que vous redoutez le plus.

– On n'a pas peur des Feds, affirma l'adjoint, d'une voix néanmoins teintée d'une certaine hésitation. Et ta seconde raison ?

Furie jeta un coup d'œil derrière lui. Le nuage de poussière s'était sensiblement rapproché ; il n'était plus qu'à quatre ou cinq kilomètres environ. Furie se retourna et montra du doigt la statuette du Christ en plastique perchée sur le tableau de bord de la voiture de patrouille.

– Êtes-vous chrétien ?

L'adjoint cracha à terre.

– Bien sûr que oui. J'ai la tête d'un Juif, peut-être ? Je n'ai connu que des chrétiens toute ma vie.

– Catholique ?

L'autre plissa les yeux.

– Ouais. Et alors ?

– Je suis prêtre. Ou je l'étais, tout du moins. Je suis un homme de Dieu. Tuez-moi ou tuez quelqu'un sous ma protection et vous aurez commis le pire des péchés mortels. Votre âme sera damnée.

– « Étais »… Ça ne compte pas, fit observer l'adjoint d'une voix mal assurée.

– Êtes-vous suffisamment persuadé que je n'en suis plus un aux yeux de Dieu pour risquer votre âme immortelle ? Réfléchissez-y. La décision que vous allez prendre, dans la minute ou les deux minutes qui suivront, pèsera lourdement dans la balance : soit vous passerez l'éternité au Paradis, à la droite du Seigneur, soit vous endurerez les flammes de l'Enfer en compagnie de Satan. Tourments éternels ou béatitude éternelle. Que choisissez-vous, adjoint ? Souvenez-vous que Dieu vous tiendra pour responsable, si jamais le général Tronche-de-Cake nous nuit.

– Nous sommes les soldats du Christ, assura l'autre en se léchant les lèvres. Nous nous battons pour la nation de Dieu et Il est avec nous.

Furie inspira une longue goulée d'air et réprima une colère et un désespoir nauséeux.

– Que savez-vous de l'Extase, adjoint ?

L'autre fronça légèrement les sourcils.

– C'est quoi ?

– Un tas de bons chrétiens de ce pays, dans votre genre, croient que nous arrivons à la Fin des Temps. La bataille finale d'Armageddon pourrait se déclencher d'un moment à l'autre. Au lieu d'agents fédéraux, vous pourriez vous retrouver en train de combattre les démons de l'Enfer… et eux ne font pas de prisonniers. Le Christ va revenir rétablir le royaume de Dieu sur Terre, mais les méchants ne seront anéantis qu'ensuite. Et ce que vous faites est mauvais, adjoint. Je vois, à la statuette du Christ posée sur votre tableau de bord, que vous êtes un homme pieux, et qu'avant de nous arrêter vous aviez de fortes chances d'être Ravi, enlevé de la surface du globe pour vous asseoir à côté du Christ jusqu'à la fin de la bataille et Son Avènement. Mais rien de tel ne se produira si vous tuez un homme de Dieu et ceux qui l'accompagnent. Dans une seconde, en prenant cette seule mauvaise décision, vous risquez de renoncer définitivement au paradis et d'acheter un billet sans retour pour l'enfer. Réfléchissez-y mûrement, adjoint.

Le doute, puis la peur elle-même, peut-être, passèrent dans les yeux de son interlocuteur, mais il était trop tard pour qu'il les laissât filer. Une camionnette rouge cabossée venait de freiner en dérapant, dans un couinement de freins, et d'éclabousser le bas-côté d'une gerbe de cailloux. Floyd Kuhns en jaillit et claudiqua jusqu'à eux. Le sang ruisselait toujours de son oreille éraflée par la balle et sa figure était un patchwork de bleus et d'ecchymoses. Son nez brisé était de travers et ses deux yeux déjà au beurre noir.

– Mon Dieu, Floyd ! s'exclama l'adjoint d'une voix sourde. Que t'est-il arrivé ?

– Ta gueule ! aboya Kuhns en levant le .357 Magnum qu'il tenait à la main, pour viser Marla. Tu lui as pris son flingue ?

– Je ne me rappelle pas t'avoir entendu dire qu'elle en portait un.

– T'as vraiment la cervelle en fromage blanc, Harry, grogna le chef de la milice en s'avançant lentement vers Marla, sans cesser de braquer son arme sur sa poitrine. Avance d'un pas et colle-lui ton fusil sur le crâne. Au moindre hoquet, fais-lui sauter la cervelle.

– Floyd… ?

– *Obéis !*

L'adjoint se rapprocha de Marla et posa l'extrémité des deux canons de son fusil contre sa tempe droite, pendant que Kuhns, avec un luxe infini de précautions, plongeait la main dans la poche de son blouson de nylon pour récupérer l'automatique qu'elle y avait rangé. Puis il la frappa en pleine bouche. Marla s'effondra et resta étendue à terre ; le sang dégoulinait de sa lèvre inférieure fendillée, mais Furie, bien que la jeune femme eût les yeux fermés, ne s'y fia pas. Il fit un premier pas dans sa direction puis pila net en voyant fusil et .357 Magnum pivoter brusquement vers lui.

– Écoutez-moi bien, tous les deux, fit-il d'une voix calme mais véhémente. Arrêtez avant d'avoir creusé votre tombe. Ni Marla ni moi ne sommes des agents fédéraux venus vous espionner. Je suis venu parler à Jack de son passé. Pas de vous. Allez plutôt écouter la cassette dans la voiture et vous verrez qu'il ne parle que de sujets très intimes… sa famille et lui. Si vous nous tuez, c'est sur toute votre organisation qu'on tirera la chasse, immédiatement après vous. Vous serez arrêtés et exécutés. Si vous avez quelque chose à cacher, ce n'est pas ainsi qu'il faut vous y prendre.

– On devrait peut-être l'écouter, Floyd, déclara l'adjoint en lorgnant du coin de l'œil le chef de la milice. Il dit peut-être vrai.

– T'as la cervelle en fromage blanc, Harry, je te l'ai déjà dit. Même s'il n'y a rien de compromettant sur la cassette, qu'est-ce qui te prouve qu'il n'a pas déjà bavé dans la voiture ? Comment sais-tu que ce pourri de vendu ne nous balancera pas quand on les aura laissés filer ? L'enjeu est trop important. Descends-les !

– N'oubliez pas que vous jouez votre âme, adjoint, souffla Furie. De quel côté de la barrière souhaitez-vous vous trouver lorsque viendra la Fin des Temps ? Réfléchissez-y.

– J'en sais trop rien, Floyd, fit l'adjoint d'une voix hésitante, en secouant la tête. On devrait peut-être encore en discuter.

– Discuter de quoi ? rugit Kuhns en postillonnant des gouttelettes de sang.

– On ferait peut-être mieux de les laisser partir, comme dit ce type. Il a été prêtre et il sait des choses qu'on ignore. Il dit que Jésus pourrait revenir bientôt et qu'on sera tous jugés. Le moment est peut-être mal choisi pour tuer des gens.

– T'es qu'un *pauvre crétin*, Harry ! Ce mec a essayé de te laver le cerveau avec des fariboles religieuses pour te détourner de ta mission. Ce qu'a ordonné Dieu, c'est qu'on se débarrasse du gouvernement fédéral, pour qu'il arrête de nous pourrir la vie et de nous confisquer nos armes ! Descends-les, maintenant.

– Je… je crois pas que j'y tienne, Floyd.

– Eh bien, je vais m'en charger moi-même ! aboya Kuhns en braquant son Magnum sur la poitrine de Furie.

– Ne faites pas ça, Floyd ! s'écria Jack Kellerman en s'interposant d'un bond devant Brendan, au moment où Kuhns déchargeait son revolver. La balle chemisée de Téflon traversa le corps du jeune homme et Furie sentit une sorte de tiraillement sur la manche de sa veste quand elle en transperça l'étoffe. L'instant suivant, Floyd Kuhns laissait tomber son arme et agrippait à pleines mains, en gargouillant, le poignard qui saillait de sa gorge. Le sang jaillissait de sa jugulaire et ruisselait de son nez et de sa bouche. Il pivota très lentement sur son axe puis ses genoux le trahirent et il s'effondra.

Furie baissa les yeux sur le jeune homme à la poitrine trouée d'une balle et comprit immédiatement que Jack Kellerman était mort. Il coula un regard vers Marla, qui s'était relevée. Son visage n'avait rien perdu de son impassibilité habituelle. La manche gauche de son blouson était retroussée jusqu'au coude, dévoilant un fourreau de poignet vide. Furie alla se poster devant le corps gisant de Floyd Kuhns : ses yeux écarquillés étaient aveugles, comme ils l'avaient été toute sa vie durant.

– Oh, merde ! fit l'adjoint d'une voix sourde et étranglée. Oh, mon Dieu, comment je vais justifier ça ?

– On s'expliquera ensemble devant les autorités, lui promit Furie en le scrutant. L'essentiel, c'est que vous n'ayez assassiné personne aujourd'hui.

L'homme secoua la tête et fit la grimace – une sorte de rictus angoissé.

– Tout va se savoir. Je vais me retrouver au trou. Mauvaise limonade. J'ai une femme et des gosses.

– Posez votre arme, adjoint, et écoutez-moi. Deux personnes sont déjà mortes. Ça suffit comme ça. Votre âme n'est nullement chargée de ce péché.

L'autre secoua de nouveau la tête. Ses yeux étaient vitreux, tout d'un coup.

– Je vais vivre un enfer, Prêtre. Je ne peux pas les laisser faire de moi un fumier de vendu, ni non plus me jeter en prison. On ne tarderait pas à m'y crever. Faut que je fasse ce que j'ai à faire.

Pendant que Furie le distrayait, Marla l'avait subrepticement contourné par l'arrière, mais l'adjoint sentit sa présence. Il pivota brusquement sur lui-même et la coucha en joue. Furie ramassa d'un geste vif le Magnum qu'avait lâché Floyd Kuhns, visa et tira. Le recul de l'arme était monstrueux et elle caracola dans sa main, mais il avait visé juste. L'adjoint déchargea son fusil dans le sol ; la balle l'avait frappé à la joue droite, juste sous l'œil, et lui avait fait sauter le caisson.

Furie jeta le Magnum à terre puis se plia en deux et vomit. Haletant et suffoquant, c'est à peine s'il avait conscience de la présence de Marla, qui venait de s'agenouiller à côté de lui et entreprenait déjà d'essuyer, d'un pan de son blouson, les empreintes laissées sur le manche du poignard planté dans la gorge de Kuhns. Elle passa ensuite à la poignée du Magnum. Furie s'épongea la bouche puis gagna la voiture de patrouille d'un pas chancelant. Il ouvrit la portière et passait déjà la main à l'intérieur pour s'emparer de la radio quand la main de Marla lui agrippa fermement le poignet. Il releva les yeux pour la regarder et elle secoua lentement et résolument la tête, exactement comme elle l'avait fait dans ce sous-sol quand Jack Kellerman les avait suppliés de l'emmener. Elle frotta la poignée de la portière puis se dirigea vers sa voiture.

Cette fois-ci, il suivit son conseil.

Titre original : *Lethal Beliefs*

4

Ville modèle

– Dois-je vous appeler mon père ?

– Non. Mon nom est Brendan Furie.

Le père Gary Walsh esquissa un timide sourire, remua sur sa chaise dans son petit bureau dépouillé puis passa sa main en arrière dans son épais brushing brun, qui le faisait paraître plus jeune encore que ses vingt-quatre ans.

– Le bruit de votre arrivée en ville s'est rapidement répandu. J'ai appris que vous aviez été prêtre, mais qu'on vous a excommunié et que vous êtes désormais un détective privé affecté à une mission bien spécifique.

– Votre histoire me semble autrement fascinante, père Walsh. C'est d'elle que nous devons parler.

Le jeune curé rougit.

– Bien sûr. Je ne cherchais pas à vous tirer les vers du nez.

Il se leva brusquement, tendit une main rose et replète et poursuivit :

– Appelez-moi père Gary. Comme tout le monde.

– Ravi de vous rencontrer, père Gary. Je vous remercie de votre coopération. Vous paraissez nerveux. C'est bien inutile.

– Je ne le suis pas, répondit promptement son interlocuteur en se laissant tomber sur sa chaise plutôt qu'il ne s'assit dessus.

– Très bien. Tant mieux.

– Je suis seulement fort étonné que le père Reilly vous ait donné la permission de m'interroger… Bref, il m'a bien fait comprendre que je devais répondre à vos questions.

– C'est la première personne que j'ai interrogée, la semaine dernière. Et j'ai également questionné vingt-quatre de vos paroissiens, qui ont vu pleurer la Madone ou ont été témoins d'autres miracles similaires.

– Ils sont bien plus de vingt-quatre.

– C'est un nombre suffisant pour constituer le panel dont j'ai besoin. Dans la mesure où vous avez entamé la série d'événements extraordinaires qui se sont déroulés à Craiggville au cours des trois derniers mois, je me suis dit que je devais terminer par vous. Qu'est-ce qui vous étonne à ce point ?

Le curé s'agita de nouveau fébrilement sur son siège et tripota son col romain.

– C'est le père Reilly lui-même qui m'a exhorté, sur ordre de l'évêque, à cesser de parler aux journaux. Le second a lui-même décliné l'offre d'un médium. D'un chercheur qui se proposait de venir vérifier sur place s'il s'agissait de miracles authentiques ou d'un canular.

– Je ne suis pas chargé d'authentifier ni de démystifier quoi que ce soit, père Gary. Mais de recherches sur le terrain, par un groupe qui étudie le comportement humain dans le cadre d'événements hors du commun, tels que ceux qui se sont produits ici. Je ne porte aucun jugement sur les événements eux-mêmes, raison pour laquelle, sans doute, votre évêque et votre supérieur ont consenti à collaborer. Vous ne devriez pas prendre trop à cœur leurs réactions antérieures. Vous devez comprendre que, du point de vue de l'Église, cette affaire de miracles les met dans une position fausse. Soit elle affirme qu'il s'agit bien d'un miracle et se ridiculise si l'affaire se révèle ensuite une escroquerie, soit elle conclut au canular et décourage ceux de ses fidèles qui ne sont retournés dans son sein que parce qu'ils avaient cru au prodige. D'ordinaire, l'Église se garde bien de prendre parti. C'est d'ailleurs le cas en l'occurrence. On m'a autorisé à interroger les croyants, mais je ne peux pas me prononcer sur la croyance en soi.

– Ils ont déjà découragé et repoussé les fidèles, répondit Gary Walsh d'une voix haut perchée teinte d'une certaine amertume. Au cours des premières semaines qui ont vu se produire ces miracles, des milliers de gens ont afflué chaque week-end vers Craiggville. L'église était noire de monde à chaque messe et l'on ne savait même plus où mettre les gens. À tel point que nous avons dû installer des haut-parleurs sur la pelouse du parvis et dans le parking. Plus de dix mille personnes ont débarqué, un dimanche. Toutes les routes et les autoroutes étaient embouteillées dans les deux sens. C'est là que l'évêque a décidé d'un black-out publicitaire. Aujourd'hui, nous sommes pratiquement revenus à la case départ : une bourgade agonisante et un quart à peine des bancs occupés à la grand-messe. On aurait pourtant pu se dire que l'Église souhaiterait informer le monde entier que Dieu nous envoie un signe.

Brendan scruta son vis-à-vis – lequel semblait avoir un certain mal à soutenir son regard – quelques instants, puis répondit d'une voix neutre :

– Vous paraissez néanmoins prendre les choses personnellement. Au cours des deux derniers siècles, l'Église n'a reconnu qu'une douzaine de cas de madones éplorées ou d'apparitions de la Vierge. Moins que n'en a produit le New Jersey en un an.

Le prêtre lorgna Brendan du coin de l'œil.

– Qu'a-t-il dit ?

– Qui ça ?

– Le père Reilly ?

– Eh bien, entre autres, que votre madone pleure tellement qu'il se voit contraint d'employer une femme de service pour passer la serpillière chaque matin.

– Et sur moi ?

– Ce que les gens me confient reste strictement confidentiel, mon père. Je n'aurais sans doute pas dû non plus vous faire part de ce que je viens de vous dire.

– Mais tout le monde sait que cette madone pleure sans arrêt.

– En effet.

– Vous pouvez le vérifier par vous-même.

– C'est fait.

Le père Gary Walsh déglutit sèchement puis s'humecta les lèvres :

– Très bien. Que vouliez-vous me demander ?

Brendan ouvrit le porte-documents qu'il avait emporté, en sortit un petit magnétophone et un questionnaire de cinq pages, et posa le tout sur le bureau, devant le curé.

– De fait, je préférerais m'abstenir de vous poser trop de questions. J'aimerais mieux que vous remplissiez ce questionnaire puis que vous narriez votre version pour ce magnétophone. Prenez tout votre temps.

Walsh hocha la tête et attira le questionnaire à lui. Brendan s'assit dans la seule autre chaise présente, se rejeta en arrière, croisa les jambes et attendit que son interlocuteur eût terminé de feuilleter le questionnaire.

– Certaines de ces questions sont très intimes, se plaignit le jeune prêtre, le visage écarlate. De fait, si j'avais commis certains de ces actes, j'aurais péché.

– Nous péchons tous, mon père, et aucun des aveux que vous confierez à ce document ne menacera le salut de votre âme. On vous assignera un numéro de code et votre nom n'apparaîtra sur aucun rapport. Il est essentiel que vous répondiez à toutes les questions. Si vous vous en sentez incapable, j'aimerais autant mettre fin à cette interview.

– Je dois le faire, marmonna le prêtre. Le père Reilly m'a clairement signifié de coopérer.

– Ce qui se passe entre ces quatre murs restera entre vous et moi.

Walsh secoua la tête puis voûta les épaules et entreprit de cocher avec rapidité les cases du questionnaire. Lorsqu'il eut terminé, il le poussa vers le bord du bureau. Brendan se leva, le glissa dans son porte-documents puis se tourna vers le magnétophone et l'alluma. Il attendit, pendant que le curé fixait l'appareil. Walsh se gratta la gorge à plusieurs reprises, mais resta coi.

– Père Gary…

– Je… euh… Je ne sais pas par où commencer.

Brendan décroisa les jambes et se pencha en avant, les coudes sur les cuisses.

– Père Gary, articula-t-il d'une voix neutre, vous êtes entré dans votre église voilà trois mois, et vous avez vu pleurer la Vierge de l'abside, hors du saint des saints. La statue continue d'ailleurs de pleurer… à seaux, littéralement. Depuis, vous avez été victime de stigmates à deux reprises.

La madone de la maison de vos parents pleure également. On trouve des madones éplorées partout où vous passez. Depuis ce premier incident, vous avez effectué des dizaines de guérisons miraculeuses et des dizaines d'autres l'ont été en votre nom. Partout en ville, des gens ont été témoins d'apparitions de la Sainte Vierge et deux familles ont vu le soleil se mettre à tournoyer en irradiant les couleurs de l'arc-en-ciel. Six meurtres ont été commis à Craiggville, soit trois fois plus que dans toute la décennie précédente, et l'on a assisté à une vague de suicides parmi les adolescents. Dans la mesure où…

– Les meurtres et les suicides ne peuvent en aucun cas être assimilés à des signes adressés par Dieu !

– … tout cela s'est produit depuis que vous avez vu votre première Vierge en pleurs, il me semble que vous pourriez évoquer pendant des heures vos expériences et vos impressions.

– C'est juste… un peu difficile. Vous devriez peut-être me poser des questions ?

– D'accord. Racontez-moi comment ça a commencé.

– Je suis entré dans l'église un matin et j'ai vu que la Vierge pleurait, répondit le prêtre en détournant les yeux.

– Et… ?

– Je suis allé trouver le père Reilly et je l'y ai conduit pour le lui montrer. Il ne savait pas trop quelle conclusion en tirer. Le même phénomène s'est reproduit le lendemain.

– Puis vous avez commencé à souffrir de stigmates.

– Oui.

– À deux reprises. La dernière fois, vos paumes se sont mises à saigner alors que vous prononciez une homélie devant vos ouailles.

– Oui.

– Et… ?

Le curé haussa les épaules.

– Le bruit s'en est répandu. Des journalistes ont commencé à venir m'interviewer puis des milliers de gens sont arrivés en ville pour voir la Madone.

– Ensuite, c'est chez vos parents que la Vierge s'est mise à pleurer. Puis il y en a eu d'autres. À ce qu'il semble, les Vierges fondent en larmes partout où vous passez.

– Oui.

– Et… ?

– Le père Reilly m'a annoncé que l'évêque désapprouvait toute cette publicité et tous ces regards tournés vers nous, les jugeant malsains. Je comprends mal pourquoi. Je devais cesser de donner des interviews et l'on m'interdisait provisoirement de dire la messe. Depuis, les gens ont cessé d'affluer en masse à Craiggville et à l'église.

– Mais les Vierges continuent de pleurer ?

– Oui.

Brendan patienta un instant, mais le jeune prêtre au brushing fixait le dessus de son bureau sans mot dire.

– C'est tout ? Vous n'avez rien à ajouter ?

Gary Walsh secoua la tête.

– Très bien, père Gary, poursuivit Brendan en se levant, avant d'éteindre le magnétophone pour le ranger dans son porte-documents. Merci de m'avoir accordé un peu de votre temps.

Walsh releva brusquement les yeux et Brendan fut surpris d'y lire ce qu'il prit pour de la peur.

– Qu'y a-t-il, mon père ?

– Je peux vous parler ?

Brendan réprima un sourire.

– Bien sûr. C'est précisément ce que j'attends de vous, mon père.

Le prêtre montra le porte-documents entrebâillé de Brendan.

– Sans… cela.

– Est-ce personnel ou bien relatif à ce qui s'est passé à Craiggville ?

– C'est… euh… les deux.

– Alors je dois enregistrer vos paroles.

– Y êtes-vous contraint ?

– Si elles ont un rapport avec ces phénomènes considérés comme des miracles, oui, mon père. C'est la raison même de ma visite. Et mon travail.

– Mais vous m'avez promis que ça resterait confidentiel.

– Absolument.

– Comme la confession.

– Non, mon père, pas comme la confession. Ces cassettes ne bénéficieront pas comme la confession d'une protection légale, mais je vois mal en quoi ce serait utile. Je peux vous garantir l'anonymat. Elles seront retranscrites dans un compte rendu écrit, joint aux réponses que vous aurez fournies au questionnaire. Puis votre nom en disparaîtra. Certaines personnes chargées de contrôler l'exactitude de mon travail entendront certes votre voix, mais elles ignoreront votre identité.

Le jeune prêtre était blême. Il médita ces paroles en se léchant les lèvres puis finit par opiner. Brendan ressortit le magnétophone, le ralluma et le reposa sur le bureau. Gary Walsh se leva, se dirigea vers le fond de la pièce et baissa légèrement la tête.

– Craiggville est au bord de la faillite, déclara-t-il en s'adressant au mur.

– Je sais, répondit Brendan d'une voix neutre.

– Sa seule ressource est l'exploitation des mines de charbon. Nous nous débrouillions encore relativement bien voilà deux ans, avant que ces nouvelles lois sur la protection de l'environnement n'entrent en vigueur. Le charbon d'ici recèle une trop haute teneur en soufre pour satisfaire les nouveaux critères environnementaux et l'on a dû fermer les mines. Des centaines de personnes ont perdu leur emploi. Une fois leurs indemnités de licenciement épuisées, elles ont dû se tourner vers le chômage. Il ne restait plus assez d'argent pour alimenter les autres commerces en ville. Les gens commençaient à perdre la foi.

– Et vous avez donc décidé d'y remédier ?

– Dieu en a décidé ! se récria Walsh d'une voix soudain ferme et sonore. Il se retourna brusquement vers Brendan. Ses yeux étincelaient.

– J'ai fait un rêve, Brendan. Je n'avais encore jamais fait ce genre de rêves… Il était si clair, si réel. Dieu me parlait. Il me demandait d'adresser aux habitants de Craiggville un signe qui leur rendrait l'espoir et étayerait leur foi… D'être Son messager.

– Et vous avez falsifié les larmes de la Vierge ?

– Non ! s'exclama le curé en secouant si vigoureusement la tête que ses cheveux retombèrent le long de ses joues. Ses joues qui avaient recouvré leur couleur.

– On ne peut traiter de « falsification » ce qui est la volonté de Dieu.

– Vous avez mouillé les yeux et le visage de la Vierge parce que Dieu vous l'avait ordonné ?

– Oui.

– Combien de fois ?

– Deux fois. Ensuite, Dieu s'est chargé Lui-même de perpétuer le signe.

– Et pour vos stigmates ? Dieu vous a-t-il aussi ordonné de recourir à l'hémoglobine ?

– C'était du vrai sang. Je me suis coupé avec du verre. Puis les gens du coin ont commencé de présenter d'authentiques stigmates.

– Les guérisons miraculeuses ?

– Elles se sont réellement produites. Je connais ces gens. Ils étaient réellement malades. Je leur ai imposé mes mains et leur état de santé s'est amélioré. Je vous jure que c'est la vérité, Brendan.

– Je vous crois, mon père, répondit calmement Furie en coupant le magnétophone avant de le ranger dans sa serviette, qu'il boucla d'un geste sec.

– Brendan…

– Autre chose, père Gary ?

Le curé se rapprocha de Brendan :

– Ça ne marche pas comme ça devrait, ajouta-t-il d'une toute petite voix.

– De quoi voulez-vous parler ?

– Au début, tout se passait exactement comme Dieu le souhaitait. L'église était comble tous les dimanches ; les gens affluaient en ville et dépensaient leur argent. Dieu nous souriait. Puis l'évêque et le père Reilly ont essayé de décourager le public de croire en ces miracles. Ils ont rejeté les signes de Dieu et Il a détourné de nous Son visage.

– Ce n'est pas à moi qu'il faut le dire, mon père.

– Vous êtes célèbre. On vous fait confiance. Si vous affirmiez que vous croyez en la réalité de la plupart de ces miracles, les gens…

– Je ne peux pas faire une chose pareille, père Gary.

– Pourquoi ? Je vous jure que c'est vrai. La Vierge continue de pleurer. Vous l'avez vu de vos yeux.

– C'est à vous que Dieu s'est adressé, père Gary, pas à moi. Je ne peux pas expliquer aux gens en quoi ils doivent croire ou ne pas croire. Je ne peux que faire mon travail, et m'abstenir d'exprimer mon opinion personnelle sur les phénomènes que j'observe en fait partie. Vous allez devoir trouver vous-même le moyen de traiter avec les forces, bonnes ou mauvaises, que vous avez déchaînées.

Le prêtre soupira puis tourna les talons pour regagner son bureau, derrière lequel il s'assit, le visage enfoui entre les mains. Brendan s'approcha de lui, posa la main sur son épaule puis fit volte-face et sortit du bureau en refermant la porte derrière lui.

Marla l'attendait dans le saint des saints. Plantée dans une travée latérale, la tête renversée et les mains croisées derrière le dos, la sculpturale blonde aux yeux de velours marron de près d'un mètre quatre-vingt-dix étudiait un vitrail dépeignant une des stations du chemin de croix. Elle avait l'air d'une inoffensive lycéenne avec sa jupe courte écossaise et son corsage jaune, et rien en elle ne trahissait ses mortelles aptitudes.

Quelqu'un d'autre l'y attendait. Le père John Reilly, homme d'une cinquantaine d'années au port imposant, au visage empreint de bonté et à la calvitie naissante, se leva du banc du premier rang lorsque Brendan pénétra dans le saint des saints par la petite porte située près de l'autel.

– Puis-je vous parler, Brendan ?

– Bien sûr, mon père, répondit Furie avec un sourire, tout en le priant d'un geste de se rasseoir. Puis il prit place à côté de lui.

– Que puis-je faire pour vous ?

– J'aimerais un conseil.

Brendan se tourna vers son interlocuteur, qui regardait un crucifix accroché au mur derrière l'autel, droit devant lui.

– Je vois mal en quoi je pourrais vous conseiller utilement, déclara-t-il sereinement.

– Je ne vous connais que depuis une semaine, Brendan, mais, à mes yeux, vous resterez toujours un prêtre.

– Je prends cela comme un compliment. Merci, mon père.

– Et un très bon prêtre. J'ai peine à croire qu'on ait pu vous excommunier.

Brendan ne répondit pas.

– Craiggville est une ville très perturbée, Brendan. Certains des événements qui s'y sont déroulés sont néfastes.

– En effet. Le meurtre et le suicide le sont toujours.

– Croyez-vous vraiment que des miracles s'y soient produits ?

– Je ne saurais répondre à cette question, mon père.

– Mais vous avez bien un avis ?

– Je ne suis pas autorisé à me prononcer.

– Je ne sais plus quoi faire, Brendan. Les événements échappent à mon contrôle. J'ai l'impression d'être piégé au beau milieu d'un tourbillon de forces adverses très puissantes.

– Ce n'est pas votre place, mon père. Vous devriez prendre la tête. Les gens attendent que vous vous prononciez, ils guettent vos réactions. Le silence n'est pas une position viable.

– Je ne sais pas comment m'y prendre, Brendan. Je me retrouve avec, d'un côté, un jeune prêtre qui fait pleurer les statues de la Vierge partout où il passe et, de l'autre, une hiérarchie ecclésiastique qui crève de peur que toutes ces histoires de miracle finissent par se retourner contre elle et ne désire qu'une chose, passer l'éponge sur toute cette affaire. Mais s'il s'agissait réellement de miracles, de signes envoyés par Dieu pour manifester Sa présence ? Comment pourrions-nous les ignorer ? Est-il bien juste d'encourager les gens à ne pas croire aux miracles ?

– Je ne vois pas l'intérêt de la chose.

Le prêtre se tourna vers Brendan pour le dévisager, les sourcils légèrement froncés.

– Je ne comprends pas.

– Des millions d'enfants pleurent partout dans le monde, mon père. J'en ai vu plus que mon lot. Ils ne sont pas de plâtre, eux. Ils pleurent de faim, de douleur, de maladie et de peur.

– Donc, vous ne croyez pas que des miracles se soient produits dans cette ville ?

– Je n'ai pas dit cela, mon père.

– Vous ne semblez guère impressionné.

– Bien au contraire. Les événements de Craiggville m'ont énormément impressionné. Mais s'Il, ou Elle, devait réellement nous adresser un signe de Sa présence, je préférerais que ce fût une manne céleste, des vivres ou des médicaments pour ces gosses, plutôt que des statues en larmes. Un traitement contre le sida, par exemple.

Son aîné le fixa longuement, puis un sourire fendit son visage ovale.

– Il me semble que vous venez de me fournir le thème de mes prochaines homélies.

– Je ne serai plus en ville pour les entendre et je le regrette.

– Je…

– Excusez-moi de vous interrompre, mon père, mais je dois parler à ce monsieur.

Brendan releva les yeux vers le groupe d'hommes qui venait brusquement de se matérialiser devant eux. Celui qui s'était adressé au père Reilly donnait l'impression d'être leur chef et avait entre trente et quarante ans ; il était maigre, avec des yeux gris au regard dur, et mesurait un peu moins d'un mètre quatre-vingts. Ses cheveux étaient lissés sur le côté pour couvrir sa calvitie. Il avait des lèvres étroites et le nez rouge d'un gros buveur.

– Veuillez me pardonner, Brendan, murmura John Reilly en se levant tout à trac pour s'éloigner promptement, sans même faire mine de les présenter.

– Vous êtes Brendan Furie, affirma l'homme au regard dur. Frank York. Je suis le diacre de cette église. Ces hommes sont des amis à moi.

Brendan se leva pour lui serrer la main ; il jeta un coup d'œil par-dessus l'épaule de l'autre homme et constata que Marla s'était retournée pour les observer. Une fillette de quatre ou cinq ans était assise toute raide sur un banc, de l'autre côté de la travée, les mains croisées sur les genoux. L'enfant était joliment habillée d'une robe blanche et de chaussures basses, mais ses deux jambes s'ornaient de sparadrap et elle portait à la joue gauche une marque ressemblant à une ecchymose.

– Que puis-je faire pour vous, monsieur York ?

– J'ai appris que vous posiez des questions sur les miracles qui se sont produits dans les parages.

Le tranchant râpeux de sa voix déplut instantanément à Brendan.

– Vous avez parfaitement compris, monsieur York.

– On dit que vous êtes très connu.

– Vraiment ? Je vois mal pourquoi.

– Que venez-vous faire ici ?

– Parler au père Reilly.

– À Craiggville, je veux dire ? Pourquoi posez-vous toutes ces questions ?

– Je mène une enquête d'information sur la façon dont les gens réagissent à ces Vierges en pleurs.

L'œil de Brendan surprit un mouvement de l'autre côté de la travée et vit avec stupéfaction la fillette se lever de son propre chef pour se diriger vers Marla. Elle lui adressa quelques mots et la blonde la souleva, la prit dans ses bras et entreprit de caresser sa joue meurtrie. York se retourna et rougit de fureur.

– Hé, toi ! beugla-t-il. Ce n'est pas ta gosse ! Repose-la !

Marla hésita puis étreignit l'enfant et la reposa au sol. Manifestement terrifiée, la petite fille regagna sa place en courant et croisa de nouveau les mains sur les genoux.

– J'aimerais qu'on cause, vous, mes amis et moi, Furie, reprit Frank York en se retournant vers Brendan.

On a un tas d'histoires à vous raconter sur ces miracles. En ma qualité de diacre, je passe beaucoup de temps dans cette église. Il m'est même arrivé d'entendre la Vierge sangloter en m'appelant par mon nom.

– Passionnant, monsieur York. Je suis persuadé que vous avez des choses fascinantes à raconter. Apparemment, des centaines d'habitants ou de visiteurs de Craiggville ont vu pleurer la Vierge. J'ai déjà parlé à bon nombre d'entre eux et je dispose de toutes les interviews dont j'ai besoin. Mais je vous sais gré de votre témoignage spontané.

– Vous allez en répandre la nouvelle, n'est-ce pas ? Écrire des articles sur les miracles qui se sont produits ici et en parler aux journalistes ?

– Non, monsieur York. Ce n'est nullement le cas.

L'expression intriguée de York fit place à un masque colérique.

– À quoi bon poser toutes ces questions, en ce cas ?

– Je me livre à un travail universitaire, répondit Brendan en consultant sa montre. Veuillez m'excuser. Je dois filer.

Il capta le regard de Marla et tous deux longèrent promptement deux travées parallèles pour se retrouver au fond de l'église et en sortir de conserve. Brendan sentit une main lui empoigner brutalement l'épaule pour le faire pivoter. Il se retrouva en train de dévisager un Frank York furibond, le serrant de si près qu'il sentait son haleine chargée de bière dès le petit-déjeuner. Ses amis se tenaient à quelques pas, à l'entrée de l'église, et semblaient affreusement embarrassés.

– N'espérez pas me tourner le dos comme ça, Furie ! Je comptais vous parler des miracles dont j'ai été témoin ! Les habitants de cette planète ont le droit de savoir ce qui se passe ici, et vous êtes une huile… Ils vous écouteront !

– Je vous ai déjà tourné le dos, monsieur York, répondit calmement Brendan. Et je m'apprête à recommencer.

Il fit mine de joindre le geste à la parole, mais York l'agrippa par le plastron.

– Écoute voir, la grosse tête… !

Et ce fut tout ce qu'il réussit à articuler : Marla fit brusquement un pas en avant, lui empoigna le coude et comprima de ses doigts la grappe de nerfs qui s'y nichait. Les yeux gris et furieux de York s'écarquillèrent de douleur et de stupeur, tandis que sa main, comme animée d'une volonté propre, lâchait la chemise de Brendan. L'homme blasphéma et tenta de repousser Marla de sa main libre. La blonde se contenta d'agripper son poignet et de le tordre. Ses traits exquis, finement ciselés, n'affichaient aucune émotion ; la mâchoire de York s'affaissa et lui-même tomba lentement à genoux. Marla le repoussa en arrière.

– Seigneur ! s'exclama York en dorlotant son poignet foulé, tandis que son regard oscillait entre Brendan et Marla. Qui c'est, celle-là ? votre garde du corps ?

– Mon arbitre du protocole. Et elle déteste qu'on pose les mains sur moi. Bonne journée tout de même, monsieur York.

Ils quittèrent la ville pour aller déjeuner dans un restaurant donnant sur un lac qu'ils appréciaient particulièrement puis regagnèrent leur motel. Marla se rendit dans sa chambre et Brendan dans la sienne. Il sortit son ordinateur portable et entreprit d'assigner un numéro de code au nom de ses interviewés puis de transférer le contenu des questionnaires sur le disque dur. Une fois cette tâche accomplie, il se livrerait au même travail sur les cassettes. Il espérait avoir pratiquement achevé avant minuit pour se consacrer ensuite à la rédaction de ce dernier compte rendu, quasiment complet.

À quatre heures et demie, un coup fut frappé à sa porte. Persuadé qu'il s'agissait de Marla et qu'elle entrerait dans la foulée, Brendan ne se dérangea pas. Au second coup, il daigna enfin se lever de son siège pour aller ouvrir : un homme en tenue de shérif se tenait derrière la porte. C'était un type costaud, puissamment musclé, légèrement à l'étroit dans son uniforme à deux tons de bleu. Il était coiffé d'un chapeau de la police montée, qu'il portait bas sur le front et dont le revers rasait ses yeux verts au regard à tout le moins vigilant, s'il ne semblait nullement hostile.

– Z'êtes Brendan Furie ? Je suis le shérif Warwick. J'ai à vous parler. Ça vous ennuierait de m'accompagner jusqu'au commissariat ?

– Ça m'ennuierait beaucoup, en fait, répondit Brendan en s'écartant de la porte pour montrer son ordinateur et les formulaires et cassettes empilés à côté. Je repars demain et il me reste encore du pain sur la planche. Quel est le problème ?

– Il y a eu… mort d'homme.

Brendan fronça les sourcils.

– Qui ça ?

– Le père Reilly. Ça ressemble à un suicide. J'ai cru comprendre que vous aviez été un des derniers à lui parler. D'où ma visite.

Brendan sentit son estomac se crisper, en même temps qu'une grande tristesse le submergeait. Une pointe glacée effleura son cœur.

– Entrez, shérif, fit-il en ouvrant grand la porte.

Le shérif entra dans la chambre puis se retourna au moment précis où Marla apparaissait brusquement sur le pas de la porte, juste derrière lui.

– Marla, ma partenaire, la présenta Brendan. Elle est muette, mais pourra répondre par écrit à toutes vos questions. Quant à moi, je serais fort étonné que le père Reilly ait mis lui-même fin à ses jours. En premier lieu, c'est un catholique et le suicide est un péché mortel. En outre, à notre dernière entrevue, il était d'excellente humeur et s'apprêtait à rédiger son homélie de dimanche prochain.

Le shérif ôta son chapeau pour saluer Marla puis se tourna vers Brendan.

– Je ne crois pas non plus au suicide, déclara-t-il.

– Quand est-ce arrivé ?

– Entre onze heures trente et treize heures trente, selon l'estimation du médecin-légiste. Juste après votre entretien. Pourriez-vous me dire ce que vous avez fait ensuite ?

– Nous avons déjeuné à l'Auberge du Lac, Marla et moi. Nous y sommes arrivés vers onze heures quarante-cinq, pour en repartir vers treize heures trente.

– Des témoins ?

– Bien sûr. Une douzaine d'autres dîneurs, et le patron nous connaît. Nous y dînons et y déjeunons tous les jours depuis une semaine.

Le shérif soupira puis passa la main dans ses cheveux bruns coupés en brosse.

– Ouais. Très bien. Je me doutais qu'il y avait fort peu de chances que vous soyez le coupable, mais je ne dois rien négliger. Vous êtes les deux seuls étrangers en ville.

Brendan tira la chaise de sous le petit bureau et fit signe au shérif de s'asseoir. L'homme hésita puis s'exécuta.

– Comment a-t-il été tué, shérif ? demanda Brendan.

– Il a sectionné l'extrémité d'une rallonge électrique et dénudé les fils, puis branché la prise et porté les fils à sa bouche. C'est en tout cas ce qu'on a tenté de nous faire croire.

Brendan fit la grimace.

– Qu'est-ce qui a bien pu vous faire croire à ma culpabilité ?

– Il y avait un message.

– Écrit et signé de sa main ?

– Nan. Dactylographié. Celui qui l'a écrit n'a pas d'orthographe et le père Reilly était un lettré. Ce n'est pas lui qui l'a écrit.

– Que disait cette lettre ?

– C'est assez confus, mais, en gros, qu'il avait commis une erreur en essayant d'étouffer la publicité faite autour de ces miracles. Qu'il avait collaboré avec l'Antéchrist et la démone descendus en ville… j'imagine qu'il s'agit de vous deux. Qu'il comprenait à présent ce que Dieu avait souhaité en permettant à ces miracles de s'accomplir : faire de Craiggville la Lourdes américaine, afin que des gens des quatre coins du monde viennent s'y faire soigner. Lourdes était mal orthographié, à propos…

– À croire que l'assassin du père Reilly trouvait un gros intérêt financier dans un nouveau battage publicitaire autour de Craiggville ?

– Ça vaut pour pratiquement tous les habitants de cette bourgade, grogna le shérif. De quoi avez-vous parlé tous les deux, ce matin ?

– Le père Reilly s'inquiétait énormément de l'atmosphère qui régnait ici et des événements qui s'y sont déroulés depuis ces prétendus miracles.

– « Prétendus » ? s'enquit son interlocuteur en plissant les yeux.

– Le terme est mal choisi. « Apparents », disons.

– Comment pourraient-ils être « prétendus » ou « apparents » ? Merde, on rencontre partout en ville des Vierges pleurant de pleins seaux de larmes, des gens dont les paumes se mettent spontanément à saigner, tandis que d'autres guérissent miraculeusement grâce à de simples prières. S'il ne s'agit pas de miracles, quel nom leur donneriez-vous ?

Brendan coula un regard vers Marla, qui les écoutait, les bras croisés, adossée au chambranle de la porte.

– Vous ne faites pas partie de mes interviewés, shérif, alors je peux me montrer un peu plus loquace avec vous. Il existe mille façons de faire pleurer une statue.

Au tour du shérif d'arquer les sourcils.

– Non, sans blague ?

– Sans blague. On peut oindre ses yeux de vaseline, d'huile ou de saindoux froids et la matière grasse se mettra à fondre et à goutter en prenant la température de la pièce. Le chlorure de calcium fera se condenser la vapeur d'eau. Si l'on est plutôt porté sur la mécanique et qu'on veut fignoler, on pourra enfiler un tuyau dans la statue, le relier à une petite pompe à eau cachée derrière un mur ou sous les lattes du plancher, et faire ensuite pleurer sa Vierge à l'heure désirée. Si vous y tenez, je pourrai vous présenter un physicien qui vous expliquera en détail comment il peut faire répandre de l'eau à n'importe quel objet, dès qu'il entre dans une pièce. Un simple pistolet à eau peut faire l'affaire, surtout si l'on est doué pour créer des diversions à la manière des illusionnistes. On peut aussi très facilement contrefaire des stigmates... Il suffit d'un objet coupant et d'une bonne tolérance à la douleur, voire tout bêtement d'un ersatz de sang, qu'on peut aisément se procurer dans les magasins spécialisés dans les accessoires de scène. On a certes recensé des cas avérés de stigmates et de guérisons miraculeuses, mais les psychiatres et autres praticiens vous soutiendront qu'il ne s'agit pas de miracles, mais de cas particuliers d'un phénomène qu'ils ont baptisé psychogenèse.

– Jésus ! souffla le shérif.

– Jésus n'a rien à voir là-dedans, shérif.

– Comment pouvez-vous en savoir autant, Furie ? Pour qui travaillez-vous ?

Brendan jeta un autre coup d'œil à Marla qui, cette fois-ci, l'encouragea d'un hochement de tête. Il se retourna vers le shérif.

– Pour une fondation privée composée de scientifiques, de philanthropes, de sociologues et, sans doute, d'un ou deux agents du contre-espionnage à la retraite. Ces gens pensent avoir de bonnes raisons de croire que l'espèce humaine s'éteindra dans quelques décennies. Probablement au milieu du siècle prochain.

– Quoi ? C'est parfaitement dingue.

– Espérons-le. Ils fondent cette opinion sur un modèle mathématique capable de définir le comportement de l'humanité à l'échelle mondiale, puis de le projeter dans l'avenir... un peu comme des prévisions météorologiques à long terme. Si l'on se fie à leurs données, de vastes pans de la population planétaire adopteront une attitude de plus en plus angoissée, tendue et irrationnelle à l'approche du nouveau millénaire. Cette névrose contagieuse pourrait bien, si leur superordinateur sait ce qu'il fait, tourner à l'hystérie collective et à une espèce de dépression nerveuse mondiale qui se soldera par des destructions massives et des morts innombrables, d'autant que de nouvelles épidémies ravageront la planète, parallèlement à la cessation totale d'activité des organismes et services médicaux. Mon travail consiste à recueillir des informations là où se manifeste déjà une certaine forme d'hystérie collective et où se répandent des systèmes de croyance fatals. Ils espèrent ainsi collecter assez de données pour alimenter leurs équations, lesquelles pourraient ensuite cracher une solution à ce problème… un programme d'éducation et de psychologie très pointu, disons, qui serait mis en pratique par les organisations nationales et mondiales de la santé. Voilà, grosso modo, en quoi consiste mon travail et pour qui je l'exécute.

Le corpulent shérif secoua la tête en poussant un soupir appuyé.

– Eh bien, ce n'est pas la folie qui manque par ici, en effet… statues en larmes, apparitions de soucoupes volantes, soleil tournoyant, meurtres collectifs et jeunes qui s'entretuent. Et ça semblerait plutôt empirer. Les gens pensent et agissent de façon démentielle, comme s'ils avaient la certitude que Dieu lui-même a pris un appartement en ville. Ou quelque chose comme ça. L'autre jour, j'ai surpris une conversation entre deux de mes adjoints, qui prétendaient qu'on n'avait plus besoin de forces de police pour maintenir l'ordre, puisque Jésus allait arriver d'un jour à l'autre. Comment me fier à eux pour faire le boulot, maintenant ? Je crains que le décès du père Reilly ne débouche sur des événements encore plus sinistres et je ne suis pas sûr d'être en mesure de les maîtriser. Je ne peux tout de même pas rester à mon poste vingt-quatre heures sur vingt-quatre.

– Si cette ville a la fièvre, vous devriez peut-être ouvrir l'abcès qui la provoque, suggéra prudemment Furie.

Son interlocuteur battit lentement des paupières.

– Qu'entendez-vous par là ?

– Ce sont les Vierges en larmes qui l'ont déclenchée. Vous devriez enquêter sur cette affaire. Ce serait sans doute une mesure de salut public.

– Prouver qu'elles sont fausses, c'est ça ?

– Si elles le sont.

– Mais vous les croyez fausses, vous ?

– Je m'en tiens à ce que je vous ai déjà dit.

– Vous pensez vraiment que le père Gary aurait pu truquer toutes ces Vierges ? Au cas où vous ne l'auriez pas remarqué, il est loin d'être l'ampoule la plus lumineuse de la quincaillerie. Il a grandi ici et n'a jamais impressionné personne... même lorsqu'il est revenu en ville après son ordination. Avant cette première Vierge en larmes et cette affaire de stigmates, la plupart des gens le prenaient pour un bouffon en soutane.

– Je ne pointe aucun suspect du doigt, shérif. Il se pourrait que plusieurs personnes trempent dans cette magouille et opèrent indépendamment l'une de l'autre. Voire que leurs mobiles soient très différents. Mais la plupart, à mon humble avis, ne verraient pas d'un mauvais œil Craiggville devenir la Lourdes américaine à laquelle fait allusion cette lettre d'adieu, dont nous sommes convenus qu'elle était vraisemblablement apocryphe.

Brendan s'interrompit un instant puis reprit :

– Écoutez, shérif, vous ne réussirez jamais à convaincre ces personnes – je parle de celles d'entre elles qui sont sincères... qu'aucun de ces prodiges n'est un miracle et elles continueront de faire preuve d'un comportement imprévisible d'illuminées. Mais vous réussirez peut-être à persuader suffisamment de gens de la nature parfaitement prosaïque des événements qui se sont déroulés ici... et qui risquent de se révéler fort insalubres pour la santé mentale de cette communauté. Ils pourront à leur tour en convaincre d'autres et l'ambiance surchauffée qui règne dans cette ville redescendra peut-être de quelques degrés.

– Pourquoi ne pas publier une déclaration informant collectivement les gens des renseignements que vous venez de me confier ?

– Parce que ce n'est ni ma ville ni mon travail, et que je suis un étranger ici. N'oubliez pas qu'on m'a déjà collé une étiquette d'Antéchrist. C'est votre boulot, shérif. Faites analyser les « larmes » de ces Vierges éplorées et je vous parie tout ce que vous voudrez que vous découvrirez qu'il s'agit d'eau du robinet. Essayez de trouver des traces de graisse résiduelle sur leur visage ; choisissez-en une ou deux dans le lot et examinez l'intérieur. Enquêtez sur ces prétendus miracles, et vous risquez fort de débusquer votre assassin par la même occasion. Vous travaillerez sur une enquête officielle portant sur une mort suspecte, et vous n'aurez donc besoin de la permission ni de la coopération de personne.

– Seigneur, Furie… On va me haïr. On essaiera de me chasser de la ville. Les gens veulent y croire.

Brendan s'assit au bord du lit et fixa durement son interlocuteur :

– Écoutez-moi attentivement, shérif, déclara-t-il d'une voix sourde mais résolue. Je n'en ai pas la certitude, mais, à mon avis, les gens pour qui je travaille vont sans doute tenir à l'œil Craiggville et tout ce qui s'y passera, très sérieusement, au cours des semaines et des mois à venir. Cette ville constitue en quelque sorte le modèle de ce que deviendront, selon eux, les autres communautés de ce pays et de la planète tout entière à l'approche du nouveau millénaire. Vous ne faites déjà plus confiance à l'efficacité de certains de vos adjoints en matière de maintien de l'ordre et de paix civile, parce que, d'une certaine façon, ils ont d'ores et déjà, presque littéralement, la tête dans les nuages tant ils aspirent ardemment au Second Avènement.

Nous avons connu l'exemple d'un Secrétaire de l'Intérieur qui, persuadé de l'imminence du débarquement du Christ, distribuait les terres du patrimoine. Peut-être était-il un signe avant-coureur. Combien de temps encore avant que le peuple n'élise un président qui professera les mêmes croyances et se dira qu'après tout, balancer quelques têtes nucléaires sur les zones les plus troublées de la planète pour faciliter son boulot à Jésus lors de son arrivée ne serait pas une si mauvaise idée ?

Et ce n'est là qu'un seul des dizaines de scénarios générés par le modèle mathématique dont je vous ai parlé. Invraisemblables ? Mes employeurs ne se contentent pas de croire en leur vraisemblance… ils les croient probables et investissent des sommes fabuleuses sur les cerveaux de cette planète. Ils estiment à plusieurs centaines de millions de dollars le développement d'un programme d'éducation susceptible de sortir notre espèce de l'abîme.... assorti de la formation de fonctionnaires suffisamment lucides et sains d'esprit pour le mettre en œuvre.

Mais peut-être se trompent-ils. Il suffira peut-être, dans chaque communauté, d'une seule personne respectée, aux idées claires, assez courageuse pour proclamer que ces miracles ne sont qu'une insanité et que les vrais démons circulant parmi nous sont les mystagogues qui agitent la Bible ou le Coran. Une personne telle que vous, en somme. Je compte insérer cette conversation dans mon rapport... J'y suis contraint. Avec votre permission, et uniquement si vous me l'accordez, j'aimerais également vous identifier par votre patronyme, comme étant celui à qui j'ai fait ces déclarations.

Le shérif garda un instant le silence puis se leva et se recoiffa de son chapeau.

– Peu m'importe ce que vous mettrez dans votre rapport, Furie. Je sais que vous avez interviewé le père Reilly au début de la semaine. J'aimerais entendre ce qu'il vous a dit.

– Rien, sur cette cassette, ne vous permettra de découvrir votre assassin.

– Je ne peux pas me contenter de votre parole.

Brendan se leva à son tour, légèrement tendu :

– Je ne peux pas vous autoriser à écouter cette cassette, shérif.

– Pourquoi ?

– Je lui ai promis que ce qu'il m'a dit resterait confidentiel.

– Il est mort.

– Ses parents, amis et collègues ne le sont pas et il ne tenait peut-être pas à partager avec eux ses idées sur la question. Je peux vous garantir que rien de ce qu'il m'a confié ne laisse entendre qu'il s'apprêtait à mettre fin à ses jours.

– J'exigerai une commission rogatoire.

Brendan poussa un soupir résigné.

– Je ne peux pas vous en empêcher. Apportez-moi vos paperasses et je vous ferai écouter cette bande. Je compte sur vous pour préserver son intimité lorsque vous aurez constaté que je vous ai dit la vérité.

– Je repasserai dans la matinée, déclara le shérif en se dirigeant vers la porte, tandis que Marla s'effaçait. Il s'arrêta sur le seuil et se retourna :

– Je vais réfléchir à vos paroles, Furie, reprit-il calmement.

Brendan hocha la tête et le shérif regagna promptement son véhicule. Marla sourit à Brendan puis sortit et referma la porte derrière elle.

La mort du père John Reilly avait profondément affligé Brendan, mais il se contraignit à se remettre au travail devant le petit bureau. Il avait déjà collationné un tiers de son matériel quand, consultant sa montre, il s'aperçut qu'il était dix-neuf heures passées : ils dînaient d'ordinaire une heure plus tôt.

Marla, normalement, aurait dû passer le prendre. Il éteignit l'ordinateur, s'aspergea le visage, enfila une chemise propre, mit une cravate et une veste, et sortit de la chambre. Il remarqua immédiatement que leur voiture, auparavant garée devant la chambre de Marla, n'était plus là. Il n'obtint pas de réponse en frappant à sa porte. Plutôt bizarre, décidément, songea-t-il. Étrange de sa part d'être sortie sans le prévenir de sa destination, et plus encore de n'être toujours pas rentrée pour l'heure du dîner.

Il ne se faisait pas trop de mouron pour sa sécurité. Il avait très vite constaté, à sa plus grande stupéfaction, que la belle blonde muette assignée à sa garde par le mystérieux monsieur Lippitt (l'homme à qui il rendait des comptes) n'était pas seulement un judoka chevronné, mais qu'elle était également experte au maniement des armes blanches et des armes à feu. Il s'interrogeait souvent sur ses activités antérieures et se demandait comment elle avait fait la connaissance de « Mister Lipide », mais ne lui avait jamais posé la question. En tout premier lieu parce qu'il pressentait qu'elle ne lui répondrait pas. Il regagna sa chambre et commanda une pizza par téléphone puis se remit à l'ouvrage.

À vingt-deux heures, on frappa doucement à la porte. Celle-ci s'ouvrit un instant plus tard et Marla entra dans la chambre, vêtue d'un pantalon et d'un blouson de cuir noir.

– Marla…

Elle vint se poster près de Brendan et lui étreignit l'épaule puis ramassa son porte-documents qui gisait au sol pour en sortir un questionnaire et le magnétophone, qu'elle lui remit entre les mains tout en lui indiquant la porte.

– Il est vingt-deux heures passées, Marla. Où diable voudrais-tu que nous allions ?

Pour toute réponse, la grande blonde lui montra de nouveau la porte d'un geste encore plus pressant. Voyant qu'il ne bronchait pas, elle l'extirpa de sa chaise, lui sourit gentiment et lui imprima une brusque bourrade. Brendan se dirigea en secouant la tête vers la voiture, à présent rangée devant sa chambre.

Depuis six mois qu'ils travaillaient de conserve, cette femme lui avait sauvé trois fois la vie et faisait preuve d'un talent inouï pour l'arracher à des situations menaçant de mal tourner. Mais Brendan ne consentait pas à l'accompagner en pleine nuit dans une mission non spécifiée, pour ce seul motif. Il avait fini par se fier au flair et au jugement de Marla ; si elle souhaitait qu'il la suive à présent, ce devait être pour une bonne raison.

Elle se glissa comme d'habitude derrière le volant et leur fit traverser Craiggville jusqu'à une station-service et un magasin de produits de première nécessité établis sur l'autoroute, à la lisière de la ville. Elle s'engouffra dans le parking obscur, stoppa devant une pompe à essence et lui fit signe de descendre.

Brendan, désormais passablement mystifié, inspecta le décor par la vitre. Une enseigne récente, peinte à la main, pendait au-dessus de la rangée de trois pompes à essence vétustes. STATION-SERVICE ET ÉPICERIE DU MIRACLE, annonçait-elle.

Les tarifs affichés par les pompes étaient presque identiques à ceux pratiqués par toutes les stations-service de la région, voire inférieurs d'un ou deux cents. Mais, par les prix qu'ils portaient, d'autres panneaux au lettrage grossier, entassés de bric et de broc près des pompes, laissaient entendre qu'à un moment donné cette station-service précise avait facturé jusqu'à cinquante cents de plus le gallon d'essence. Le propriétaire avait entrepris de repeindre la devanture de son épicerie passablement délabrée, dont les vitrines s'ornaient encore de panneaux annonçant des barèmes exorbitants, mais il avait visiblement renoncé à terminer le boulot. Des cartons d'invendus détrempés s'entassaient sur le trottoir devant la boutique.

Marla passa le bras par-dessus l'épaule de Brendan pour lui désigner un point sur sa droite, puis, sans trop de délicatesse, lui flanqua un coup de coude dans le dos. Furie ouvrit la portière et descendit de voiture, puis traversa en oblique le parking de la station-service vers un des angles de l'épicerie.

Dès qu'il eut tourné le coin, il vit de la lumière se déverser de l'appartement, guère plus grand qu'une cahute, situé derrière la boutique. Il jeta un coup d'œil sur le magnétophone qu'il tenait à la main et constata avec surprise que Marla avait activé le commutateur permettant de basculer de MANUEL sur COMMANDE VOCALE (dont il ne se servait jamais) le mode d'enregistrement.

Il esquissa le geste de repasser sur MANUEL puis laissa retomber la main. Brandissant le magnétophone, qui lui faisait désormais l'effet d'une arme dans sa paume, il avança jusqu'à la porte.

Il se raidit brusquement, alarmé, en entendant monter de l'appartement le cri d'une femme et les pleurs d'une fillette, suivis par le claquement sec d'une mornifle et de nouveaux hurlements. Il frappa brutalement à la porte et, constatant que ni les cris ni les pleurs ne cessaient, se mit à la marteler.

Puis le silence retomba. Il dura plus d'une minute avant que la porte ne s'entrebâille, dévoilant le visage empourpré et soupçonneux de Frank York. L'homme puait le bourbon.

Ses yeux gris injectés de sang papillonnèrent puis la mémoire lui revint.

– Qu'est-ce que vous voulez, bordel ? bredouilla-t-il d'une voix pâteuse.

– Vous désiriez être interviewé, répondit calmement Brendan. Je suis là pour ça.

– Il est onze heures du soir !

Brendan jeta un coup d'œil par-dessus l'épaule de son vis-à-vis et aperçut, entre la tête du bonhomme et le chambranle de la porte, la figure médusée et terrifiée d'une femme aux cheveux blancs comme la neige, bien qu'elle n'eût pas, selon lui, dépassé la quarantaine. Son visage tuméfié était bouffi, strié de larmes, et l'un de ses yeux était violacé. La fillette qu'il avait croisée dans l'église se cramponnait à la robe déchirée de sa mère.

– Dieu n'a pas d'horaire, répondit Brendan en scrutant le visage couperosé de Frank York.

– Vous vous comparez à Dieu ?

– Ce que je dis, c'est que non seulement vous avez vu pleurer la Vierge, mais que vous l'avez entendue sangloter et vous appeler par votre nom. J'étais assis dans ma chambre de motel quand je me suis rendu compte que le détail était trop important pour ne pas le consigner dans mon rapport. Je dois quitter la ville dans la matinée et je me suis donc rendu directement chez vous. En me disant que vous ne devriez pas vous offusquer de l'heure tardive, compte tenu du signe que Dieu vous avait adressé.

– Comment m'avez-vous retrouvé ?

– Je suis l'as des détectives privés, répliqua sèchement Furie.

Les yeux éraillés de York clignèrent de nouveau pendant qu'il ruminait.

– Une petite minute, déclara-t-il en fermant la porte.

Brendan l'entendit crier quelques mots à la femme et à l'enfant pour leur ordonner de quitter la pièce, et la porte se rouvrit quelques secondes plus tard.

– Entrez, fit-il en s'effaçant. Il titubait légèrement.

Brendan pénétra dans un salon encombré puant la friture et le manque d'hygiène, et il pila au beau milieu.

– Vous ferez en sorte que tous les gens de ce pays entendent parler des miracles qui se sont produits ici, pas vrai ? reprit York.

– Un rapport sera dûment établi, monsieur York.

– Pourquoi ne pas vous asseoir ?

– Non, je vous remercie. Ce ne sera pas long. Je ne voudrais pas abuser de votre temps plus qu'il n'est nécessaire.

York s'affala sur un fauteuil rembourré éventré, rota et tendit la main pour s'emparer d'une canette de bière posée sur une table basse tapissée de poussière.

– Alors, vous voulez que je vous raconte comment la Vierge m'a causé ?

– J'aimerais avant tout que vous remplissiez ce formulaire, répondit Brendan en sortant le questionnaire de sa poche pour le lui tendre.

York s'empara des cinq feuilles et les approcha de son visage. Ses lèvres remuaient à mesure qu'il déchiffrait les questions de la première page. Il était arrivé au milieu de la seconde quand il releva brusquement les yeux pour fixer méchamment Brendan.

– C'est quoi, toutes ces conneries de pipi au lit, de masturbation et de fantasmes sexuels ? Quel rapport avec ce que m'a dit la Vierge ?

– Ce n'est pas moi qui rédige les questions, monsieur York.

– Ah ouais ? Qui ça, alors ?

– Une équipe de psychologues et de spécialistes des sciences humaines. Ils tiennent beaucoup à ce que chaque personne que j'interviewe réponde à toutes les questions.

Frank York déchira lentement le formulaire en deux, d'un geste délibéré, et laissa tomber les morceaux au sol.

– Eh bien, vos psychologues, vos spécialistes des sciences humaines et vous, vous savez l'usage que vous pouvez en faire. Je ne répondrai à aucune de ces questions. Je n'ai pas besoin de vous. Craiggville défraiera la chronique dès demain à la même heure. Tout le monde saura que des miracles s'y produisent. Les journalistes de la télé grouilleront dans tous les coins et la nouvelle s'en répandra de nouveau.

Brendan sentit un frisson glacé lui remonter l'échine et il scruta durement son interlocuteur.

– Pourquoi, monsieur York ? Pourquoi des journalistes devraient-ils débarquer demain en ville ?

York se fendit d'un rictus qui dévoila ses dents gâtées.

– Vous le saurez bien assez tôt, monsieur le gros bonnet. Attendez de lire les journaux de demain.

– Peu importe que vous répondiez ou non à ces questions, monsieur York, déclara sereinement Furie en rangeant le magnétophone dans sa poche. Je commence seulement à comprendre pourquoi on m'a envoyé ici.

York se renfrogna.

– Qu'entendez-vous par « envoyé ici » ? Qui vous envoie ?

– Je suis venu vous empêcher de molester votre épouse et votre enfant.

Le visage de York s'assombrit encore. Il renversa sa canette de bière puis se leva lourdement et resta debout à vaciller.

– Vous avez un sacré culot, l'ami ! Ma famille ne vous regarde pas !

– Les enfants martyrs, c'est l'affaire de tout le monde.

– Je suis normal… Je…

– Fermez-la, répliqua Brendan d'une voix égale. Voilà le marché. Je vais parler à votre femme et à votre fille ; m'est avis qu'elles consentiront à me suivre. Il doit bien se trouver un refuge pour femmes battues quelque part dans ce comté ; dans le cas contraire, je trouverai un arrangement pour cette nuit. Je passerai quelques coups de fil demain matin et je tâcherai de vous porter assistance à tous les trois.

– Le jour où je laisserai ma femme et ma gosse quitter cette maison pour vous suivre, les poules auront des dents. Elles refuseront, d'ailleurs.

– En ce cas, vous m'aiderez à les convaincre que c'est pour leur bien. Parce que, si vous ne le faites pas, je veillerai à ce que Frank York jouisse de plus de publicité que nécessaire. Je raconterai à tous les journalistes qui débarqueront demain comment un diacre de l'église du bourg, celle où l'on a vu pour la première fois pleurer une Vierge, comment un homme qui a entendu la Madone lui parler n'a pas réussi à puiser en son for intérieur la force de cesser de brutaliser son épouse et sa fillette. Nous verrons bien alors quelle espèce de miracle ils sauront en tirer.

– Je vais vous casser la gueule, marmonna York en s'approchant de Brendan d'un pas chancelant.

– Arrête, Frank !

Brendan jeta un coup d'œil sur sa droite et vit la femme de York plantée au milieu de la pièce. Elle venait de sortir de la cuisine, les cheveux blancs toujours aussi ébouriffés et les lèvres enduites de sang coagulé ; mais elle gardait la tête droite, ses yeux pâles flamboyaient et sa bouche crispée dessinait une ligne fermement résolue. La terreur que Brendan avait lue dans ses yeux un peu plus tôt s'était dissipée, remplacée par une expression de farouche détermination. Sa fillette se tenait près d'elle. Et Marla, la source de cette vigueur renouvelée, était plantée entre elles, un bras passé autour de l'épaule de chacune.

York mit un bon moment à comprendre ce qui se passait puis se mit à beugler :

– Je vous avais ordonné de rester dans la cuisine ! Qu'est-ce que cette pétasse fabrique chez moi ?

L'ignorant royalement, sa femme s'adressa directement à Brendan :

– J'ai appris que vous étiez un homme de Dieu, monsieur. Et qui, sinon Dieu lui-même, aurait pu vous envoyer ce soir dans cette maison, vous et cette dame ?

C'est un miracle et j'ai l'intention d'écouter Dieu et de le remercier de vous avoir envoyés pour nous sauver. Je me rends compte que rien ne nous oblige à mener cette existence.

Dieu veut que nous soyons heureux et en bonne santé. Dotty et moi, nous vous serions reconnaissantes de nous permettre de vous accompagner. Frank a dû faire quelque chose de vraiment horrible aujourd'hui, j'en suis sûre. Il s'est saoulé plus tôt que d'habitude et s'est brusquement mis à divaguer, à parler de donner une bonne leçon à ce curé. Là-dessus, il a commencé à nous cogner, Dotty et moi. J'ai bien cru qu'il allait me tuer ce coup-ci. Mais vous êtes arrivé avec cette dame.

– C'est maintenant que je vais te tuer, salope ! rugit York en se précipitant sur sa femme en titubant.

Marla s'interposa entre son épouse, sa fillette et lui, et le frappa sèchement au menton du plat de la paume droite. La tête de Frank York fut sèchement projetée en arrière et il s'effondra au sol, inconscient.

Sa femme allait se ruer sur lui, mais Marla la retint en l'enlaçant gentiment de son bras, en même temps qu'elle caressait la joue de la fillette debout à côté d'elle. Brendan alla décrocher le téléphone et composa le numéro du bureau du shérif. Dès qu'il entendit sonner à l'autre bout de la ligne, il se tourna en souriant vers Marla, qui lui rendit son sourire.

Craiggville était bien le dernier endroit au monde où il se serait attendu à sentir le souffle de Dieu.

Titre original : *Model Town*

VEIL

1

Stèles anonymes

Alors que le train A s'engouffrait dans la station de la 4e Rue Ouest, Veil Kendry perçut un gémissement d'origine humaine par-dessus le vacarme des machines et se retourna sur sa gauche : un cercle de gens s'attroupait autour d'un corps étendu sur le quai du métro. Il se fraya un chemin à travers un mur d'usagers aussi curieux que médusés et se retrouva face à une frêle jeune Chinoise en train d'accoucher.

– Reculez et laissez-la respirer ! s'écria-t-il d'une voix sèche en même temps qu'il s'agenouillait près d'elle, dans une flaque laissée par les eaux qu'elle venait de perdre, pour dégrafer et retrousser sa robe. Son injonction se révéla parfaitement inutile, car les New-Yorkais pressés se ruaient déjà dans la rame de métro.

– Demandez au machiniste d'appeler une ambulance ! cria-t-il à la cantonade.

Le train quitta la station et les quelques personnes qui en étaient descendues contemplèrent d'un œil nerveux le tableau vivant composé par ce couple, le sang et l'eau qui souillaient le macadam, avant de s'éloigner précipitamment. Au bout de quelques instants, ils se retrouvèrent seuls sur le quai. Veil se plaça entre les jambes de la femme et s'empara précautionneusement de la petite tête ensanglantée qui émergeait de son giron. La jeune femme entreprit alors de s'adresser à lui en chinois rapide, entre deux cris et halètements. Veil parlait ou entendait tout du moins un grand nombre de langues asiatiques, mais le chinois n'en faisait pas partie et il lui répondit en anglais d'une voix douce et apaisante. Lorsque le bébé eut totalement émergé, il poussa le placenta de côté, planta les dents dans le cordon ombilical, le sectionna et le noua, puis plaça délicatement le nouveau-né sur la poitrine pantelante de sa mère.

– C'est fini, jeune maman, lui déclara-t-il paisiblement en lui caressant la joue. Calmez-vous, maintenant. On va bientôt venir s'occuper de vous.

La réaction de la femme le stupéfia. Elle s'empara de son nourrisson sans cesser de s'exprimer comme une mitrailleuse puis, manifestement en proie à une grande détresse, le tendit à Veil en le pressant de le prendre par force gestes répétés.

– Je ne veux pas de votre bébé, jeune maman, déclara-t-il en secouant la tête, avant de le reposer sur la poitrine de la fille, en même temps qu'il remarquait sur ses poignets des éraflures manifestement laissées par une corde. C'est votre petite fille. Calmez-vous. Tout va bien se passer.

Un fracas métallique se fit entendre dans son dos et Veil jeta un regard par-dessus son épaule : deux ambulanciers – un Sikh et un Latino – venaient de dévaler l'escalier et s'employaient déjà à déplier leur civière ; ils remontèrent le quai au pas de course, suivis par un policier noir qui parlait dans un talkie-walkie crépitant de parasites.

– Pas trop vilain, l'ami, fit le Sikh en s'adressant à Veil, tout en inspectant des yeux la mère et l'enfant, non sans marquer son approbation d'un hochement de tête. Vous êtes toubib ?

Veil fit mine de se relever, mais, s'apercevant que la femme refusait de relâcher l'étau de sa main sur son poignet, reprit doucement position à ses côtés.

– Juste un observateur attentif, répondit-il. J'ai assisté à quelques accouchements.

– Vous travaillez dans un hôpital ?

– Je travaillais dans une jungle.

Le Latino poussa un grognement et lui tendit une serviette pour qu'il essuie le sang qui souillait ses mains.

– C'est le soixante-quinzième accouchement dans le métro depuis le début de l'année. Légèrement au-dessus de la moyenne. Le taux des naissances est assez régulier ici. Nous allons prendre la relève, maintenant.

La femme regarda autour d'elle, hoqueta de frayeur et tenta une nouvelle fois de lui remettre son bébé. Veil se tourna dans la direction de son regard et aperçut les trois jeunes Chinois renfrognés, dont un albinos, qui venaient subitement d'apparaître sur le quai et s'étaient plantés derrière les ambulanciers. Tous trois étaient vêtus de façon identique : jean, chaussons noirs et veste de satin noir brodée de dragons rouges. Le policier jura dans sa barbe.

– C'est notre sœur, déclara celui du milieu dans un anglais dépourvu de tout accent et d'une voix sourde et menaçante, tout en dévisageant successivement les ambulanciers, le flic et Veil.

C'était un jeune type costaud, au front tatoué d'une minuscule araignée.

– Nous avons été séparés, reprit-il. Nous allons l'emmener, maintenant.

– Votre sœur vient d'accoucher sur le quai, mon gars, répondit le Latino d'une voix hésitante. Nous sommes en octobre et il fait froid. Il faut les conduire tous les deux à l'hôpital, pour les nettoyer et les examiner.

– Elle n'a pas besoin d'aller à l'hôpital, répliqua l'albinos en contournant la civière, avant de tendre la main pour confisquer son bébé à la jeune femme tremblante. On s'occupera d'elle nous-mêmes.

– Je ne crois pas, déclara Veil d'une voix atone. Il plaqua fermement la paume gauche sur la poitrine du jeune costaud, l'interrompant à mi-geste, libéra délicatement mais fermement son poignet droit de l'étreinte de la femme puis se redressa sans ôter l'autre main du sternum du Chinois. L'autre pesa de tout son poids sur la paume de Veil et le fusilla du regard en émettant des grognements gutturaux qui dévoilaient ses dents serrées. L'albinos et leur troisième compère, un garçon d'une vingtaine d'années au visage vérolé d'acné, s'avançaient déjà pour l'entourer et l'acculer au rebord du quai.

Le policier se rapprocha de Veil :

– Ces mecs font partie des Dragons de l'Ombre, l'ami, déclara-t-il calmement, et nous nous trouvons à la lisière de leur territoire. En règle générale, on estime qu'il vaut mieux pour tout le monde laisser les Chinois régler leurs problèmes entre eux. Si ces gars affirment que cette fille est leur sœur, on devrait peut-être les laisser l'embarquer avec son bébé.

– Je ne crois pas, répéta Veil sur le même ton atone, en soutenant le regard haineux du Chinois, qui continuait de s'appuyer de tout son poids sur sa main, tout en épiant les mouvements des deux autres de sa vision périphérique. Ce ne sont pas ses frères. Regardez-la… elle est terrifiée. On va la conduire à l'hôpital avec son bébé, puis on trouvera un interprète qui nous expliquera ce qu'elle veut.

Le jeune qui lui faisait face plongea brusquement la main dans la poche droite de sa veste de satin et en sortit un cutter de manutentionnaire, dont il tenta de lacérer le poignet nu de son antagoniste. Mais le bras gauche de Veil ne s'interposait déjà plus entre eux et la lame ne fendit que le vide. Le geste brutal du Chinois le déséquilibra et il vacilla de côté. Veil se planta derrière lui, l'empoigna par le dos de la veste et la ceinture, le fit pivoter sur lui-même puis relâcha sa prise : le Chinois vola à travers les airs tel un frisbee humain, atterrit rudement sur le visage et le thorax et resta allongé sur le sol, inerte.

Un nunchaku et un cran d'arrêt venaient subitement d'apparaître aux mains des deux autres et le flic porta la sienne à son arme.

– Vous n'en aurez pas l'usage, lui affirma Veil en s'écartant promptement de la jeune femme pour gagner le milieu du quai, où il jouirait d'une plus grande liberté de mouvement. Il ne s'agit que d'une discussion amicale sur une question d'assurance maladie.

Le jeune au nunchaku attaqua le premier : les deux fléaux de bois dur reliés par une chaîne tourbillonnaient devant lui et par-dessus ses épaules, décrivant des motifs complexes en un flou quasiment indistinct. Veil esquiva le premier coup en pivotant sur son axe, en même temps qu'il ôtait son blouson de cuir, se rejetait en arrière puis, d'un coup de pied latéral, cueillait au plexus solaire l'albinos armé du couteau qui l'attaquait par le flanc gauche. Sa victime expulsa bruyamment tout l'air de ses poumons, se plia en deux en se tenant le ventre, s'effondra à genoux et se mit à gerber.

Manifestement sidéré par l'habileté et la vitesse de réaction de Veil, le jeune au nunchaku hésita un bref instant, le temps de perdre le rythme. Veil fondit sur lui et lui balança son blouson de cuir à la tête, cinglant dans le même geste la chaîne qui reliait les deux fléaux. Il tira violemment sur son vêtement, arracha le nunchaku aux mains du jeune Chinois et le rattrapa au vol puis jeta son blouson et, à son tour, entreprit de faire tournoyer le fléau, tout en s'avançant vers son dernier adversaire dont le visage avait viré au cendreux. Veil s'arrêta près d'un pilier de soutènement, martela un tempo complexe sur l'acier puis, nonchalamment, lança l'arme mortelle au Chinois, qui ne tenta même pas de la ramasser. Elle tomba à ses pieds et rebondit avec fracas sur le ciment. Le vérolé piqua un brusque sprint, décrivit un large cercle pour contourner Veil et rejoindre l'albinos qui, toujours à genoux, se tenait encore le ventre. Il l'aida à se relever et tous deux allèrent porter secours à leur acolyte au front tatoué d'une araignée, lequel commençait seulement à reprendre conscience. Puis les trois jeunes gens s'engouffrèrent dans un escalier à l'autre bout du quai et disparurent hors de vue.

– Apparemment, c'est mon assurance sociale qui a emporté les suffrages, déclara Veil en rejoignant sans s'émouvoir le policier, les ambulanciers et la jeune maman, qui tous le dévisageaient, les yeux grands comme des soucoupes.

– Les Dragons de l'Ombre sont un gang particulièrement hargneux, lui apprit le policier. Ils chercheront sûrement à exercer des représailles.

Veil haussa les épaules ; il était en train d'aider les ambulanciers à soulever le brancard où étaient allongés la jeune maman et son nouveau-né.

– On me trouve assez facilement, déclara-t-il.

Le policier plissa les yeux et étudia attentivement le grand type efflanqué, mais solidement bâti, aux yeux d'un bleu de glace et aux cheveux blonds striés de gris qui lui tombaient sur les épaules.

– Vous êtes Veil Kendry ?

Veil jeta à l'homme un rapide coup d'œil puis répondit avec désinvolture :

– En effet.

– J'ai entendu parler de vous.

– En bien, j'ose espérer.

– Ça dépend de votre interlocuteur du moment. Vous êtes un ami de ce cinglé de nain, n'est-ce pas ?

Veil éclata de rire, puis tendit brusquement les bras pour s'emparer de l'extrémité de la civière, que les ambulanciers s'apprêtaient à pousser. La jeune femme continuait de le fixer de ses yeux en amande ; une muette supplique, un clair appel à l'aide se lisait dans son regard limpide.

– Où l'embarquez-vous ? demanda-t-il.

Les deux hommes se regardèrent.

– Vous êtes peut-être assuré, monsieur, répondit le Sikh, mais elle n'en a pas l'air. Elle n'a même pas de sac à main. On va la conduire au dispensaire de Bellevue.

– Conduisez-la à St. Vincent. C'est plus près.

– Nous ne sommes pas liés par contrat à St. Vincent. Ils ne…

– Ne vous bilez pas. Je paierai la note.

Les ambulanciers se tournèrent vers le flic, qui opina du bonnet.

– C'est un artiste en vue. Blindé de tune. Faites-lui confiance.

– Comment comptez-vous payer, l'ami ? s'enquit le Latino.

– Carte. D'autres questions ?

– Que devrons-nous leur dire quand... ?

– Je le leur dirai moi-même. Je vous accompagne.

Le Latino se gratta nerveusement la gorge.

– Nous ne faisons pas taxi, l'ami. Le règlement intérieur de notre société nous interdit de transporter des civils n'appartenant pas à la famille du patient.

Veil sortit son portefeuille de sa poche et y préleva quelques coupures.

– J'ai là huit dollars et un peu de ferraille. Mais arrêtez-moi devant un distributeur et je vous donnerai davantage.

– Les gros sous, hein ? railla le Latino d'une voix désabusée en jetant un coup d'œil à son coéquipier, avant de reporter le regard sur la femme, qui continuait de dévisager Veil d'un œil implorant. L'homme haussa finalement les épaules.

– Allons, venez, mon pote. Et gardez votre fric. La jeune maman souhaite visiblement votre présence et vous avez bien gagné ce privilège, j'imagine.

La jeune femme continua de se cramponner de sa main libre au poignet de Veil pendant le court trajet, alors qu'il lui parlait en anglais d'une voix apaisante. À l'hôpital, où il était connu, il s'arrangea pour la faire admettre en observation, avec son bébé, dans le service postnatal. Il laissa une carte de crédit sur le bureau, à l'accueil, se dirigea vers une autre section du bâtiment puis se servit d'une clef électronique pour pénétrer dans un ascenseur à usage privatif qui le déposa au dernier étage. Il en descendit, prit à droite et franchit une porte battante portant l'écriteau *Laboratoire de recherches sur le sommeil*. Une femme aux longs cheveux blonds, vêtue d'une blouse blanche de laborantine, était assise dans un petit bureau faiblement éclairé sur sa droite ; elle lui tournait le dos pour contrôler une batterie d'instruments, posés devant elle sur une console, tout en prenant des notes sur un carnet jaune à feuilles quadrillées. Au-delà, derrière un grand panneau vitré, trois hommes et une femme gisaient sur des lits de camp, la tête, les bras et la poitrine hérissés de fils électriques.

– Bonjour, docteur Solow, la salua Veil d'une voix douce en se postant derrière la jeune femme pour poser délicatement les mains sur ses épaules.

– Veil ! s'exclama Sharon Solow sans se retourner. Que fais-tu ici ? Je te croyais au Whitney, en train de superviser l'accrochage de ton exposition.

– Il est arrivé quelque chose... ou, plutôt, quelque chose m'est tombé dessus et j'ai dû faire un petit détour. Je me suis dit que je pouvais aussi bien passer te dire bonjour puisque j'étais dans le coin.

– J'en suis ravie. Je suis tout de suite à toi. J'aimerais d'abord consigner ces données qui viennent de tomber à l'instant. Il me semble avoir rencontré une occurrence : mes quatre sujets entrent en REM pratiquement au même moment.

– Comment se porte le gosse aux terreurs nocturnes ?

– Bien mieux, grâce à toi. Il se sert des techniques que tu lui as enseignées pour s'arracher en douceur à ses cauchemars, retourner au stade 2 du sommeil ou rêver d'autre chose. La plupart du temps, il se contente de visiter un autre endroit, sachant que c'est ce que tu fais. Il t'idolâtre.

– Où va-t-il ?

– À Disneyland, le plus souvent.

– Excellent choix, à mon avis. Entrée gratuite et pas besoin de faire la queue aux attractions.

– C'est quoi, cette odeur sur toi, Veil ?

– Sans doute celle du sang et du placenta.

Sharon Solow pivota brusquement sur sa chaise et, en apercevant les taches qui maculaient le plastron et le jean de Veil, écarquilla les yeux, bouche bée.

– Que s'est-il passé, Veil ?

Il sourit.

– J'ai accouché une femme sur un quai du métro, voilà quelques instants. Mais j'aimerais me changer avant de me rendre au musée. J'aurais sans doute pu rentrer chez moi, mais il me semblait avoir laissé ici quelques vêtements de rechange.

– Ils sont toujours là, amour, répondit Sharon en lui étreignant la main. Va te nettoyer et je te rejoindrai dès que j'aurai terminé.

Veil se doucha dans le vestiaire des cobayes du laboratoire puis s'essuya et entreprit de passer des vêtements propres. Sharon apparut sur le seuil alors qu'il enfilait une chemise en jean. Elle vint l'aider à la boutonner puis l'embrassa.

– Merci, amour, déclara-t-elle tendrement.

– De quoi ?

– D'être ce que tu es, tout simplement. D'être tout à la fois notre principal sujet de recherche et notre autorité la plus compétente en matière de rêves vivaces. Ainsi que d'aider les autres cobayes qui viennent ici en quête d'assistance parce qu'ils n'ont pas tes dispositions en ce domaine. Et, bien sûr, d'avoir traversé la porte de Lazare pour me sauver la vie.

Veil eut un faible sourire :

– Il m'a fallu un bon moment pour te ramener ; tu es restée trois ans dans le coma. À ma connaissance, nous sommes les seuls, toi et moi, à avoir réellement franchi cette porte et à en être revenus. Et tu ne pourras jamais recommencer. Je ne pourrai plus t'aider. Tu resterais morte.

– J'en suis consciente, Veil, murmura Sharon. Plus de drogues ni de machines. Plus jamais.

– Tu regrettes les subventions de la CIA ?

– Les coqs chantent-ils à l'aube ? Bien sûr que je les regrette. Mais pas la CIA. On se débrouillera.

– Et ils ignorent toujours ce qui s'est passé ?

– Pas le moindre début de piste. Et ils ne sauront jamais rien… À moins que toi ou moi ne nous confiions à quelqu'un, ce dont nous ne sommes ni l'un ni l'autre susceptibles.

– Tant mieux.

– Voilà, déclara Sharon en l'aidant à passer une veste sport avant d'en épousseter une peluche imaginaire. Les oripeaux d'un grand artiste. Ça tient toujours, pour le dîner de ce soir ?

– Bien sûr.

– À plus tard, alors, amour.

Veil rêve.

Ses rêves, d'un saisissant réalisme, sont tout à la fois son don et son malheur, un cinglant coup de fouet de la mémoire et son guide vers plus de justice, une énigme et parfois la clé de l'énigme, une exhortation à la violence ou à la conciliation, une invitation à la démence et la source de sa puissance créatrice d'artiste.

Il n'arriva le lendemain vers midi à l'hôpital, chargé de fleurs et d'un panier de vêtements pour nourrisson, que pour apprendre, de la bouche de l'infirmière de l'accueil, le départ de la Chinoise et de son bébé. Voyant qu'il la dévisageait d'un œil abasourdi, elle ajouta promptement :

– Un vieux monsieur chinois est venu la chercher ce matin avec un avocat ; ils avaient appris par le service d'ambulances le nom de l'hôpital où les ambulanciers l'avaient conduite. Le vieux monsieur était très poli et l'avocat nous a montré des papiers officiels prouvant qu'elle était sa petite-fille.

– Vous en êtes bien sûre ?

La femme assise derrière le bureau piqua un fard.

– Eh bien, les documents étaient en chinois, mais tout semblait réglementaire.

– Seigneur ! souffla Veil. Ses yeux brillaient d'un feu bleu.

– J'étais présente quand ils sont allés lui parler, monsieur.

– En chinois ?

– Oui, monsieur. Mais elle n'a opposé aucune résistance. Elle avait l'air résolue à les suivre.

Veil soupira.

– Ce gentil monsieur chinois et son avocat l'ont sans doute menacée de brûler vif son bébé et de massacrer toute sa famille en Chine si elle ne les suivait pas de bon gré.

– Quoi ?

Le sang s'était retiré des joues de l'infirmière.

– Peu importe, répondit sèchement Veil en déposant fleurs et panier sur le bureau. Il est trop tard pour y remédier. Donnez cela à une autre patiente.

Il regagna son loft et travailla fébrilement, s'efforçant de chasser la mère et l'enfant de son esprit pour se concentrer sur ce qu'il faisait.

Des hordes de vautours d'une indicible cruauté et d'une iniquité absolue tournoyaient par milliers, de jour comme de nuit, au-dessus de cette ville, et ce n'était pas parce que l'aile d'un oiseau particulièrement sinistre avait effleuré son visage qu'il pouvait se permettre de le traquer, de l'abattre en piqué et de lui arracher sa proie. La femme et le bébé étaient définitivement perdus ; hors de sa portée et probablement introuvables.

Sa tentative pour apaiser sa fureur et effacer ce souvenir de sa mémoire par la toile et les pinceaux fut vaine, et Veil renonça finalement à lutter. Il lui restait encore quelques dettes à régler, et il ne se sentait pas le droit de ne pas au moins tenter de les rembourser, si l'occasion s'en présentait.

Il nettoya ses pinceaux en fin d'après-midi et se rendit à Chinatown pour y acheter un oiseau.

Veil rêve.

Il est Archange, le plus efficace et impitoyable agent de la CIA dans cette guerre secrète qu'elle mène au Laos. Il collecte des renseignements en tant qu'agent de liaison auprès des tribus montagnardes Mong, anticommunistes, mais le plus clair de ses activités consiste à traquer et éliminer l'ennemi. C'est la guerre et son inclination et ses aptitudes au meurtre sont récompensées. Il ne tue pas par patriotisme, mais pour lui-même. De nombreuses années s'écouleront encore avant qu'il n'apprenne à maîtriser le rêve vivace où prend racine son long combat contre la démence, et ne découvre tant la rédemption que la guérison dans l'illustration de ses propres cauchemars. Pour l'heure, seule son extrême violence l'aide à tenir en échec ses démons et lui permet de trouver un court répit dans les féroces cauchemars qui hantent ses nuits.

Tout en vacillant constamment au bord de la folie, il n'en éprouve pas moins une loyauté sans limites, voire de l'amour, pour les villageois montagnards qu'il a armés et avec qui il s'est battu. Il s'inquiète aujourd'hui, plus particulièrement, pour la sécurité d'une tribu bien précise, car il a été repéré et reconnu par le Pathet Lao sur une piste proche de ce village Mong. Il tue quatre guérilleros et échappe aux autres en plongeant d'une haute falaise dans un fleuve tumultueux, où il est emporté par le courant, après avoir perdu conscience, jusqu'au moment où, longtemps après le coucher du soleil, il se réveille et se retrouve échoué sur une berge escarpée. Sonné, transi, il entreprend aussitôt, néanmoins, une pénible escalade pour s'extraire de ce ravin encaissé, car il doit absolument prévenir les villageois qu'on risque de les soupçonner de collaborer avec Archange et le leur faire payer au prix fort.

Il est déjà à mi-chemin du sommet quand il s'adosse à un coussin d'air, chute dans le vide et n'émerge de son rêve que pour retomber dans un sommeil profond. Il n'a désormais plus besoin d'achever son périple, car il sait d'ores et déjà ce qu'il découvrira au bout. Il est déjà retourné maintes et maintes fois dans ce village. Il n'a fait tout ce chemin que pour prendre la température de son âme, éprouver sa détermination, vérifier jusqu'où il serait capable d'aller, dans le monde réel, pour racheter son passé et sauver, aujourd'hui, une autre femme et son bébé.

Veil se leva à cinq heures du matin, se lava et s'habilla puis découpa un vieux drap afin d'en faire un cache pour la cage de l'oiseau. Il se grima, embarqua la cage, quitta l'immeuble et remonta les quelques pâtés de maisons séparant son domicile situé dans l'East Village de l'angle de Delancey Street et du Sara Delano Roosevelt Park, à la lisière orientale du quartier de New York traditionnellement alloué à son Chinatown.

Il claudiqua dans le parc en s'appuyant sur sa canne puis s'assit sur un banc à sa limite sud et observa, de sous le large rebord de son chapeau informe, les autres hommes qui y pénétraient, arrivant de toutes les directions et portant tous une cage d'oiseau voilée. Eux aussi prenaient place sur un banc, tantôt seuls, tantôt en compagnie, et, à mesure que le soleil se levait et réchauffait l'atmosphère, dévoilaient précautionneusement un côté de leur cage, réitérant une tradition séculaire. Un premier oiseau se mit à chanter, rapidement imité par un second puis par un troisième. Très bientôt, l'air du parc résonnait de trilles assourdissants, appels et réponses ; au bout de quelques minutes, les oiseaux donnaient l'impression de chanter à l'unisson, d'improviser sur une seule et même mélodie.

Veil retroussa à son tour le drap qui recouvrait sa cage, mais rien ne se passa. Il se pencha pour regarder, à l'intérieur, son *hua mei*, sorte de grive au plumage brunâtre éclaboussé de gris et de vert olive qu'on trouve à proximité du Yang-Tsé Kiang et dans certaines régions du Sud-Est asiatique. L'oiseau se taisait sur son perchoir et lui rendait son regard. Veil fit claquer sa langue et siffla doucement plusieurs fois, mais l'oiseau l'ignora souverainement. Veil poussa un grognement et secoua la tête puis, relevant les yeux, aperçut celui qu'il était venu trouver dans ce parc. Il attendit que le banquier aux cheveux argentés eût choisi un siège, pour se lever, ramasser sa cage et clopiner jusqu'à lui.

– Mon oiseau refuse de chanter, lui annonça-t-il paisiblement. Je me suis dit que vous pourriez peut-être m'en expliquer la raison.

L'homme vêtu d'un jean, de chaussons et d'un coupe-vent bleu sur un sweat-shirt blanc, leva les yeux et le dévisagea de ses yeux bruns songeurs, puis fronça les sourcils en le reconnaissant.

– Veil ?

– Pas de nom, Chou. Je ne veux pas qu'on sache à qui vous vous adressez. Vous tenez une banale conversation avec un vieux monsieur. Pourriez-vous me dire ce qui cloche chez mon oiseau ?

Le banquier d'âge mûr hésita puis ôta le drap de la cage de Veil et jeta un coup d'œil à l'intérieur.

– Tout d'abord, déclara-t-il non sans une touche de dédain, il vient de Shanghai.

– Qu'est-ce qui vous le fait croire ?

– Il lui manque les marques noires sur le bec caractérisant les meilleurs chanteurs, qui viennent de la province de Guan-Dang. Combien l'avez-vous payé ?

– Sept cents dollars.

– On vous a arnaqué. Un oiseau qui n'a pas encore appris les chants d'un autre *hua mei* n'en vaut pas plus de cinq cents. Que savez-vous des *hua mei* ?

– Rien, en fait, sauf que je me suis rappelé que vous les ameniez tous les matins au parc pour les faire chanter, vous et les autres. C'est un passe-temps honorable, une vertu qui soustrait au vice.

– Les oiseaux ne chantent que s'ils ont bien mangé, et celui-ci n'a pas l'air d'avoir été très bien soigné. Sans une nourriture adéquate, ses plumes ternissent et il a le moral dans les chaussettes.

– Les oiseaux ont un *moral* ?

– Absolument. On doit leur permettre de se baigner fréquemment. Je vais vous noter la recette d'un régime plus approprié.

– Merci, Chou.

– Vous teniez à me voir pour une tout autre raison. Quelle est-elle ?

– J'ai besoin de certains renseignements. J'espère que vous savez laquelle des trois Tongs gère le marché aux esclaves dans cette ville. Sans doute celle qui contrôle le gang des Dragons de l'Ombre.

Le banquier émit un bruit guttural étouffé, comme s'il manquait d'air, puis ramassa prestement sa cage et s'éloigna d'un pas vif. Veil ne broncha pas et patienta sans quitter des yeux le dos de son interlocuteur. Celui-ci avait presque atteint le trottoir lorsqu'il daigna enfin ralentir l'allure, avant de s'arrêter totalement. Il resta une bonne minute figé sur place puis se retourna et revint vers Veil à petits pas, tout en jetant des coups d'œil furtifs alentour.

– Vous me couvrez de honte, chuchota-t-il à Veil, la tête baissée.

– Ce n'était aucunement mon intention, protesta ce dernier.

– Sans vous, nous ne serions plus de ce monde, mon épouse et moi. Je ne pourrai jamais m'acquitter de tout ce que je vous dois.

– Vous ne me devez rien. Je ne suis pas venu exiger le remboursement d'une dette. Je désire simplement quelques informations.

– Cette conversation est très dangereuse.

– C'est précisément pour cette raison que je me suis déguisé et que j'ai amené mon oiseau dans le parc à l'instar de tous ces messieurs. Ceux que je recherche ne sauront rien de notre entretien.

– Vous essayez encore de secourir quelqu'un ?

– « Essayer » est le terme juste. Je recherche une jeune femme, dont je suis sûr qu'elle a été introduite illégalement dans ce pays. Sa famille et elle ont sans doute touché une forte somme en contrepartie de son introduction clandestine et, à présent, ceux qui lui ont fait passer la frontière la font turbiner dans un bordel pour rembourser cette dette… Ce qui n'arrivera jamais. Elle s'en est échappée, assez longtemps pour accoucher de son bébé, mais ses négriers les ont retrouvés tous les deux. Simple soupçon mais fortement étayé. Si je me trompe, je ne la retrouverai sans doute jamais, j'imagine.

– Ces gens refuseront de vous adresser la parole, Veil.

– Ça me regarde.

– Vous pourriez vous aussi disparaître dans Chinatown sans laisser de traces. Ceux que vous cherchez ne sont pas au-dessus des lois… ils *sont* la loi. Si vous vous fourrez dans le pétrin, la police ne pourra rien pour vous.

Veil ne répondit pas. Il attendit, fixant son interlocuteur. Le banquier finit par soupirer puis reprit :

– L'homme à qui vous souhaitez parler est Grand-Père Chang-Fu-Ong. C'est sa Tong qui contrôle l'immigration clandestine d'Asiatiques.

– Où puis-je le trouver ?

– Son QG est un club associatif de quartier – en fait un tripot et un bordel, doublé d'un trafic d'héroïne… sur Elizabeth Street. Mais vous…

– Merci, Chou, le coupa Veil en recouvrant la cage. Puisse votre *hua mei* chanter divinement aujourd'hui.

Il regagna son loft pour y peindre, s'entraîner, manger et s'y reposer, puis, en début de soirée, il voila de nouveau la cage de son *hua mei* et regagna Chinatown et Elizabeth Street. Trouver l'établissement qu'il cherchait ne présenta guère de difficultés, car un groupe de Dragons de l'Ombre en veste de satin noir s'amassaient devant l'entrée de l'immeuble de quatre étages. Les trois jeunots qu'il avait affrontés sur le quai du métro étaient du lot. À son approche, tous trois s'interposèrent pour lui bloquer le passage, en affichant une expression médusée. Ils le fusillèrent du regard puis la surprise qui s'y lisait se mua bientôt en fureur haineuse.

– Belle soirée, laissa calmement tomber Veil en s'adressant à celui du milieu, le Dragon de l'Ombre au front tatoué d'une araignée. Un gros pansement barrait le nez du garçon, sa joue gauche était marquée de profondes éraflures et ses deux yeux étaient pochés.

– Tu dois être barjot ! s'exclama-t-il d'une voix étouffée, tandis que la couleur se retirait de son visage.

– Tu n'es pas le premier à me le dire, répondit Veil

de la même voix atone. Il jeta un regard vers la caméra de surveillance fixée au-dessus de l'entrée.

– Je viens parler à Grand-Père.

Des chuchotements et des grognements stupéfaits montèrent du petit groupe de membres du gang.

– De quel « grand-père » tu veux parler ? demanda l'albinos.

– Ne me fais pas perdre mon temps, fiston, répondit Veil sans lâcher la caméra des yeux. Entre-temps, les autres membres du gang l'avaient contourné pour le cerner. S'il donnait l'impression de n'en pas tenir compte, il était en réalité parfaitement conscient de la position de chacun des jeunes et du message transmis par leur corps ; il était donc prêt à riposter à tout moment.

– Monsieur Ong serait très fâché de cette discourtoisie, poursuivit-il.

– Que lui veux-tu ?

– Pas tes oignons, fils.

Veil sentit un Dragon de l'Ombre se rapprocher dans son dos. Il changea légèrement de position. Il s'apprêtait déjà à pivoter sur lui-même pour lui asséner une manchette sur la pomme d'Adam quand la tension fut brusquement brisée par la sonnerie d'un portable. Le jeune au visage vérolé sortit son téléphone d'une poche de sa veste, le porta à son oreille, écouta quelques instants puis déclara « Oui, Grand-Père », avant de couper la communication et de remettre le portable dans sa poche. Il jeta à Veil un regard intrigué puis indiqua :

– La porte du fond.

Veil longea le trottoir jusqu'au pas de porte du sous-sol. La serrure émit un bourdonnement alors qu'il s'apprêtait à tourner la poignée et il pénétra dans un vaste hall souterrain bourré de tables et de chaises, où des Chinois s'adonnaient à divers jeux de hasard. Il louvoya entre les tables, dans un silence de mort, vers la porte située au fond du hall ; à son entrée, toutes les activités et les conversations s'étaient interrompues. Il ne frappa qu'une seule fois avant d'ouvrir puis d'entrer dans un bureau spacieux, tapissé d'une moquette épaisse, lambrissé d'acajou sombre et décoré d'antiques motifs muraux orientaux. Un vieux Chinois émacié à la longue barbiche effilée, vêtu d'un complet onéreux trop grand pour lui, était assis derrière un bureau de chêne massif, entre deux de ses congénères au crâne rasé, puissamment musclés et affublés d'amples tuniques de soie. Le vieil homme était assis sur la seule chaise de la pièce.

– Merci d'avoir accepté de me recevoir, Grand-Père, déclara Veil en traversant le bureau pour venir se planter devant le vieillard. Je m'appelle…

– Veil Kendry, acheva le vieil homme d'une voix sifflante, mais légèrement chantante et mélodieuse. Vous êtes un ami de ce timbré de nain.

Veil se fendit d'un petit sourire en coin.

– Mon seul titre de gloire.

– Certainement pas. Vous êtes un artiste renommé dont les œuvres s'exposent dans les musées et les galeries d'art de toute la planète. Vous créez ce que vous nommez des tableaux oniriques et le bruit court que votre style trouve son inspiration dans un certain mal dont vous souffririez physiquement. Vous n'avez pas toujours été aussi… porté sur l'esthétique. Vous êtes un maître en arts martiaux, au style éclectique et largement autodidacte. Vous avez également été agent de la CIA lors du conflit engagé par votre pays dans le

Sud-Est asiatique. Vos ennemis vous considéraient comme un tueur dément et impitoyable et l'on redoutait vos visites nocturnes. Archange était votre nom de code. Dois-je poursuivre ?

– Pas si votre discours était destiné à m'impressionner. C'est fait.

– Je dispose de nombreuses sources de renseignement dans la communauté asiatique de ce pays… tout comme vous, au demeurant, de toute évidence. Quand j'ai appris que vous aviez si efficacement intimidé trois de mes meilleurs guerriers puis disposé d'eux avec une telle aisance, je me suis dit qu'il ne serait pas mauvais de prendre quelques informations sur vous. J'ai donc posé des questions sur un homme correspondant à votre signalement. J'ai obtenu des réponses sans difficulté.

Le vieil homme s'interrompit puis ajouta sur un ton menaçant :

– Je sais où vous habitez.

– Nous sommes pratiquement voisins.

– Il est tout à fait remarquable que vous ayez conservé vos aptitudes au combat en dépit de votre âge. Vous devez énormément vous entraîner.

– Énormément.

Chang-Fu-Ong désigna d'un geste les deux Chinois trapus au visage impassible qui le flanquaient.

– Wing et Kwok étaient très impressionnés. Je suis persuadé que vous le seriez aussi par leur habileté. Hélas, ils ne peuvent pas vous en faire la démonstration. Tous deux étaient champions en Chine, mais le règlement de la société secrète d'arts martiaux à laquelle ils appartiennent leur impose de ne livrer que des combats à mort.

– Je ne suis pas venu me battre ni semer la discorde, Grand-Père, répondit Veil en avançant d'un pas pour poser sur le bureau massif la cage d'oiseau drapée de son voile. Je vous ai apporté ce cadeau en témoignage de mon respect.

Le vieil homme se pencha pour repousser le drap de la cage et examiner l'oiseau puis se rejeta en arrière sur sa chaise et scruta de nouveau Veil.

– Vous venez me parler de cette fille et de son bébé ?

– Oui, Grand-Père.

– Pourquoi ?

– Ils sont très importants pour moi.

– Pourquoi ?

– Pour une raison personnelle.

– Elle n'est pas retenue contre son gré.

– Je ne crois pas l'avoir mentionné.

– Ses parents et elle ont signé un contrat avec notre société de bienfaisance, aux termes duquel celle-ci s'engageait à la faire émigrer dans ce pays où elle pourrait mener une existence plus favorable. Elle est parfaitement libre de mener cette vie. Mais seulement après que sa famille et elle m'auront remboursé ce qu'ils me doivent. Il s'agit d'une très forte somme d'argent. Tout cela était préalablement consenti. Par contrat.

– Je ne pense pas, toutefois, qu'elle ait imaginé qu'elle serait forcée de se prostituer.

– Vous vous montrez grossier, monsieur Kendry. C'est une hôtesse, chargée de distraire les hommes d'affaires qui viennent se détendre ici. Elle les aide à se relaxer.

– Et son bébé ? Il n'a absolument aucune valeur à vos yeux ?

– C'est une situation déplorable. Nous décourageons la grossesse avant l'acquittement de la dette. Cette femme nous l'a dissimulée. Elle n'essayait pas de fuir, voyez-vous. Elle n'avait ni argent ni possibilité d'hébergement. Il est déjà surprenant qu'elle ait réussi à descendre jusqu'au quai de métro où vous l'avez trouvée. Elle désirait simplement accoucher loin d'ici et comptait certainement remettre l'enfant à la première personne qui accepterait de s'en charger, dans l'espoir qu'il grandisse avec la nationalité américaine. Sans doute vous l'a-t-elle d'ailleurs offert. Si vous teniez tant à faire son bonheur, vous auriez dû l'accepter… en espérant que nous ne vous retrouverions pas. Dans la mesure où ce bébé est le fruit de ses entrailles et que son corps nous appartient jusqu'à l'acquittement de sa dette, ce bébé nous revient. Nous le vendrons à un couple sans enfant et il sera probablement élevé en Américain, ce qu'elle souhaite. Nous déduirons la somme tirée de cette vente du montant de sa dette et elle en sera quitte un peu plus tôt. Pour le plus grand bien de tous, donc.

– Je souhaite racheter son contrat. Avec le bébé, bien entendu.

Le vieil homme eut un faible sourire, mais nul humour ne se lisait dans ses yeux marron au regard glacé. Il tira sur sa barbichette.

– Un million de dollars devrait suffire. Vous disposez d'une telle somme, monsieur Kendry ?

– C'est vous qui vous montrez grossier, à présent, Grand-Père. Le sarcasme est une bien piètre réponse à une proposition sérieuse. Le tarif le plus élevé, s'agissant d'introduire clandestinement un étranger dans ce pays, est de trente-cinq mille dollars. Que je consens à vous régler.

Le vieillard balaya l'offre d'un geste et leva les yeux au plafond :

– Que savez-vous réellement de Chinatown, monsieur Kendry ?

– Jack Nicholson, Faye Dunaway, John Huston.

– C'est vous maintenant qui vous gaussez de moi, dirait-on. Ce serait très mal avisé.

– Je comprends parfaitement ce que vous essayez de me dire, Grand-Père. Ici, on fait les choses à votre façon. Les gens ne collaborent pas avec la police, car le seul monde qu'ils connaissent est le vôtre. Les magouilles de Chinatown restent fermées aux étrangers. Si je ne parvenais pas à sortir de cette pièce, ce serait exactement comme si je n'avais jamais existé.

– Exactement.

– Je veux seulement vous proposer un marché, Grand-Père. Je n'ignore pas que tout ce qui se passe ici tend à très rapidement se compliquer, mais je ne vois pas pourquoi notre affaire se plierait à cette obligation. Si j'avais souhaité perdre mon temps, je serais allé me plaindre à l'Immigration ou à la police que le caïd de la Tong qui contrôle les Dragons de l'Ombre gère une filière de la prostitution alimentée par des immigrées clandestines et, ce faisant, je ne leur aurais sans doute tiré que des bâillements. J'ai préféré venir vous trouver. Respectueusement.

Le vieillard se tourna vers le Chinois à sa droite.

– Examine l'oiseau, Kwok.

Le dénommé Kwok passa le bras par-dessus le bureau, ouvrit la cage et empalma l'oiseau qui s'y trouvait. Il l'en retira, l'inspecta brièvement puis referma brutalement le poing, le broyant et le réduisant en une pulpe sanguinolente de plumes et d'os minuscules qui sourdait entre ses doigts épais. Il balança les restes ensanglantés au fond de la cage, essuya ses doigts au drap et recula d'un pas.

– Il vient de Shanghai, déclara-t-il en anglais en regardant droit devant lui, le visage impavide. Il n'a pas été soigné ni entraîné convenablement. Il ne vaut rien.

– Je ne traite pas d'affaires avec les étrangers, monsieur Kendry, affirma le vieil homme de sa douce voix sifflante. Sortez immédiatement et estimez-vous heureux d'être encore en vie et de pouvoir chanter vos chansons.

Veil resta un moment immobile, le visage impassible ; il soutenait le regard du vieillard tout en réfléchissant aux choix qui s'offraient à lui et dont l'éventail venait de considérablement se réduire : entre bien peu et aucun. Tenter de rouvrir la discussion serait futile et n'aurait d'autre résultat que de lui gagner le mépris du chef de la Tong, mépris qui risquait de se révéler plus dangereux encore que sa colère. Les deux gardes du corps avaient légèrement changé de posture et croisé les mains derrière le dos, sans doute pour empoigner le glaive court caché sous la ceinture de leur longue tunique.

Conscient que nombre d'existences dépendaient de sa réaction dans les secondes qui suivraient, Veil risquait néanmoins de se retrouver avec une guerre contre un voire plusieurs gangs sur les bras, et ce à la veille d'une importante exposition au Whitney Museum. En outre, cette guerre pouvait facilement déborder des limites de Chinatown. Il lui faudrait, en ce cas, consacrer toutes ses ressources à attaquer et à se défendre, et, compte tenu du nombre d'hommes qu'on enverrait pour le tuer, il se verrait contraint de repartir en chasse comme autrefois. Les rues du bas Manhattan se transformeraient en un champ de bataille, théâtre de massacres comparables à ceux qu'il avait connus naguère. En dernière analyse, il n'était pas venu jusqu'ici pour expier ni racheter une faute personnelle ; tout bien pesé, le Pathet Lao était entièrement responsable de ce qui était arrivé au chef de village Mong et à son épouse enceinte. Non, s'il avait fait tout ce chemin, éperonné par ce souvenir, c'était pour balayer du monde un zeste de malfaisance et la remplacer par un peu de bien. Et, manifestement, c'était infaisable. Tuer ou se faire tuer serait vain : la mère et l'enfant qu'il était venu aider seraient sans doute les premières victimes de tout conflit déclenché dans cette pièce. Combat absurde, comme nombre de ceux auxquels il avait participé dans son lointain passé.

Veil tourna les talons et sortit du bureau.

Veil rêve.

Il achève son voyage de retour au village ; sa chair et ses vêtements ont été lacérés par les innombrables et minuscules griffes de la jungle qu'il a traversée en trombe pour avertir les villageois du raid du Pathet Lao. Mais il arrive trop tard. Tous les hommes, toutes les femmes et tous les enfants ont été massacrés. Le chef du village et son épouse enceinte ont été attachés à des pieux, étripés et décapités. La tête de la femme gît à ses pieds dans une mare de sang et de lambeaux de chair : celle du bébé qu'elle portait.

Il creuse, en s'aidant de ses mains nues et de son couteau, des tombes superficielles pour le chef du village, son épouse et le bébé mort-né puis s'enfonce de nouveau dans la jungle, en catimini, pour entamer une traque vengeresse de six semaines.

Incapable de pleurer sur le moment, il n'avait pas versé une larme, mais il n'est plus le même aujourd'hui et pleure abondamment dans son rêve, tout en fuyant le village à tire-d'aile ; il survole la jungle de haut et s'en arrache brutalement pour sombrer dans un profond sommeil.

Le crépuscule tombait quand il acheva le premier panneau du mural, son œuvre en cours. Il l'encadra puis gagna le coin cuisine de son loft et prit un sac-poubelle sous l'évier. Il plaça la toile dedans puis sortit et reprit le chemin de Chinatown.

Il se sentait disposé à pénétrer coûte que coûte dans le bordel et club associatif de Chang-Fu-Ong, mais il n'eut pas à faire usage de la force. À l'approche de la phalange de Dragons de l'Ombre gardant l'entrée de l'immeuble, il fixa la caméra de surveillance et la porte s'ouvrit d'elle-même en bourdonnant. Il entra, traversa le hall bondé, à nouveau plongé dans un silence de mort, et franchit la porte du fond.

Le tableau qui s'offrit à lui dans le bureau ressemblait à s'y méprendre à celui de la veille : les deux mêmes gardes du corps en tunique, le visage impassible, de part et d'autre du vieillard à la barbiche pointue, toujours assis à sa table de travail.

– Merci d'accepter de me revoir, Grand-Père, déclara Veil d'une voix neutre en s'avançant jusqu'au bureau.

– À voir votre tête, monsieur Kendry, vous me faites l'impression d'avoir omis de préciser un détail. C'est la dernière fois que vous serez admis ici car, en vérité, il n'y a rien à ajouter.

– C'est inacceptable, Grand-Père.

Les lèvres minces du vieil homme se retroussèrent légèrement aux commissures.

– Inacceptable ? Je refuse tout simplement de traiter avec vous.

– Vous m'avez fait perdre la face.

Chang-Fu-Ong eut un ricanement méprisant.

– *Perdre la face ?* Que pouvez-vous bien en savoir ?

– Vous avez tué mon oiseau.

– Il n'avait aucune valeur.

– Pas à mes yeux. Je commençais à m'y attacher ; mettons que j'aie toujours eu un goût prononcé pour les passereaux. Vous m'avez humilié devant vos hommes. Pour vous racheter, vous devez me remettre la mère et l'enfant.

Veil s'accorda une pause, sortit la toile du sac-poubelle et la brandit sous les yeux du vieillard.

– Voilà ce que je vous offre en contrepartie du contrat, poursuivit-il.

Le chef de la Tong étudia la toile puis se renfrogna.

– Un gros globule vert ? Sans doute ce que vous appelez de l'« art » ?

– Je travaille à très grande échelle... Des muraux composés de dizaines de panneaux distincts vendus séparément. Comme c'est souvent le cas, collectionneurs et marchands d'art des quatre coins du monde s'escriment pour les réunir tous et reconstituer l'œuvre dans son ensemble, tel un énorme puzzle.

– Astuce promotionnelle bien inusitée.

– C'est ainsi que je travaille et que je préfère présenter mon travail. Les idées me viennent souvent de façon fragmentaire, en rêve, tant et si bien que je les vends également sous forme de fragments. À longue échéance, cette toile vaudra sans doute bien plus que les trente-cinq mille dollars que je me propose de vous la vendre.

Le vieil homme porta alternativement le regard sur ses deux gardes du corps puis gloussa.

– Que dépeint cette œuvre dans son ensemble, monsieur Kendry ?

– Un village que j'ai visité voilà de nombreuses années. Il n'en reste plus rien que la jungle qui l'a envahi. Achevée, l'œuvre s'intitulera *Stèles anonymes*.

Chang-Fu-Ong tendit une de ses mains frêles.

– Donnez-la-moi. Wing est mon expert artistique. Je vais lui demander d'estimer votre œuvre, comme Kwok l'a fait pour votre *hua mei*.

– Je ne pense pas. Je vous ai d'ores et déjà dit ce qu'elle valait. Vous n'entrerez en sa possession qu'après m'avoir remis la fille et l'enfant.

– Je ne m'intéresse pas à l'art occidental.

– Élargissez vos centres d'intérêt. En refusant mon offre, vous vous feriez un ennemi mortel d'Archange. Si vous preniez ce parti, vos activités dans la branche où vous exercez risqueraient fort de ne plus se dérouler aussi paisiblement. Vous avez pris la peine de m'expliquer que ce qui se passe ici risquait de n'éveiller jamais l'attention du reste du monde. Parfait. Archange s'est toujours très bien débrouillé dans la jungle.

– Vous êtes un imbécile, monsieur Kendry, affirma le vieillard d'une voix tendue. Son teint avait pris la couleur du vieux parchemin.

– Et vous un maquereau, un négrier sans cœur ni âme ni honneur.

–Tuez-le !

Des glaives apparurent soudain aux mains des deux gardes du corps. Les Chinois l'attaquèrent sur deux flancs, leur arme brandie. Veil tua d'abord celui de gauche – Kwok – en lui plantant dans la gorge le couteau de lancer qu'il portait dans un fourreau au poignet. Il pivota simultanément sur sa droite – pratiquement du même mouvement coulé – pour esquiver le coup d'estoc de Wing, acheva ce demi-tour en enfonçant ses doigts raidis dans le flanc exposé de l'homme et lui rompit quelques côtes en même temps qu'il agrippait celui de ses poignets qui tenait le glaive. Il lui cassa le bras à la hauteur du coude puis passa le sien sous son menton et tira d'un coup sec. La nuque de Wing se brisa avec un craquement audible.

Puis Veil se pencha légèrement au-dessus du visage cendreux du vieillard assis derrière son bureau. La mâchoire lui en tombait.

– Navré que nous n'ayons pu faire affaire, Grand-Père, déclara-t-il d'une voix sourde.

Lorsqu'il en eut terminé, il accrocha sa toile au mur puis ramassa le sac-poubelle et sortit de la pièce en refermant la porte derrière lui. Les bruits de ses pas résonnèrent dans le hall pétrifié alors qu'il se dirigeait vers le Dragon de l'Ombre albinos. L'autre montait la garde devant une porte dont Veil ne douta pas une seconde qu'il puisse ne pas s'agir de celle du bordel.

– Comment t'appelles-tu ? demanda-t-il au jeune homme en s'arrêtant devant lui.

Le regard de l'ado oscilla un instant, irrésolu, entre le visage sévère de Veil et le sac-poubelle négligemment jeté sur son épaule.

– Lee Yeung, finit-il par répondre.

– Je suis Archange. Je suis la Mort. J'ai un message pour toi de la part de Grand-Père. Ce claque est fermé. Cette fermeture prend effet immédiatement. La femme que j'ai aidée sur le quai du métro doit venir avec moi, comme son bébé, et l'on devra considérer les contrats de toutes les autres comme remplis. Toi et tes compères du gang, vous veillerez à vous mettre en règle avec les services de l'Immigration et à vous intégrer à la communauté. Tu leur trouveras un logement et un emploi convenables… n'impliquant pas la prostitution, bien entendu. Rien de ce qui s'est produit ici, naturellement, ne devra revenir aux oreilles de la police ni des autorités. Quand je sortirai de ce bâtiment, ce sera exactement comme s'il ne s'était rien passé. Sinon Grand-Père, les Dragons de l'Ombre – et jusqu'aux chefs des autres Tongs – perdraient la face. Si tu m'obéis, on fera une croix définitive sur cette affaire. Dans le cas contraire, tu auras affaire à moi. Grand-Père affirme que je dois te tenir responsable de la réalisation de ses vœux. Ses instructions te semblent-elles claires, Lee ?

Le jeunot rougit, dénuda ses dents puis recula d'un pas et plongea la main dans sa poche de veste.

– Grand-Père n'exigerait jamais de moi que je prenne mes ordres de toi !

Veil haussa les épaules puis lui tendit le sac-poubelle.

– Tiens, fiston. Pose-lui toi-même la question.

Visiblement intrigué, le Dragon de l'Ombre ouvrit le sac, y plongea le regard, poussa un cri étranglé et le lâcha. Les trois têtes roulèrent sur le parquet de séquoia et des hoquets stupéfaits retentirent dans toute la salle. Veil contourna le jeune homme et entra dans le monde crépusculaire de pleurs, de larmes, de lamentations et de misère qui s'étendait au-delà.

Titre original : *Unmarked Graves*

2

La porte de Lazare

Veil rêve.

D'un saisissant réalisme, ses rêves sont tout à la fois son don et son malheur, un cinglant coup de fouet de la mémoire et son guide vers plus de justice, une énigme et parfois la clé de l'énigme, une exhortation à la violence ou à la conciliation, une invitation à la démence et la source de sa puissance créatrice d'artiste.

La Lazare debout sous le lampadaire du trottoir, devant le vieil entrepôt appartenant à Veil Kendry, était une jolie femme d'une quarantaine d'années. Veil la contemplait depuis son vaste loft du quatrième, à travers le miroir sans tain de sa fenêtre. Il ressentait son malaise, en dépit de son visage impassible et de son regard distant. Elle se trouvait certes dans l'East Village, à New York, mais n'était pas pour autant en danger, car Veil avait pris des dispositions quinze ans plus tôt, lors de l'acquisition de cet immeuble, pour s'assurer que les quelques pâtés de maisons alentour ne serviraient pas de repaire à des criminels ; les trafiquants de drogue et autres malfaiteurs enclins à la violence qui sévissaient dans son environnement immédiat préféraient invariablement s'abstenir d'y revenir, quand ils ne disparaissaient pas tout bonnement. Aucun arrêt d'autobus ne se dressait au milieu du pâté de maisons et elle n'avait donc aucune raison apparente de patienter à cet endroit depuis quarante-cinq minutes ; qu'elle fût une Lazare ne la rendait que doublement suspecte à ses yeux : si elle avait entendu parler de lui et souhaitait un entretien, il lui suffisait d'appuyer sur la sonnette de l'entrée, au rez-de-chaussée.

Au bout d'une heure, constatant que la femme n'avait toujours pas bougé, il décrocha son téléphone et appela le docteur Sharon Solow à son domicile personnel. Elle était absente, mais son répondeur automatique ne se déclencha pas. Son bureau du Laboratoire de recherches sur le sommeil, au St. Vincent Hospital, ne répondant pas davantage, Veil descendit au troisième, où se trouvaient son arsenal et son équipement, prit une paire de jumelles à infrarouge sur une étagère, éteignit la lumière et se posta devant la fenêtre donnant sur la rue. Il commença par scruter les terrasses des immeubles d'en face, mais ne vit pas âme qui vive. Il repéra néanmoins un homme seul, tapi dans l'entrée obscure d'une devanture de magasin, juste en face de chez lui ; l'homme était coiffé d'un casque acoustique. Veil scruta encore les ténèbres sur les trois flancs de l'immeuble, mais rien apparemment ne sortait de l'ordinaire. Désormais convaincu que le voyeur-auditeur était bel et bien seul, il sortit par une porte de service donnant sur l'arrière de son immeuble, se dirigea vers l'extrémité du pâté de maisons, contourna le bâtiment, traversa la rue, fondit sur l'indiscret aussi silencieusement qu'une ombre mouvante au sein des ténèbres, et le frappa au plexus solaire. Le type se plia en deux, suffoqué, et Veil le chopa au colback et lui fit traverser la rue. La femme affichait à présent une mine contrite, mais elle le regarda s'approcher sans broncher.

– Navrée, déclara-t-elle tranquillement quand Veil fit monter sa victime sur le trottoir, pour ensuite, d'une bourrade, le pousser vers l'entrée de son immeuble. L'homme en vert m'a promis qu'il…

– Inutile de vous justifier, la coupa Veil. Je sais que vous ne me voulez pas de mal et que vous n'avez consenti à servir d'appât que par souci de votre sécurité personnelle. Je vous certifie qu'ils ne menaceront plus votre famille. Vous êtes libre de vous retirer. Il y a une station de métro à quelques blocs d'ici, au nord, et vous pouvez la gagner à pied sans aucun risque.

La femme hocha la tête puis tourna les talons et se fondit dans la nuit. Veil traîna sa proie jusqu'à l'entrée, l'entraîna dans l'immeuble et, une fois dans le petit hall, la plaqua violemment contre la porte du monte-charges. Il referma ensuite la porte de l'entrée derrière lui et se retourna vers son voyeur qui, affalé, se tenait encore le ventre en affichant une expression terrifiée mâtinée de stupeur. Cheveux d'un roux flamboyant, yeux verts, joues et front semés de taches de rousseur, si denses qu'elles formaient des plaques. Veil lui donna environ vingt-cinq ans, mais il aurait parfaitement pu passer pour un ado… un adolescent potentiellement dangereux qui, pour une raison ou une autre, tentait d'élucider de très dangereux secrets.

– Seigneur ! s'écria le jeune homme avec excitation, tout en secouant la tête et en s'humectant les lèvres. C'était vrai ! Vous l'avez reconnue pour ce qu'elle est ! Vous devriez pouvoir communi…

– Cesse de jacasser ou je t'en colle un autre ! le coupa sèchement Veil. Qui diable es-tu ?

Le jeune rouquin aux yeux verts déglutit péniblement puis ôta les écouteurs qui pendaient de guingois à son cou. Une unique gouttelette de sueur perlait à son front.

– Je… je ne vous dirai rien. Vous ne pourrez pas me faire parler.

Veil poussa un grognement.

– Vraiment ? Tu m'as l'air bien jeune pour travailler comme agent de terrain pour la CIA… Mais il faut dire aussi qu'on fait toujours très jeune dès qu'on devient adulte.

– J'ai dit que je ne…

Le jeune homme s'interrompit brusquement et poussa un hurlement ; Veil l'avait agrippé par les revers de son manteau et soulevé du sol, pour le plaquer de nouveau contre les portes blindées du monte-charges.

– Vous allez me torturer ?

– Nan, répondit calmement Veil. Je hais la torture. Je n'ai aucun scrupule à torturer les bourreaux, mais tu n'en as pas l'air. Mais je vais t'enseigner un petit truc que ton chiropracteur lui-même ne connaît sans doute pas.

Il fit tournoyer l'autre sur son axe et lui empalma le menton de la main gauche, puis lui tordit le cou tout en comprimant violemment, du talon de la main droite, un point précis de sa colonne vertébrale. La nuque et le dos de sa victime émirent un craquement aigu et elle s'effondra.

Le jeune homme au manteau resta assis par terre, les jambes écartées et les pieds tournés en dehors ; tout son poids reposait sur ses paumes. Il plongea le regard dans les yeux d'un bleu de glace de l'homme émacié, dont les cheveux blonds striés de gris tombaient jusqu'aux épaules, qui le toisait. Puis il baissa les yeux et fondit en larmes en voyant se former une flaque d'urine entre ses cuisses.

– Je me pisse dessus et je ne sens rien, sanglota-t-il. Vous m'avez paralysé.

– L'incontinence est le cadet de tes soucis, fiston. Pour l'instant, tu es au moins candidat au fauteuil roulant. Tâche de fournir des réponses simples et directes à mes questions ou tu finiras poussé sur une civière à roulettes dans les couloirs d'un hôpital. Je ne bluffe pas, comme tu l'auras sans doute remarqué, et je me donne rarement la peine de menacer. À présent, si tu ne souhaites pas que je te débranche définitivement, cesse de pleurnicher et dis-moi ton nom.

Le jeune homme réprima un sanglot.

– Denny Whalen, souffla-t-il.

– Très bien, Denny Whalen. Tu travailles pour la CIA, bien entendu. Agent de terrain ?

– Oui et non.

– Explique-toi d'abord sur le « non ».

– On… on ne fait pas de basse besogne. Ni de missions en sous-marin. On dépend des Opérations, mais uniquement pour la recherche.

– Comment s'appelle ton organisation ?

– Le service des Compétences humaines.

– Je m'efforce de me tenir au courant de ces affaires et je n'en ai jamais entendu parler. Tu tiens à ce que je te redresse encore la colonne vertébrale ?

– Il s'appelait auparavant le bureau des Ressources humaines extraordinaires.

– Oh ! fit Veil en soupirant. Bien sûr. Le BRHE. La « boutique des horreurs ». Il me semblait pourtant que le nain vous avait mis sur la touche l'an dernier.

– On nous a… reformés.

– Parfait. Exactement ce dont le monde avait besoin. Une « boutique des horreurs » réorganisée. Si tu n'es pas un agent de terrain, que fabriques-tu de nuit devant chez moi avec ton matériel d'écoute ?

– C'était une expérience. La femme portait un micro et j'aurais tout entendu de votre conversation. Je devais vérifier par moi-même que les « Lazares » se reconnaissent entre eux à première vue et sont capables de communiquer jusqu'à un certain degré par télépathie. Je voulais vérifier que vous descendriez la trouver… ce que vous avez effectivement fait. Vous n'avez pas réellement conversé, mais vous l'avez reconnue pour ce qu'elle est.

– Tu es un foutu imbécile, Denny Whalen. Comment le BRHE a-t-il eu vent de l'existence des Lazares ? Le projet Lazare est vieux d'une décennie et toutes les archives ont été détruites.

– Les dossiers du KGB y faisaient allusion. Nombre de leurs agents travaillent aujourd'hui pour nous et ils ont rapporté de là-bas un tas de dossiers.

– Si tu as lu des comptes rendus sur le projet Lazare, tu dois savoir que c'est un échec total. Jamais tu ne pourras aller où ils comptaient se rendre.

– Les dossiers sont incomplets. Vous avez tué les deux agents du KGB qui travaillaient à l'Institut et sur la base militaire.

– En effet. Vous détenez le docteur Solow ?

Denny Whalen déglutit de nouveau âprement puis hocha la tête.

– Le kidnapping me semble pourtant bien une basse besogne, Denny. Et une très, très mauvaise idée. Où la séquestrez-vous ?

– Dans un immeuble sécurisé de l'Upper West Side. L'adresse…

– Je sais où c'est. Elle n'est pas blessée ?

– Non.

– Une chance pour toi. Comment se fait-il que le directeur des Opérations ait autorisé un kidnapping par un groupe de « chercheurs » ?

– Les Opérations ont accordé la priorité à l'élucidation du projet Lazare. Vous avez dû semer une sacrée pagaille dans le passé, parce que personne ne voulait avoir affaire à vous. C'est pour cette raison que nous avons préféré contacter en premier le docteur Solow. Mais elle a refusé de coopérer. Nous avions besoin de vous. Nous avons donc décidé que la meilleure façon de vous obliger à collaborer était de placer le docteur Solow sous notre… tutelle provisoire. Le directeur nous a prêté un agent de terrain pour mener à bien ce projet et l'on m'a permis de procéder à mon expérience avant de vous contacter.

– Combien êtes-vous dans cet immeuble sécurisé ?

– Trois. Deux chercheurs et l'agent de terrain.

– Dans quelle pièce le docteur Solow est-elle détenue ?

– Une chambre du premier étage, sur l'arrière. Nous avons installé un QG au sous-sol. Écoutez, pourquoi ne me laisseriez-vous pas essayer de…

– La ferme ! répondit Veil en se penchant sur lui pour fouiller ses poches. Il trouva un téléphone portable et le fracassa. Puis il traîna le pauvre bougre dans un coin du hall, ouvrit les portes du monte-charges et y grimpa.

– Ta paralysie se dissipera dans quarante-cinq minutes environ, Denny. À ta place, je ferais le dos rond ici en attendant que ça se tasse. Si jamais l'idée te venait de sortir de cet immeuble en rampant, pour tenter de trouver de l'aide et leur téléphoner, rappelle-toi dans quel quartier tu te trouves. Les vautours qui croisent dans les parages adoreraient tomber sur un gentil jeune homme bien habillé dans ton genre, désarmé et gisant au sol, impuissant. Tu peux comprendre une double négation ?

– Hein ?

– Je ne resterai pas seul. Et je ne permettrai à personne d'importuner le docteur Solow. Va le dire à tes supérieurs de Langley. Le directeur des Opérations saura à quel point je suis sérieux.

– Bien, monsieur.

Veil regagna son arsenal du troisième étage, choisit un automatique de calibre .45 qu'il plaça dans un petit sac à dos avec des outils d'effraction et un rouleau de corde de nylon, légère mais robuste. Puis il redescendit dans la rue et prit un taxi jusqu'à l'immeuble sécurisé de la CIA, dans l'Upper West Side. Il coupa le signal d'alarme encastré dans un boîtier sur le flanc de l'immeuble puis crocheta la serrure de la porte de service et entra. Il trouva l'agent de terrain, homme chauve et trapu entièrement vêtu de vert (veste, pantalon et chemise assortis) dans une pièce du rez-de-chaussée, où il buvait une bière en regardant la télé. Il sauta sur ses pieds à son entrée et porta la main à son étui d'aisselle, mais Veil le cueillit à la tempe du canon de son .45, l'assommant pour le compte. Il le ligota avec la corde de nylon puis sortit de la pièce et gravit, pratiquement sans bruit, l'escalier menant à l'entresol. Un homme légèrement plus âgé, au bras gauche atrophié et vêtu d'une veste en tweed brun, fumait la pipe sur une chaise devant une porte close. Lorsqu'il releva les yeux, il vit Veil dévaler le couloir à sa rencontre, l'arme brandie et braquée sur son crâne. La pipe tomba de ses mâchoires serrées et il se releva brusquement, les bras en l'air et le visage blême.

– Ouvrez, lui intima calmement Veil en désignant la porte d'un coup de tête.

– Elle n'est pas fermée à clef, murmura d'une voix étouffée l'homme au bras atrophié.

Veil tourna la poignée et poussa la porte, puis l'empoigna par le plastron de sa chemise et le propulsa brutalement à l'intérieur. Le type à la veste de tweed tituba, tournoya sur lui-même, atterrit sur le lit, rebondit et retomba de l'autre côté. Le docteur Sharon Solow était assise dans un fauteuil de délassement sous une lampe éblouissante, ses cheveux longs couleur de blé noués en un catogan. À sa vue, elle releva les yeux, d'un bleu presque aussi soutenu que ceux de Veil, du livre qu'elle était en train de lire, les écarquilla, lâcha son livre, bondit de sa chaise et se jeta dans ses bras.

Veil serra contre lui la femme qu'il aimait, lui caressa les cheveux et effleura son front et sa joue de ses lèvres.

– Tu vas bien ?

– Oui.

Sharon l'embrassa fougueusement sur la bouche, puis recula d'un pas en fronçant les sourcils :

– Ils ont eu vent, je ne sais comment, du projet Lazare, Veil. Ils sont venus me trouver pour me demander de leur en divulguer les détails. Je leur ai répondu que j'ignorais de quoi ils voulaient parler. Je ne pouvais rien leur dire sans te mouiller directement. Je ne sais pas comment…

– Ils me savaient déjà impliqué dans l'affaire. Ils ont mis la main sur des dossiers du KGB qui mentionnent sans doute nos deux noms, ainsi que tes expériences dans le petit hospice de l'Institut du colonel Pilgrim, au sommet de cette montagne.

– Oh, mon Dieu ! Ils doivent en savoir assez pour que quelqu'un se fasse tuer.

– Ça semble le cas. Je me demande combien les Russes ont conduit de gens à la mort en essayant de leur faire franchir la porte de Lazare et de les en ramener.

– Comment m'as-tu retrouvée ?

– Ils avaient décidé de procéder à une petite expérience, grâce à une « Lazare » sur laquelle ils avaient mis la main, avant de m'appeler pour m'annoncer qu'ils te séquestraient. Mais leur expérience ne s'est pas déroulée de façon aussi satisfaisante qu'ils l'auraient souhaité.

– Il faut absolument leur parler, Veil !

– Leur *parler* ? (Veil s'interrompit, jeta un regard à l'homme en veste de tweed, qui s'était redressé et, toujours à genoux, le dévisageait par-dessus le rebord du lit.) J'avais plutôt envisagé de massacrer tout le monde dans cette baraque.

– Non, amour ! Il ne faut pas ! Ce ne sont que des scientifiques à la curiosité exacerbée.

– Ces soi-disant scientifiques avides de connaissances travaillent pour un petit service de la CIA particulièrement infâme, censément dissous depuis un an.

– Mais ces gens ne nous veulent aucun mal… sauf l'homme en vert.

– Celui-là est en train de cuver ses forfaits.

– C'est ce qu'ils s'efforcent de réaliser qui est dangereux, amour. Il faut leur parler, leur expliquer ce qu'il adviendra s'ils reprennent ces expériences.

– Je vais m'en charger. Rentre à la maison.

– Non. Je reste avec toi.

Veil se tourna vers l'homme à la veste de tweed, qui s'était enfin remis debout et serrait âprement son bras atrophié, comme si son fragile captif risquait de s'enfuir.

– À ce qu'il semble, vous allez enfin savoir ce qui vous intrigue si fort. Conduisez-moi à votre chef.

L'homme se gratta la gorge puis se redressa de toute sa hauteur :

– C'est… euh… C'est moi le responsable. Docteur Schaefer. Qu'avez-vous fait au docteur Whalen ?

– Il s'emploie à réfléchir plus sérieusement à la façon dont il doit aborder cette affaire, et envisage sans doute d'épouser une autre carrière professionnelle. À part vous et le Géant Vert, qui d'autre occupe cette maison ?

– Uniquement le docteur Leeds. Elle est en bas.

– Armée ?

– Bien sûr que non. Pour qui nous prenez… ?

– Allons-y.

Veil et Sharon descendirent derrière leur guide les deux volées de marches conduisant au sous-sol. Spacieux, celui-ci avait été de surcroît dégagé pour faire plus de place et permettre d'y installer une table de bois, un bureau, des chaises, deux civières à roulettes et tout un dispositif de matériel médical, adossé à la paroi au fond de la pièce. La moitié du mur de gauche était tapissée d'un large mural composé de dizaines de panneaux encadrés distincts, éclairés par des projecteurs encastrés dans le plafond. Une femme aux cheveux blancs et à l'ossature massive, debout devant la table où elle prenait des notes sur un calepin, tressaillit à leur entrée et releva les yeux.

– Gardez votre calme, Gail, lui conseilla brièvement l'homme en veste de tweed, tout en traversant la pièce pour lui effleurer la main. Le docteur Solow et monsieur Kendry consentent à nous apporter leur collaboration.

– Veil, chuchota Sharon d'un filet de voix en se tournant vers le mural aux multiples panneaux. C'est…

– Effectivement, répliqua sèchement Veil en s'approchant du mur pour examiner son œuvre.

La couleur dominante de cette toile composite était le bleu. Un bleu brillant, électrique, cerné de toutes parts par des nuages noirs ou gris pailletés d'or. Les coups de brosse et l'alternance de couches de pigment, tantôt fines, tantôt épaisses, créait l'illusion du mouvement, tant et si bien que la silhouette grise aux bras en croix qui se découpait sur fond de pure lumière blanche aveuglante donnait l'impression de voler. Là où aurait dû se trouver son cœur, on ne voyait qu'un simple rectangle découpé, laissant apparaître le mur de brique qui se dressait derrière le mural.

– J'ai peint *la Porte de Lazare* voilà bien longtemps, reprit sereinement Veil en se tournant vers les deux chercheurs. La CIA a dû se donner une peine inouïe et dépenser une fortune pour récupérer tous ces panneaux et la reconstituer. Mes œuvres ne sont pas particulièrement bon marché.

La femme aux cheveux blancs se chargea de lui répondre.

– Il a fallu des années. Les panneaux étaient dispersés aux quatre coins du monde, dans des musées, des galeries ou des collections privées. Mais il nous manque encore le dernier. Pourriez-vous nous dire où il se trouve ?

Pour toute réponse, Veil se contenta d'indiquer les bandes de papier punaisées au mur près du mural : des ECG. Chacun montrait très nettement un pic de Lazare, signature d'une mort clinique suivie d'une réanimation, et correspondant à la traversée de la porte de Lazare.

– Vous avez déjà essayé d'envoyer quelqu'un là-bas ? demanda-t-il.

– Non, répondit la femme d'une voix sans timbre. Nous avions besoin de plus amples informations avant de tenter l'expérience. C'est pourquoi nous tenions tant à vous parler, au docteur Solow et à vous. Est-il vrai que ceux qui s'approchent de la porte de Lazare à leur mort deviennent télépathes ?

– D'où tenez-vous ces électrocardiogrammes ?

– Des dossiers médicaux de Lazares des deux sexes, qui ont survécu à une expérience de mort imminente provoquée par des voies naturelles.

– J'imagine que vous les avez tous interrogés. Que vous ont-ils répondu quand vous leur avez demandé s'ils étaient devenus télépathes par la suite ?

La femme rougit légèrement.

– Ils ont éclaté de rire. Tous sans exception.

– Eh bien, vous avez votre réponse.

– Mais il y a bien quelque chose là-bas. Vous l'avez peint vous-même.

– Bien sûr que oui. La mort. C'est justement pour cela qu'on parle d'expérience de mort imminente à propos de ceux qui l'ont vue et en sont revenus. Ce n'est pas très compliqué, docteur. Certaines personnes ont seulement besoin de mourir pour y accéder. Mais les choses se compliquent sensiblement quand on décide d'y envoyer des personnes en vie, qui n'en reviennent jamais.

Il s'interrompit : Denny Whalen, apparemment très ébranlé, venait de s'encadrer dans l'embrasure de la porte. Puis Veil se tourna vers Sharon.

– Maintenant que nous sommes enfin tous réunis, dis-leur ce qu'ils veulent savoir.

Sharon hocha la tête puis se lança :

– Je suis médecin, comme vous le savez. Ce que vous ignorez peut-être, c'est que ma spécialité est la thanatologie... l'étude de la mort et des mourants. On sait depuis des années qu'un faible pourcentage des personnes qui « meurent » – je parle d'arrêt cardiaque et de mort clinique – racontent tous la même histoire en revenant à la vie : elles ont arpenté un long couloir au bout duquel brille une clarté blanche aveuglante, tandis qu'une silhouette, au cœur de cette lumière, leur fait signe d'approcher. Elles insistent généralement pour préciser qu'elles ressentent à cette occasion une profonde paix intérieure et ne craignent plus la mort. Chacune d'elle, en outre, affirme avoir désespérément aspiré à se précipiter dans les bras de cette silhouette, pour baigner dans cette clarté éblouissante. Celles qui s'y refusent, tournent le dos au dernier moment à l'emprise de la mort et ressuscitent, le font immanquablement pour une raison personnelle impérieuse, la conscience de n'avoir pas achevé une certaine tâche ;

depuis une facture d'électricité impayée jusqu'à la conviction que leur famille ne survivra pas à leur perte. L'éventail est infini. Ces expériences ont été rapportées par des gens appartenant à toutes les cultures et sociétés de la planète, tant par des athées que par des gens aux croyances religieuses affirmées. Cette vision est l'apanage d'environ deux pour cent de ceux qui sont passés par une expérience de mort imminente, et nous les appelons les Lazares. Chacun prétend avoir changé de manière notable par la suite, et tous les ECG présentent un relevé identique quelques secondes avant la réanimation : ce que nous avons baptisé le pic de Lazare, dont nous pensons qu'il signale le franchissement de la porte.

L'homme au bras atrophié désigna le mural de Veil.

– C'est ça qu'ils voient ? Ce serait cela, la porte de Lazare ?

– En effet, répondit sèchement Veil. Continue, Sharon.

– Voilà plusieurs années, j'effectuais à Monterey des recherches secrètes – le projet Lazare – pour un ex-astronaute du nom de Jonathan Pilgrim, qui avait connu une expérience de mort imminente et croyait avoir trouvé le paradis ; il cherchait un moyen de contrôler cette expérience. Je travaillais dans un hospice distinct du bâtiment principal de Jonathan, où des chercheurs se consacraient à l'étude d'individus aux talents particulièrement développés ou inhabituels. Veil y a été invité en qualité de cobaye et s'est retrouvé coincé avec moi dans l'hospice, parce que…

– C'est sans aucun rapport, l'interrompit Veil.

Denny Whalen secoua la tête d'impatience :

– Vous avez promis que vous nous diriez tout ce que nous voudrions savoir !

– Vous ne tirerez aucun enseignement profitable de mon expérience. Je me suis retrouvé coincé dans l'hospice du docteur Solow à l'issue d'une affaire bizarre avec un agent du KGB, qui contrôlait toute l'entreprise de l'Institut de Pilgrim. Mon expérience ne peut en aucun cas servir votre propos, parce que j'étais déjà à l'article de la mort à mon arrivée à l'hospice... et que je ne suis pas un Lazare.

Les trois chercheurs échangèrent des regards intrigués puis reportèrent leur attention sur lui.

– Mais votre toile... protesta la femme aux cheveux blancs.

– Qu'est-ce qui vous dit que je ne travaillais pas sur les comptes rendus de tierces personnes ?

– C'était le cas ?

– Non. Écoutez-moi bien, tous, parce que je ne le répéterai pas deux fois ni ne répondrai aux questions personnelles. Denny ici présent pourra vous dire combien je suis jaloux de mon intimité. L'ennui, c'est que vous avez déjà suffisamment fourré votre nez dans mes affaires et que je me retrouve contraint de vous concéder cette information pour vous empêcher de me harceler. Un Lazare est par définition un enfant ou un adulte ayant vécu une expérience bien précise de mort imminente. Une certaine conscience de soi et de sa place dans ce monde se forge à cette occasion, et c'est précisément cette perception de soi et du monde environnant qui se retrouve profondément modifiée au retour de la porte de Lazare. Il ne m'est rien arrivé de tel. J'ai failli mourir à la naissance et un nouveau-né n'est pas encore conscient de soi ni du monde. Je suis né coiffé et mes parents m'ont baptisé Veil… Voile, pour écarter le mauvais œil. J'ai survécu, bien sûr, mais j'ai souffert – et je souffre encore – de lésions cérébrales. Je fais des rêves vivaces, phénomène qui ne peut mieux s'expliquer que par la rupture de la membrane isolant le monde onirique de la réalité. Je rêve en technicolor et en son réel, et mes rêves sont aussi cohérents et réalistes que ce que j'éprouve à l'état de veille. Cet état de choses peut vous conduire à la démence et rares sont mes semblables qui ne meurent pas d'une crise cardiaque dans leur sommeil : ils ne sont pas seulement pourchassés par des ogres… ils sont également dévorés. Denny me croit sans doute d'un naturel très violent. Je le suis devenu par la faute de ces rêves et j'ai appris par la suite à contrôler en peignant cette violence et mes rêves. Aujourd'hui, je peux me rendre pratiquement où je veux et faire tout ce qui me chante en rêve… mais je n'en reste pas moins cloué à mon lit. Il ne s'agit ni de projection astrale ni de télépathie ni de précognition, ni d'aucun de ces rêves mouillés avec lesquels les Russes se montaient le bourrichon. De simples rêves, sans aucune application pratique… à moins de considérer mes toiles sous cet angle. Ce n'est que le fruit de l'imagination. C'est ainsi que j'ai découvert la porte de Lazare, qui semble une sorte d'émanation, partagée par tous les agonisants, de la conscience collective de l'humanité. Les endorphines y sont probablement pour beaucoup : elles doivent survolter les circuits cérébraux de ces individus. Le hic, en ce qui me concerne, c'est que je suis pour ainsi dire passé par la porte de service. Je n'ai pu aller jusqu'à la porte de Lazare et en revenir, sans littéralement en perdre le sommeil, que parce que je n'étais pas en train de mourir, mais seulement de rêver. J'avais appris à contrôler mes rêves vivaces et je me suis donc contenté d'inspecter les environs, avant de tourner les talons pour rebrousser chemin. Et j'ai entrepris ce mural dès mon réveil. Ceux qu'on tentera d'envoyer là-bas par des méthodes artificielles, machines et drogues, n'auront pas cette chance. On pourra certes manipuler leurs ondes cérébrales pour essayer de faire coïncider leur tracé avec celui des Lazares, mais aucun de ceux qu'on tuera dans ce dessein ne ressuscitera jamais. La porte de Lazare n'est que cela : la mort. Rien d'autre. Les drogues employées pour recréer artificiellement ce tracé bloquent le chemin de retour. Vos cobayes ne pourront jamais transmettre de messages à d'autres cobayes par télépathie, ni depuis des submersibles ni d'ailleurs, parce qu'ils ne tarderont pas à être aussi biologiquement que cliniquement morts. Fin de l'histoire.

Les chercheurs échangèrent de nouveau des regards mystifiés.

– Que représente le panneau manquant du mural ? demanda finalement Denny Whalen.

– Seigneur, Denny ! s'écria Veil avant de secouer la tête en soupirant. Quelle question pertinente ! Et qui montre à quel point ce que je viens de vous dire vous a marqué. Mon travail est totalement hors du sujet. Nous vous avons dit tout ce que nous savions. Vous pourrez interroger tous les Lazares que vous voudrez sur ces ineptes théories du KGB et ils vous riront au nez comme les autres. Vous les croyez peut-être complices d'une sorte de conspiration ? Tous ont survécu à une expérience similaire et profondément troublante, qui leur a inspiré des émotions très mitigées sur leur résurrection, et ils sont sans doute avides de la revivre, mais seulement quand l'heure sonnera. Ils n'ont pas la moindre envie de se donner la peine de la décrire ni même de s'expliquer devant un ramassis de têtes d'œuf de la CIA.

Un silence prolongé s'installa, que Sharon finit par rompre :

– Les Russes, bien entendu, avaient entendu parler des Lazares et avaient conduit pendant des années leurs propres expériences. Parce qu'il est notoire que les Lazares se reconnaissent instinctivement entre eux à première vue, ils en ont conclu qu'une sorte de télépathie grossière intervenait lorsque certains individus atteignaient la porte de Lazare, d'autant plus puissante que la minute de la mort du sujet se rapprochait... Une de leurs idées les plus dingues a été d'isoler deux individus dans des parties du monde très éloignées, de leur arrêter le cœur, de provoquer un pic de Lazare dans leur ECG à l'aide de diverses drogues, de leur faire échanger des informations secrètes à la porte de Lazare puis de les ranimer pour récupérer ces renseignements. *Voilà* [1]. Un réseau de renseignement aussi instantané qu'impossible à infiltrer. Visiblement, c'est également votre Saint-Graal. Vous pouvez faire une croix dessus. Comme vous l'a expliqué monsieur Kendry, on ne peut pas reconstituer l'expérience en laboratoire et obtenir du ou des cobayes qu'ils survivent. Le KGB a sans doute tenté le coup de nombreuses fois, sans aucun résultat. C'est d'ailleurs pour cette raison qu'ils ont infiltré l'Institut de Jonathan Pilgrim en s'apercevant que je me livrais à des recherches similaires. Mais je

1. En français dans le texte.

travaillais avec des agonisants, dont le profil laissait entendre qu'ils risquaient de faire des candidats de choix à la porte de Lazare. Nous ne nous sommes jamais livrés à l'expérience que vous envisagez, parce que nos simulations par ordinateur nous avaient appris qu'elle se solderait inéluctablement par un échec.

– Ça ne cadre pas avec les rapports du KGB, objecta la femme aux cheveux blancs sur le ton du scepticisme. Ces dossiers signalent qu'on vous a effectivement envoyée là-bas… et vous avez manifestement survécu.

Au tour de Sharon de secouer la tête avec impatience.

– Ces dossiers sont inexacts. Ils envisageaient en effet de m'utiliser comme cobaye et ils ont réussi à m'arrêter le cœur. Mais Veil les a mis hors d'état de nuire avant qu'ils aient pu provoquer un pic de Lazare dans mon ECG, puis m'a ranimée.

– Mais vous êtes morte et vous en êtes revenue, insista la femme. Vous êtes une Lazare.

– Non. Je suis morte et j'ai été ranimée avant que le KGB ait pu me brancher. Je n'ai jamais partagé cette expérience. Je ne me souviens de rien.

– Partons, lui suggéra Veil en lui prenant le bras pour lui faire retraverser le sous-sol. Il s'arrêta sur le seuil et se retourna vers les chercheurs :

– Vous savez tout, maintenant. Vous perdez votre temps. Ne nous faites plus perdre le nôtre. Dites à vos patrons que je ne permettrai à personne de son organisation d'empiéter sur ma vie privée. Compris ?

Denny Whalen leva timidement la main.

– Euh… monsieur Kendry… fit-il d'une voix sans timbre.

– Qu'est-ce qui vous a échappé dans mon exposé, Denny ?

– Puis-je vous poser une dernière question ?

– Pas sur le panneau manquant.

– Il ne s'agit pas du mural, monsieur. Mais de vous.

Veil haussa les épaules avec résignation.

– Écoutons votre question.

– Les dossiers du KGB nous ont appris que vous étiez un agent de la CIA pendant la guerre du Vietnam. Nos propres archives ne mentionnent nulle part votre nom. Nous n'avons trouvé qu'une simple note dans vos états de service, déclarant que vous aviez été renvoyé à la vie civile, d'une certaine section Huit, pour manquement à l'honneur. Tout le reste avait été effacé. Les dossiers du KGB indiquent que votre nom de code était Archange. Pourquoi la CIA a-t-elle expurgé votre dossier ?

Veil se fendit d'un petit sourire en coin, échangea un regard avec Sharon puis répondit :

– Je ne vous le dirai pas, Denny, pour votre propre bien. N'essayez surtout pas de creuser le sujet. Si vous posiez la question à la mauvaise personne de Langley, vous pourriez vous retrouver six pieds sous terre. Bonne nuit.

Veil rêve.

Il sent que quelque chose cloche et vole vers un lieu qu'il n'a pas revu depuis des années : la porte de Lazare. Il est pur vol bleu, cerné de bleu électrique brillant. Il est lui-même ce bleu et voit au travers de ses mains. Il n'existe aucun point de repère fixe, aucun son, rien que la sensation de se déplacer à une vitesse inouïe dans un élément qui n'est ni le temps ni l'espace, vers une destination qui pour d'autres est la mort.

Alors qu'il continue de scruter sa main droite, un minuscule point de lumière blanche apparaît au sein du bleu par-delà sa paume. Il porte la main à ses yeux et la lumière le traverse comme un éclair, lui arquant l'épine dorsale. Il vole en éclats puis se reconstitue : il flotte à présent en apesanteur dans une sorte de néant de grisaille, devant une silhouette sombre se découpant sur fond de brillance blanche chatoyante, dont il sait qu'il s'agit de la porte de Lazare. L'homme en vert, désormais nu comme tous ceux qui viennent en ces lieux, vient justement d'en franchir le seuil pour disparaître hors de vue, tandis qu'un puissant carillon retentit, dont Veil perçoit l'écho assourdissant dans la tête, le cœur, le ventre et l'aine.

Denny Whalen flotte sur le dos, bras et jambes en croix, les yeux écarquillés d'émerveillement et souriant jusqu'aux oreilles, le long du couloir de grisaille conduisant à la silhouette qui leur fait signe. Veil dévale à toute allure le corridor, dépasse le chercheur puis pile devant lui, lui bloquant le passage.

Denny le voit et glousse hystériquement. Son rire émerge de sa bouche au moment où une averse de tintements ténus de clochettes s'abat en pluie autour d'eux :

– HÉ, KENDRY, VOUS NE NOUS AVIEZ PAS DIT CE QU'ON RESSENTAIT ! QUEL TRIP ! ÊTES-VOUS RÉELLEMENT LÀ OU N'EST-CE QU'UN RÊVE ?

– Précisément, répliqua Veil d'une voix égale.

– LEQUEL DES DEUX ?

– Un rêve, dont vous ne vous réveillerez qu'à condition de faire ce que je vous dis.

– QUI VOUDRAIT SE RÉVEILLER ?

– Inutile de crier. Comme vous pouvez le voir, la stéréo fonctionne parfaitement ici.

– JE SUIS SI HEUREUX !

– Vous êtes réellement sadomasochiste, Denny. Vous et votre petit copain qui vient d'entrer en mort cérébrale, vous n'avez pas su résister à la tentation d'essayer de gagner la porte de Lazare, pas vrai ?

– COUPES SOMBRES DANS LE BUDGET ! hurla Denny avant de se remettre à glousser hystériquement. TOUT LE MONDE DOIT Y METTRE DU SIEN OU PRENDRE LA PORTE ! JE ME SUIS DIT QUE CE SERAIT UN BON MOYEN DE PRENDRE LES DEVANTS ! NOUS NE POUVIONS PAS VOUS CROIRE SUR PAROLE ! L'ENJEU EST TROP ÉLEVÉ !

– Cessez de crier, Denny. Calmez-vous.

Les plaques de taches de rousseur de Denny virèrent au cramoisi et il tenta un saut périlleux par-dessus Veil, mais ce dernier l'intercepta.

– Si vous êtes réellement là, c'est que c'est vrai, souffla Denny dans un filet de voix. Vous nous avez menti, le docteur Solow et vous.

– Faites-nous un procès.

– Télépathie totale, absolue, avec clochettes et fifres, sons et lumières… et le tout aux couleurs de la vie.

– *Presque*, Denny. Vous avez l'air de négliger un léger détail. Vous n'êtes pas encore biologiquement mort, mais vous y travaillez âprement.

– C'est ce qu'il y avait sur le panneau manquant du mural, n'est-ce pas ?

– Non, Denny. Il n'y a jamais eu de panneau manquant. Le mural est entier tel quel. Il n'y a rien au sein de cette silhouette. Que la mort biologique. Il n'y a rien de plus vide au monde.

– Qui est-ce ?

– Personne, Denny. Ce n'est qu'une ombre. Une superstition. L'espèce humaine reste apparemment câblée sur le sujet. La superstition a sans doute été un outil de survie très utile aux hommes des cavernes de l'âge de pierre.

– Comment savez-vous qu'il n'y a rien ?

– Parce que je suis déjà venu, Denny. J'ai très souvent traversé le cœur de cette silhouette.

– Vous avez ramené le docteur Solow de ce qui se trouve au-delà, n'est-ce pas ?

– Oui. Mais ça a exigé des années. Et une corde de rappel bien particulière, qu'on appelle l'amour. Sharon est l'unique rescapée, sans doute parce que je suis apparemment unique, moi aussi... Aucune des personnes de ma connaissance qui font des rêves vivaces n'a appris à contrôler ce rêve ni même à atteindre ce lieu. En outre, pour retrouver quelqu'un, il faut qu'il existe un lien très intime avec cette personne. C'est pourquoi vous ne voyez personne alentour.

Denny gloussa de nouveau, mais son rire était déjà moins frénétique.

– Vous ressuscitez les morts.

– Je n'en fais pas une habitude et je n'ai nullement l'intention de servir de répondeur téléphonique ectoplasmique à la CIA, ni à nul autre. Vous n'avez pas écouté mes avertissements, Denny, mais vous feriez bien de me prêter maintenant une oreille attentive. Il semble que chaque individu, juste avant la fin, éprouve une puissante poussée d'endorphines ; le cadeau de rupture de la vie, en quelque sorte. C'est pour cette raison que vous vous sentez si bien et que les Lazares ne redoutent plus la mort. Elle altère également leur conception du monde. Même si vous pouviez envoyer ici, sans les tuer, des agents de renseignement chargés d'échanger des messages, les informations qu'ils vous retransmettraient ne vous seraient guère utiles. Les Lazares font de piteux espions, parce que l'espionnage ne les intéresse plus. Ils n'ont plus envie de faire du mal à autrui et les mensonges et le secret sont leur dernier souci… sauf lorsqu'il s'agit de préserver la vie. Mais, de toute façon, ce problème est désormais caduc. Le cocktail de drogues qu'on vous a administré après l'arrêt de votre cœur pour provoquer le pic de Lazare a, comme je vous avais prévenu, déclenché un afflux décuplé d'endorphines ; votre cerveau est dès à présent imbibé de jus de bien-être. Et vous ne voulez surtout pas que ça s'arrête ; vous en êtes incapable de votre propre chef, pas plus que d'interrompre un orgasme. Si vous ne m'obéissez pas à la lettre, votre cerveau mourra avant d'avoir pu absorber ces endorphines. En ce moment même, vos gars s'efforcent sans doute frénétiquement de faire repartir votre cœur, en se demandant pourquoi ils n'y parviennent pas. C'est parce que vous refusez de mettre un terme à l'orgasme, tout bonnement. Je suis là pour vous serrer la zigounette, pourrait-on dire, jusqu'à ce que l'effet commence à se dissiper.

– Wouaaah.

– Navré. Je sais que l'analogie est foireuse, mais c'est la plus parlante qui me vienne à l'esprit.

– Vous avez entièrement raison. Je ne veux pas rentrer. Rien ne m'intéresse plus là-bas.

– Vous commencez à voir le problème ? Comptez les moutons, Denny.

– Hein ?

– Vous m'avez parfaitement entendu.

L'autre se remit à glousser :

– Très rigolo.

– Comptez les moutons... De gros moutons bien gras, bien vilains. Vous devez tenter de vous arracher à cette béatitude, assez longtemps pour que votre cerveau et vos autres organes éliminent les drogues. Il ne vous reste plus beaucoup de temps, parce que nous nous rapprochons de la porte de Lazare. Je sais qu'elle est toute proche, car je sens la pression de sa lumière sur mon dos. Et je ne la traverserai pas avec vous, parce qu'une fois la porte franchie, je ne serais plus en mesure de vous aider. Fermez les yeux, maintenant, et comptez les moutons. Je vais m'approcher de vous. Si vous sentez ma forme actuelle imprégner la vôtre, refermez sur moi vos jambes et vos bras et cramponnez-vous.

– Je ne pense pas qu'on soit suffisamment intimes pour en arriver là.

– Il ne s'agit que de vie, Denny. De partager notre humanité. Si vous réussissez à ne faire plus qu'un avec moi, je pourrai peut-être vous ramener. Faites-le. Vite.

Denny Whalen continue de sourire comme un ravi de la crèche, mais il ferme les yeux et ses lèvres remuent dès qu'il commence à compter. Veil se rapproche encore et s'engouffre dans la brume qu'est désormais le corps de l'autre. Dès qu'il sent la présence de Denny, il s'efforce de remonter le corridor à reculons, volant d'abord lentement puis accélérant progressivement.

Denny l'accompagne. Il continue de compter. Lorsqu'ils atteignent le champ de bleu électrique, Veil s'arrache à l'autre homme et regagne ses propres ténèbres.

Denny Whalen était planté sur le trottoir, sous le lampadaire près duquel Veil avait vu la Lazare lever les yeux vers sa fenêtre. Veil n'eut nullement besoin d'inspecter des yeux les rues avoisinantes pour savoir qu'il était seul. Il choisit une bouteille de vin, prit deux verres dans un placard et sortit dans la rue.

– Je vous souhaite un heureux retour, déclara-t-il au rouquin en lui tendant un verre. Je vous aurais bien invité à monter, mais je suis en plein travail et je n'aime pas montrer mes toiles inachevées.

Denny lui tendit son verre pour qu'il le serve. Veil remplit de vin les deux verres.

– Alors, c'est réellement arrivé, n'est-ce pas ? demanda-t-il calmement.

– Tout dépend de la définition qu'on donne au mot « réalité », répondit Veil. Vous comptez toujours envoyer des messages secrets depuis les submersibles ?

– Je suis venu vous remercier.

Veil haussa les épaules.

– Inutile. Je suis content que vous soyez revenu à la vie.

– C'est vous qui m'avez ramené. Ils allaient renoncer à me ranimer. Deux secondes de plus et j'étais mort.

– Vous l'étiez.

– De façon permanente, je veux dire.

– En effet.

Ils s'assirent au bord du trottoir, épaule contre épaule, et dégustèrent leur vin en silence.

– Je leur ai menti, déclara finalement Denny. Je leur ai dit que je ne me souvenais de rien. Que ça ne marchait pas.

– Ce n'est pas un mensonge. Ça ne marche pas.

– Seigneur ! La mort est quelque chose de tellement *intime*.

– C'est vrai.

– Je sais tant de choses sur vous, Veil, à présent.

– Absolument pas, Denny. Vous vous sentez tout simplement proche de moi. C'est très différent. Vous ressentirez la même chose en présence de chaque Lazare. Jusqu'à la fin de vos jours.

– Non. Je vous *connais*. Je sais combien vous êtes bon. Et je sais que la CIA vous a effroyablement lésé.

– Elle ne m'a fait aucun mal. Je lui dois tout ce que je suis et tout ce que je possède.

– Elle vous nuit.

– Vous vous lamentez sur mon sort, Denny. Laissez tomber. À mes yeux, ce n'est pas moins intime que la mort.

Denny hocha la tête en soupirant.

– Ils ne tenteront plus l'expérience, il me semble. Pas après le décès d'un agent de terrain et les affirmations d'un chercheur qui prétend n'avoir strictement rien vu ni éprouvé.

– Espérons-le.

– Je démissionne.

– Pourquoi ? demanda Veil sur un ton léger.

– J'aurais pensé que vous comprendriez.

– Dites-le-moi de vive voix.

– Vous aviez raison en disant que les gens changeaient à leur retour de la porte de Lazare. Tant d'agissements de la CIA me paraissent à présent… stupides, tout bêtement. Je veux faire autre chose de ma vie. Ce que vous faites vous-même.

– Peindre ?

– Non. Mais quelque chose qui m'apporterait une satisfaction personnelle. Aider autrui, peut-être.

– Pendant que vous réfléchissez à ce que vous comptez faire de vous le restant de votre vie, profitez-en pour envisager cette éventualité : vous pourriez aider autrui en poursuivant la même activité. Un tas de mauvais fers ont besoin de surveillance, Denny. Livrez-les à eux-mêmes, sans aucun contrôle, et ils dévoreront les innocents tout crus.

– Je croyais que vous détestiez la CIA ?

– Je déteste les salauds qui en font partie… Et il en existe un plein tombereau. Dont ceux qui ont tenté de me nuire. En revanche, je n'ai rien contre sa mission… telle qu'elle la mène. Bon, l'idée qu'un Lazare puisse s'infiltrer dans ses rangs me paraît une aubaine. Et également une excellente idée. Vous devriez travailler dur, grimper les échelons, consacrer votre vie, peut-être, à essayer d'en devenir le directeur. Un Lazare ferait une taupe idéale. Une espèce d'arme absolue contre les salauds.

– Je ne servirai d'arme à personne, Veil.

– C'est précisément où je voulais en venir, Denny. (Veil leva son verre en souriant.) À une longue et fructueuse carrière dans la CIA, Denny. Santé.

Titre original : *The Lazarus Gate*

Table des matières

GARTH

PRÊTRE

VEIL

Rivages / noir

Michel Boujut	*Souffler n'est pas jouer* (n° 349)
Daniel Brajkovic	*Chiens féroces* (n° 307)
Wolfgang Brenner	*Welcome Ossi !* (n° 308)
Paul Buck	*Les Tueurs de la lune de miel* (n° 175)
Yves Buin	*Kapitza* (n° 320)
	Borggi (n° 373)
Edward Bunker	*Aucune bête aussi féroce* (n° 127)
	La Bête contre les murs (n° 174)
	La Bête au ventre (n° 225)
	Les Hommes de proie (n° 344)
James Lee Burke	*Prisonniers du ciel* (n° 132)
	Black Cherry Blues (n° 159)
	Une saison pour la peur (n° 238)
	Le Bagnard (n° 272)
	Une tache sur l'éternité (n° 293)
	Dans la brume électrique avec les morts confédérés (n° 314)
	La Pluie de néon (n° 339)
	Dixie City (n° 371)
	Le Brasier de l'ange (n° 420)
	La Rose du Cimarron (n° 461)
	Cadillac juke-box (n° 462)
	Vers une aube radieuse (n° 491)
W. R. Burnett	*Romelle* (n° 36)
	King Cole (n° 56)
	Fin de parcours (n° 60)
J.-J. Busino	*Un café, une cigarette* (n° 172)
	Dieu a tort (n° 236)
	Le Bal des capons (n° 278)
	La Dette du diable (n° 311)
	Le Théorème de l'autre (n° 358)
Daniel Chavarría	*Adios muchachos* (n° 123)
	Un thé en Amazonie (n° 302)
	L'Œil de Cybèle (n° 378)
D.Chavarría/J.Vasco	*Boomerang* (n° 322)
George Chesbro	*Une affaire de sorciers* (n° 95)
	L'Ombre d'un homme brisé (n° 147)
	Bone (n° 164)

La Cité où les pierres murmurent (n° 184)
Les Cantiques de l'Archange (n° 251)
Les Bêtes du Walhalla (n° 252)
L'Odeur froide de la pierre sacrée (n° 291)
Le Second Cavalier de l'Apocalypse (n° 336)
Le Langage des cannibales (n° 368)
Veil (n° 369)
Crying Freeman (n° 403)
Le Chapiteau de la peur aux dents longues (n° 411)
Chant funèbre en rouge majeur (n° 439)
Pêche macabre en mer de sang (n° 480)
Hémorragie dans l'œil du cyclone mental (n° 514)
Loups solitaires (n° 538)

Andrew Coburn
Toutes peines confondues (n° 129)
Sans retour (n° 448)

Piero Colaprico
Kriminalbar (n° 416)

Michael Collins
L'Égorgeur (n° 148)
Rosa la Rouge (n° 267)

Christopher Cook
Voleurs (n° 501)

Robin Cook
Cauchemar dans la rue (n° 64)
J'étais Dora Suarez (n° 116)
Vices privés, vertus publiques (n° 166)
La Rue obscène (n° 200)
Quand se lève le brouillard rouge (n° 231)
Le Mort à vif (n° 241)
Bombe surprise (n° 260)
Mémoire vive (n° 374)

Peter Corris
La Plage vide (n° 46)
Des morts dans l'âme (n° 57)
Chair blanche (n° 65)
Le Garçon merveilleux (n° 80)
Héroïne Annie (n° 102)
Escorte pour une mort douce (n° 111)
Le Fils perdu (n° 128)
Le Camp des vainqueurs (n° 176)
Le Grand Plongeon (n° 394)

Hélène Couturier
Fils de femme (n° 233)
Sarah (n° 341)

David Cray	*Avocat criminel* (n° 504)
Jay Cronley	*Le Casse du siècle* (n° 468)
James Crumley	*Putes* (n° 92)
Mildred Davis	*Dark Place* (n° 10)
A. De Angelis	*Les Trois Orchidées* (n° 481)
J.-P. Demure	*Milac* (n° 240)
	Fin de chasse (n° 289)
	Les Jours défaits (n° 351)
	Noir Rivage (n° 429)
J.-C. Derey	*Black Cendrillon* (n° 323)
	Toubab or not toubab (n° 379)
	L'Alpha et l'oméga (n° 469)
Pascal Dessaint	*La vie n'est pas une punition* (n° 224)
	Bouche d'ombre (n° 255)
	À trop courber l'échine (n° 280)
	Du bruit sous le silence (n° 312)
	Une pieuvre dans la tête (n° 363)
	On y va tout droit (n° 382)
	Les paupières de Lou (n° 493)
Peter Dickinson	*Retour chez les vivants* (n° 503)
	L'Oracle empoisonné (n° 519)
	Quelques morts avant de mourir (n° 537)
Michael Dibdin	*L'Ultime Défi de Sherlock Holmes* (n° 502)
T.Disch/J.Sladek	*Black Alice* (n° 154)
Tim Dorsey	*Florida Roadkill* (n° 476)
Wessel Ebersohn	*La Nuit divisée* (n° 153)
	Coin perdu pour mourir (n° 193)
	Le Cercle fermé (n° 249)
Stanley Ellin	*La Corrida des pendus* (n° 14)
James Ellroy	*Lune sanglante* (n° 27)
	À cause de la nuit (n° 31)
	La Colline aux suicidés (n° 40)
	Brown's Requiem (n° 54)
	Clandestin (n° 97)
	Le Dahlia noir (n° 100)
	Un tueur sur la route (n° 109)

	Le Grand Nulle Part (n° 112)
	L.A. Confidential (n° 120)
	White Jazz (n° 141)
	Dick Contino's Blues (n° 212)
	American Tabloid (n° 282)
	Ma part d'ombre (n° 319)
	Crimes en série (n° 388)
	American Death Trip (n° 489)
Howard Fast	*Sylvia* (n° 85)
	L'Ange déchu (n° 106)
	Un homme brisé (n° 523)
Kinky Friedman	*Meurtre à Greenwich Village* (n° 62)
	Quand le chat n'est pas là (n° 108)
	Meurtres au Lone Star Café (n° 151)
	Le Vieux Coup de la sauterelle (n° 197)
	Elvis, Jésus et Coca-Cola (n° 264)
	Dieu bénisse John Wayne (n° 348)
	N le Maudit (n° 385)
	Le Chant d'amour de J. Edgar Hoover (n° 507)
Samuel Fuller	*L'Inexorable Enquête* (n° 190)
	La Grande Mêlée (n° 230)
B. Garlaschelli	*Alice dans l'ombre* (n° 532)
Doris Gercke	*Aubergiste, tu seras pendu* (n° 525)
Barry Gifford	*Port Tropique* (n° 68)
	Sailor et Lula (n° 107)
	Perdita Durango (n° 140)
	Jour de chance pour Sailor (n° 210)
	Rude journée pour l'Homme Léopard (n° 253)
	La Légende de Marble Lesson (n° 387)
A.Gimenez Bartlett	*Rites de mort* (n° 352)
	Le Jour des chiens (n° 421)
	Les Messagers de la nuit (n° 458)
David Goodis	*La Blonde au coin de la rue* (n° 9)
	Beauté bleue (n° 37)
	Rue Barbare (n° 66)
	Retour à la vie (n° 67)
	Obsession (n° 75)

James Grady	*Le Fleuve des ténèbres* (n° 180) *Tonnerre* (n° 254) *Steeltown* (n° 353) *Comme une flamme blanche* (n° 445)
R. H. Greenan	*Sombres Crapules* (n° 138) *La Vie secrète d'Algernon Pendleton* (n° 156) *C'est arrivé à Boston ?* (n° 205) *La Nuit du jugement dernier* (n° 237) *Un cœur en or massif* (n° 262)
Salah Guemriche	*L'Homme de la première phrase* (n° 357)
Wolf Haas	*Vienne la mort* (n° 417) *Silentium !* (n° 509)
Joseph Hansen	*Par qui la mort arrive* (n° 4) *Le petit chien riait* (n° 44) *Un pied dans la tombe* (n° 49) *Obédience* (n° 70) *Le Noyé d'Arena Blanca* (n° 76) *Pente douce* (n° 79) *Le Garçon enterré ce matin* (n° 104) *Un pays de vieux* (n° 155) *Le Livre de Bohannon* (n° 214) *En haut des marches* (n° 342)
John Harvey	*Cœurs solitaires* (n° 144) *Les Étrangers dans la maison* (n° 201) *Scalpel* (n° 228) *Off Minor* (n° 261) *Les Années perdues* (n° 299) *Lumière froide* (n° 337) *Preuve vivante* (n° 360) *Proie facile* (n° 409) *Eau dormante* (n° 479) *Couleur franche* (n° 511) *Now's the Time* (n° 526) *Derniers sacrements* (n° 527)
M. Haskell Smith	*À bras raccourci* (n° 508)
Vicki Hendricks	*Miami Purity* (n° 304)
George V. Higgins	*Les Copains d'Eddie Coyle* (n° 114) *Le Contrat Mandeville* (n° 191)

	Le Rat en flammes (n° 243)
	Paris risqués (n° 287)
Tony Hillerman	*Là où dansent les morts* (n° 6)
	Le Vent sombre (n° 16)
	La Voie du fantôme (n° 35)
	Femme-qui-écoute (n° 61)
	Porteurs-de-peau (n° 96)
	La Voie de l'Ennemi (n° 98)
	Le Voleur de temps (n° 110)
	La Mouche sur le mur (n° 113)
	Dieu-qui-parle (n° 122)
	Coyote attend (n° 134)
	Le Grand Vol de la banque de Taos (n° 145)
	Les Clowns sacrés (n° 244)
	Moon (n° 292)
	Un homme est tombé (n° 350)
	Le Premier Aigle (n° 404)
	Blaireau se cache (n° 442)
	Le Peuple des ténèbres (n° 506)
Chester Himes	*Qu'on lui jette la première pierre* (n° 88)
Dolores Hitchens	*La Victime expiatoire* (n° 89)
Craig Holden	*Les Quatre Coins de la nuit* (n° 447)
Geoffrey Homes	*Pendez-moi haut et court* (n° 93)
	La Rue de la femme qui pleure (n° 94)
D. B. Hughes	*Et tournent les chevaux de bois* (n° 189)
	Chute libre (n° 211)
William Irish	*Manhattan Love Song* (n° 15)
	Valse dans les ténèbres (n° 50)
Eugene Izzi	*Chicago en flammes* (n° 441)
	Le Criminaliste (n° 456)
Bill James	*Retour après la nuit* (n° 310)
	Lolita Man (n° 355)
	Raid sur la ville (n° 440)
	Le Cortège du souvenir (n° 472)
	Protection (n° 517)
Stuart Kaminsky	*Il est minuit, Charlie Chaplin* (n° 451)

Thomas Kelly	*Le Ventre de New York* (n° 396)
W. Kotzwinkle	*Midnight Examiner* (n° 118)
	Le Jeu des Trente (n° 301)
	Book of Love (n° 332)
Jake Lamar	*Le Caméléon noir* (n° 460)
Terrill Lankford	*Shooters* (n° 372)
Michael Larsen	*Incertitude* (n° 397)
	Le Serpent de Sydney (n° 455)
Jonathan Latimer	*Gardénia rouge* (n° 3)
	Noir comme un souvenir (n° 20)
Michel Lebrun	*Autoroute* (n° 165)
	Le Géant (n° 245)
Alexis Lecaye	*Einstein et Sherlock Holmes* (n° 529)
Hervé Le Corre	*L'Homme aux lèvres de saphir* (n° 531)
Cornelius Lehane	*Prends garde au buveur solitaire* (n° 431)
Dennis Lehane	*Un dernier verre avant la guerre* (n° 380)
	Ténèbres, prenez-moi la main (n° 424)
	Sacré (n° 466)
	Mystic River (n° 515)
Ernest Lehman	*Le Grand Chantage* (n° 484)
C. Lehmann	*Un monde sans crime* (n° 316)
	La Folie Kennaway (n° 406)
	Une question de confiance (n° 446)
	La Tribu (n° 463)
Robert Leininger	*Il faut tuer Suki Flood* (n° 528)
Elmore Leonard	*Zig Zag Movie* (n° 220)
	Maximum Bob (n° 234)
	Punch Créole (n° 294)
	Pronto (n° 367)
	Les Chasseurs de primes (n° 391)
	Beyrouth Miami (n° 412)
	Loin des yeux (n° 436)
	Le Zoulou de l'Ouest (n° 437)
	Viva Cuba Libre ! (n° 474)
	La Loi à Randado (n° 475)
	L'Évasion de Five Shadows (n° 486)

	Hombre (n° 494)
	Duel à Sonora (n° 520)
Bob Leuci	*Captain Butterfly* (n° 149)
	Odessa Beach (n° 290)
	L'Indic (n° 485)
Ted Lewis	*Get Carter* (n° 119)
	Sévices (n° 152)
	Jack Carter et la loi (n° 232)
	Plender (n° 258)
	Billy Rags (n° 426)
Steve Lopez	*Le Club des macaronis* (n° 533)
Richard Lortz	*Les Enfants de Dracula* (n° 146)
	Deuil après deuil (n° 182)
	L'Amour mort ou vif (n° 206)
J. D. Macdonald	*Réponse mortelle* (n° 21)
	Un temps pour mourir (n° 29)
	Un cadavre dans ses rêves (n° 45)
	Le Combat pour l'île (n° 51)
	L'Héritage de la haine (n° 74)
J.-P. Manchette	*La Princesse du sang* (n° 324)
	Chroniques (n° 488)
D. Manotti	*À nos chevaux !* (n° 330)
	Kop (n° 383)
	Nos fantastiques années fric (n° 483)
Thierry Marignac	*Fuyards* (n° 482)
John P. Marquand	*Merci Mr Moto* (n° 7)
	Bien joué, Mr Moto (n° 8)
	Mr Moto est désolé (n° 18)
	Rira bien, Mr Moto (n° 87)
R. Matheson	*Échos* (n° 217)
Ed McBain	*Leçons de conduite* (n° 413)
Helen McCloy	*La Somnambule* (n° 105)
W.McIlvanney	*Les Papiers de Tony Veitch* (n° 23)
	Laidlaw (n° 24)
	Big Man (n° 90)
	Étranges Loyautés (n° 139)

Marc Menonville	*Jeux de paumes* (n° 222) *Walkyrie vendredi* (n° 250) *Dies irae en rouge* (n° 279)
Bill Moody	*Sur les traces de Chet Baker* (n° 497)
Ronald Munson	*Courrier de fan* (n° 226)
Tobie Nathan	*Saraka bô* (n° 186) *Dieu-Dope* (n° 271) *613* (n° 524)
Jim Nisbet	*Les damnés ne meurent jamais* (n° 84) *Injection mortelle* (n° 103) *Le Démon dans ma tête* (n° 137) *Le Chien d'Ulysse* (n° 161) *Sous le signe du rasoir* (n° 273) *Prélude à un cri* (n° 399)
K. Nishimura	*Petits crimes japonais* (n° 218)
Jack O'Connell	*B.P. 9* (n° 209) *Porno Palace* (n° 376) *Et le verbe s'est fait chair* (n° 454)
Liam O'Flaherty	*L'Assassin* (n° 247)
Renato Olivieri	*L'Affaire Kodra* (n° 402) *Fichu 15 août* (n° 443) *Ils mourront donc* (n° 513)
J.-H. Oppel	*Brocéliande-sur-Marne* (n° 183) *Ambernave* (n° 204) *Six-Pack* (n° 246) *Ténèbre* (n° 285) *Cartago* (n° 346) *Chaton : trilogie* (n° 418) *Au saut de la louve* (n° 530
Abigail Padgett	*L'Enfant du silence* (n° 207) *Le Visage de paille* (n° 265) *Oiseau de lune* (n° 334) *Poupées brisées* (n° 435)
Hugues Pagan	*Les Eaux mortes* (n° 17) *La Mort dans une voiture solitaire* (n° 133) *L'Étage des morts* (n° 179) *Boulevard des allongés* (n° 216)

	Last Affair (n° 270)
	L'Eau du bocal (n° 295)
	Vaines Recherches (n° 338)
	Dernière Station avant l'autoroute (n° 356)
	Tarif de groupe (n° 401)
	Je suis un soir d'été (n° 453)
David Peace	*1974* (n° 510)
Pierre Pelot	*Natural Killer* (n° 343)
	Le Méchant qui danse (n° 370)
	Si loin de Caïn (n° 430)
	Les Chiens qui traversent la nuit (n° 459)
Anne Perry	*Un plat qui se mange froid* (n° 425)
A. G. Pinketts	*Le Sens de la formule* (n° 288)
	Le Vice de l'agneau (n° 408)
Gianni Pirozzi	*Hôtel Europa* (n° 498)
Bill Pronzini	*Hidden Valley* (n° 48)
B. Pronzini/B. N. Malzberg	
	La nuit hurle (n° 78)
Michel Quint	*Billard à l'étage* (n° 162)
	La Belle Ombre (n° 215)
	Le Bélier noir (n° 263)
	L'Éternité sans faute (n° 359)
	À l'encre rouge (n° 427)
Hugh C. Rae	*Skinner* (n° 407)
Diana Ramsay	*Approche des ténèbres* (n° 25)
	Est-ce un meurtre ? (n° 38)
John Ridley	*Ici commence l'enfer* (n° 405)
D. Salisbury-Davis	*L'Assassin affable* (n° 512)
Louis Sanders	*Février* (n° 315)
	Comme des hommes (n° 366)
	Passe-temps pour les âmes ignobles (n° 449)
G. Scerbanenco	*Le sable ne se souvient pas* (n° 464)
Budd Schulberg	*Sur les quais* (n° 335)
Philippe Setbon	*Fou-de-coudre* (n° 187)
	Desolata (n° 219)
Roger L. Simon	*Le Clown blanc* (n° 71)

	Génération Armageddon (n° 199)
	La Côte perdue (n° 305)
Pierre Siniac	*Les mal lunés* (n° 208)
	Sous l'aile noire des rapaces (n° 223)
	Démago story (n° 242)
	Le Tourbillon (n° 256)
	Femmes blafardes (n° 274)
	L'Orchestre d'acier (n° 303)
	Luj Inferman' et La Cloducque (n° 325)
	De l'horrifique chez les tarés (n° 364)
	Bon cauchemar les petits... (n° 389)
	Ferdinaud Céline (n° 419)
	Carton blême (n° 467)
Neville Smith	*Gumshoe* (n° 377)
Les Standiford	*Pandémonium* (n° 136)
	Johnny Deal (n° 259)
	Johnny Deal dans la tourmente (n° 328)
	Une rose pour Johnny Deal (n° 345)
Richard Stark	*La Demoiselle* (n° 41)
	La Dame (n° 170)
	Comeback (n° 415)
	Backflash (n° 473)
	Le Septième (n° 516)
Richard Stratton	*L'Idole des camés* (n° 257)
Vidar Svensson	*Retour à L.A.* (n° 181)
Paco I. Taibo II	*Ombre de l'ombre* (n° 124)
	La Vie même (n° 142)
	Cosa fácil (n° 173)
	Quelques nuages (n° 198)
	À quatre mains (n° 227)
	Pas de fin heureuse (n° 268)
	Même ville sous la pluie (n° 297)
	La Bicyclette de Léonard (n° 298)
	Jours de combat (n° 361)
	Rêves de frontière (n° 438)
	Le Trésor fantôme (n° 465)
	Nous revenons comme des ombres (n° 500)
Ross Thomas	*Les Faisans des îles* (n° 125)
	La Quatrième Durango (n° 171)

	Crépuscule chez Mac (n° 276)
	Traîtrise ! (n° 317)
	Voodoo, Ltd (n° 318)
Brian Thompson	*L'Échelle des anges* (n° 395)
Jim Thompson	*Liberté sous condition* (n° 1)
	Un nid de crotales (n° 12)
	Sang mêlé (n° 22)
	Nuit de fureur (n° 32)
	À deux pas du ciel (n° 39)
	Rage noire (n° 47)
	La mort viendra, petite (n° 52)
	Les Alcooliques (n° 55)
	Les Arnaqueurs (n° 58)
	Vaurien (n° 63)
	Une combine en or (n° 77)
	Le Texas par la queue (n° 83)
	Écrits perdus (1929-1967) (n° 158)
	Le Criminel (n° 167)
	Après nous le grabuge (Écrits perdus, (1968-1977) (n° 177)
	Hallali (n° 195)
	L'Homme de fer (n° 196)
	Ici et maintenant (n° 229)
	Avant l'orage (n° 300)
Masako Togawa	*Le Baiser de feu* (n° 91)
Nick Tosches	*Dino* (n° 478)
Suso De Toro	*Land Rover* (n° 386)
Armitage Trail	*Scarface* (n° 126)
Marc Villard	*Démons ordinaires* (n° 130)
	La Vie d'artiste (n° 150)
	Dans les rayons de la mort (n° 178)
	Rouge est ma couleur (n° 239)
	Cœur sombre (n° 283)
	Du béton dans la tête (n° 284)
	Made in Taïwan (n° 333)
	Personne n'en sortira vivant (n° 470)
	La Guitare de Bo Diddley (n° 471)
J.-M. Villemot	*Ce monstre aux yeux verts* (n° 499)

John Wessel — *Le Point limite* (n° 428)

Donald Westlake — *Drôles de frères* (n° 19)
Levine (n° 26)
Un jumeau singulier (n° 168)
Ordo (n° 221)
Aztèques dansants (n° 266)
Kahawa (n° 277)
Faites-moi confiance (n° 309)
Trop humains (n° 340)
Histoire d'os (n° 347)
Le Couperet (n° 375)
Smoke (n° 400)
361 (n° 414)
Moi, mentir ? (n° 422)
Le Contrat (n° 490)
Au pire qu'est-ce qu'on risque ? (n° 495)
Moisson noire (n° 521)
Mauvaises nouvelles (n° 535)
La Mouche du coche (n° 536)

J. Van De Wetering — *Comme un rat mort* (n° 5)
Sale Temps (n° 30)
L'Autre Fils de Dieu (n° 33)
Le Babouin blond (n° 34)
Inspecteur Saito (n° 42)
Le Massacre du Maine (n° 43)
Un vautour dans la ville (n° 53)
Mort d'un colporteur (n° 59)
Le Chat du sergent (n° 69)
Cash-cash millions (n° 81)
Le Chasseur de papillons (n° 101)
Retour au Maine (n° 286)
Le Papou d'Amsterdam (n° 313)
Maria de Curaçao (n° 331)
L'Ange au regard vide (n° 410)
Mangrove Mama (n° 452)
Le Perroquet perfide (n° 496)
Meurtre sur la digue (n° 518)
Le Cadavre japonais (n° 539)

Harry Whittington — *Des feux qui détruisent* (n° 13)
Le diable a des ailes (n° 28)

Charles Willeford — *Une fille facile* (n° 86)

Achevé d'imprimer en octobre 2004
par Novoprint (Barcelone)

Dépôt légal: novembre 2004

Imprimé en Espagne